JN311617

女がそれを食べるとき

楊逸・選　日本ペンクラブ・編

井上荒野　江國香織　岡本かの子
小池真理子　幸田 文　河野多恵子
田辺聖子　山田詠美　よしもとばなな

幻冬舎文庫

女がそれを食べるとき

目次

サモワールの薔薇とオニオングラタン

井上荒野

1961年東京生まれ。89年「わたしのヌレエフ」でフェミナ賞、2004年『潤一』で島清恋愛文学賞、08年『切羽へ』で直木賞を受賞。近刊に『だれかの木琴』『結婚』『夜をぶっとばせ』『さようなら、猫』『それを愛とまちがえるから』など。

I

朝起きると体がみっしりと重かった。昨夜眠れなくて、二回も自慰をしてしまったせいだ。若い頃は一度すれば頭がぼうっとなってすぐ眠れたのに、この頃はかえって眠れなくなる。頭はちっともぼうっとせず、むしろ冴《さ》えて、体の中にはちゃぽんちゃぽんと水が溜《た》まるようだ。いやらしい匂いのする水が。結局のところ、水の感触にいっそう眠りを妨げられる。それなのに自慰をせずにはいられない。夜はあまりにも長すぎるから。乳房や陰部に手を伸ばせば、すくなくともその間は、いやらしいこと以外は考えなくてすむから。

「お寝坊ねえ」

ダイニングへ下りていくと、おかあさんが微笑《ほほえ》む。私の表情を見れば、昨日二回自慰をしたことがおかあさんにはわかってしまうだろうと思う。でも、そういうことを気に病むのはもうやめている。むしろはっきりおかあさんに言いたいとすら思う。私は毎晩毎晩、自分で自分を慰めているのよと。言わずにいるのは、彼女の答えが恐いからだ。平気な顔で「大丈夫、おかあさんも、そうよ」などという答えがもし返ってきたらどうしよう、と思うからだ。

テーブルの上には、コーヒーのポット、マフィン、手作りの苺《いちご》ジャム、それにアボカドとトマトのサラダ。大丈夫、このくらいなら何とか食べられる。と、安堵《あんど》したのもつかの間、チーンと音がして、オーブンからじゅうじゅう音をたてるキャセロールがあらわれる。昨日のビーフシチューの残りで、マカロニを和《あ》えてグラタンにしてみたの、とおかあさんは言う。

おかあさんは今年でとうとう七十になるけれど、料理だけはいまだに全部一人で取り仕切っている。だって美味《おい》しいものが食べたいんだもの、と笑う。今更私にバトンタッチしたって、ろくなものが食べられないと思っているのだ。それは真実。三十五歳の現在まで、私は家から出たことがなく、料理上手の母親を持ったことに甘んじて、料理というものをまともにしたことがない。

「おいしそう」

と私は言って、キャセロールの四分の一ほどを自分の皿に取り分ける。正直言って匂いだけで胃がもたれてくるけれど、がまんして、あつつつ、などと言いながら、パンと交互に口に運ぶ。

「朝から食欲があるわねえ」

　そう言うおかあさんは、すでに最初に取った分を食べ終わり、おかわりを皿に盛ろうとしている。おかあさんの生命力は、いまや食べることだけに集中しているようだ。

「おかわりは？」

「食べたいけど、お腹《なか》が膨《ふく》れちゃうから」

「そうね、水着だと目立つから」

　おかあさんがあっさり引き下がってくれたので助かった。グラタンの残りはゴミ箱行きか、おかあさんの気分によっては、明日の朝電子レンジで温め直してもう一度出てくるだろう。でもとにかくそれは明日のことだ。私はサラダの残りを、コーヒーで無理やり流し込んだ。

「それで、今日はどうするの？」

「水着だと……」と今自分で言ったばかりなのに、おかあさんはそう訊《き》く。

「もちろん、行くわ」

　おかあさんは毎朝「今日はどうするの？」と訊くけれど、私は「行かない」と答えることは決してない。おかあさんはそれを知っていながら、訊くのだ。

　おかあさんが出かける仕度をしている間に、私はトイレへ入り、食べたものを全部吐いた。ときどき私がそうしていることを、おかあさんはやっぱり知っているのかもしれない、と思う。

鍵をかけるのは私の役目。というよりおかあさんと一緒に一歩家の外に出ると、何もかもが私の役目になる。

振り向くと、ちょうど隣の奥さんが、回覧板を手にやってきたところだった。私は回覧板を受け取ると、もう一度鍵を回してドアを開け、回覧板を家の中に入れた。そういう作業をわざとゆっくり行ったのに、奥さんはずっとその場で待っていた。

「今朝もスポーツクラブ？」

と、わかりきっていることを訊く。ええと私は答える。

「よろしいですねえ、母娘《おやこ》お揃《そろ》いで。うちは男の子ばっかりだから、うらやましいわ」

おかあさんはぼんやりと微笑む。すでにシャッターを下ろしているのだ。奥さんは——といったって、私と十も違わないだろうその人は、

「おやさしいお嬢さんで、本当にお幸せね」

と言う。同情をたっぷり込めた目で、おかあさんではなく私を見ながら。

私もおかあさんも服の下にすでに水着を着込んでいる。フィットネスクラブの更衣室で、だから私たちは、ただ服を脱ぐだけでいい。おかあさんはもちろん自分で水着を着、鏡の前

でポーズを決めてみたりさえしているのだが、クラブで会う人たちはきっとみんな、私がおかあさんに水着を着せていると思っているだろう。おかあさんの太った体を曲げたり伸ばしたりして、ふうふう言いながら。

なぜならおかあさんは、水着の上に着た服を、恐ろしくのろのろと脱ぐからだ。私も、おかあさんと差がつかないように、極力ゆっくり脱ぐけれど、それでも私がすっかり脱いで、スイムキャップとゴーグルを頭の上にセットしたとき、おかあさんはまだブラウスのボタンの一番下を外そうとしていたりする。今となっては、わざとそうしている、というのではないと思う。たぶん、わざとそうしているうちに、おかあさんは本当に人前で、体が思うように動かなくなってしまったのだ。私はこの頃、更衣室でのおかあさんの脱衣に手を貸すようになった。おかあさんに加担するような、あるいはもしかしたら、嬲《なぶ》っているような気持ちで。

温水プールへは、更衣室から細い廊下を伝って行く。廊下には水色のマットが敷き詰めてあり、両側に道標のように観葉植物の鉢が並んでいる。私は胸の高鳴りを押さえる。あの人が来ていますように。来ていませんように。どちらも切実な願い。このことは、おかあさんは知らない。というより、ぜったいに知られてはならない。たぶんあの人は、私にとって神様みたいなものなのだ。あの人は私だけのもの。私はあの人を、おかあさんから守らなければばならない。

「今日はわりと空いてるわね」

私は、うめき声を押し殺し、慌《あわ》ててそう言った。あの人が来ていた。いつも私たちが歩くコースの隣を、一人で泳いでいる。いつものように黒いキャップをかぶり、今日は赤いビキニパンツを穿《は》いて。あの人のスイムウェアはいつでもきわどいカットのビキニで、色は赤か青か黄色。もちろん、そんな目印などなくても、私にはあの人がたてる水しぶきだけでそれとわかる。きれいな三角を作って水面に浮き上がるあの人の腕を見ただけで、水面下で弾むあの人の腰や、水を蹴る引き締まったふくらはぎを想像することができる。——だから私は、あの人に会いたいし、会いたくないのだ。

私とおかあさんは、第六コースに入り、歩きはじめた。水の中に入るとおかあさんはいっそう動きが緩慢になる。放っておくと同じ場所で水中花のようにゆらゆら揺れて、そのまま倒れそうになる。強く望んでいるのではないにしても、そうやってふわっと水の中に倒れ込んで、すべてを終わりにしてしまえないものかと、おかあさんは心のどこかで企んでいる気がする。だから私は、おかあさんの手をしっかり握り、注意深く水の中を引いていく。私を一人残して先に行くなんて、そんなこと許せない。今更。

第六コースには先に女の人が二人、ビート板でばた足をしてみたり腕をまわしながら歩いたりしていたが、私たちが近づいていくと、顔を見合わせてコースから出ていった。私もこの場所ではおかあさんと同様、なるべく他人と口を利《き》かないようにしているから、私たちはまるで触るとかぶれる草か虫のように扱われている。「おやさしいお嬢さんで……」なんて言われるより私にはずっと心安らかなことだけれど。それはとにかく、女の人たちは泳ぐのをやめたわけではなくて、隣のコースに入っていくので、私は気が気ではなくなる。せっかくあの人が一人で悠々と泳いでいたところに、女の人たちはぽちゃぽちゃと体を沈めて、これまで通りに振る舞いはじめたからだ。

案の定、あの人は、女の人のちっとも前に進まないばた足に遮《さえぎ》られて、コースの途中で泳ぎやめてしまう。私はそちらを見たりはしない、でも気配で手に取るようにわかる。あの人はコースの中ほどに突っ立って、ゴーグルを外し、女の人たちが跳ね上げる無様な水しぶきをじっと見下ろしているだろう。そんなふうに今はあの人の半身が水の外にあって、私を見ることもできる、と思うと、私の体の、あの人の側の半分は、生皮を剝《は》がれたようにひりひりしてくる。

私とおかあさんはコースの端まで行き着いた。ふう、とおかあさんは溜息《ためいき》を吐《つ》く。折り返すまでに五分ほど休まなければならない。本当はそんなに疲れていないんでしょう、さあ、さっさと歩き出しましょう、と私は頭の中でおかあさんを詰《なじ》るが、もちろん声にはぜったい出さない。かわりに、おかあさんと同じように私も、ふう、と溜息を吐く。体の火照《ほて》りを皮膚の内側に閉じこめて、私は極力ふつうにしていなければならない。

でも——この五分間は気がくるいそうに長い。だめ、だめ、だめ、と私は声に出さずに絶叫しながら、とうとう、あの人のほうを見てしまう。あたかも、あの人の向こう側にある時計の針が気になるようなふりをして。でもあの人は、先刻お見通しなのだ。私は目が痛くなるほど時計を凝視しながら、あの人が私を見ていることを意識する。おかあさんと同じように、あの人にもきっとわかってしまうだろう。昨日の夜、あの人に抱かれる自分を空想しながら私が二度も果てたことが。昨日ばかりではない、半年前このプールにはじめてきてあの人の姿を見て以来、私が幾度も幾度も、あの人に貫かれる自分を夢想していることが。

「さあ、もうちょっとがんばって歩きましょう」

私はおかあさんの手を取る。再び水中を歩きはじめる私たちの背後で、あの人はプールから出たようだ。ずうずうしい女の人たちがばちゃばちゃとあの人の邪魔をするプールにも、あの人に片恋する陰気な中年女にも、あの人は用などないのだ。

フィットネスクラブから家に戻ると、おかあさんはカルボナーラスパゲティを作り、食べ終わると、午後は絵を描《か》くことにしたわ、と言った。おかあさんは、画家だ。

私は出かける仕度をした。私が出かける予定なのを知っているから、おかあさんは絵を描くことにしたのだと思う。

家を出ると、また隣の家の奥さんに会った。どこからか帰ってきた奥さんが、家に入ろうとしているところに行き会ったのだ。

「あら。またお出かけ？」

奥さんは愛想よく微笑んだ。

「ええ。仕事なんです」

と私は答える。

2

待ち合わせした店の地図は昨日ファックスで送られてきていた。私はめったに街を歩かないので、有名なビルや劇場の名前を出してその中とか裏だとか言われても、まるでわからない。

そこは街の中のもう一つの街のような複合施設だった。オープン記念フェアの旗があちこちに飾られている。そういえばニュースか何かで同じ風景を見たことがあるような気もする。

ばかに広くてややこしい作りになっていて、指定されたイタリアンレストランを探し当てるのにさらに歩き回らなければならなかった。テラスの席に、おとうさんはもう来ていた。

「ごめんなさい、遅くなって」

おとうさんはにこにこしながら、向かいの椅子《いす》を促す。オリーブ色の麻のスーツに、黒いTシャツ。おとうさんはおかあさんよりちょうど十歳年下だから、今年六十になるはずだが、年齢よりずっと若く見える。まるで、おとうさんがとるはずの歳《とし》を、おかあさんが代わって引き受けているみたいに。

「昼食は?」

「食べてきました」

「そう。じゃケーキを食べよう」

カプチーノ二つ、というオーダーを受けたウェイターが、ケーキを載せたワゴンを押してすぐに戻ってきた。銀色のワゴンに、何種類ものケーキが宝石をちりばめたように並んでいる。

「この前OL百人の何とかってテレビで、ナンバーワンになったっていうやつはどれ?」

おとうさんが訊き、

「ああ。それはこちらの……」

と、クレープで包んだ茶巾寿司みたいな形のを、ウェイターが指す。

「ああそれなの。なんだか地味な外見だなあ」

中にチョコレートとクリームが……と説明しようとするウェイターを遮って、

「僕はそれはいいや。こっちの、苺のやつを頂戴《ちょうだい》。美邑《みゆう》はどれにする？」

とおとうさんは言い、

「じゃあ、私がそっちをいただくわ」

と私は言う。

「それでいいの？　もう一つか二つ、頼んだら」

私は辞退する。一つ食べるのだってやっとなのに。

「元気だった？」

ウェイターがいなくなると、おとうさんはいつものようにそう訊いた。ええと私は答える。おかあさんと同じように、おとうさんも、私が「ええ」としか答えないことを知っていてそう訊くのだ。

「おかあさんも？」

「ええ」

「この前の絵、先方がえらく喜んでいたよ。それでね、今度のお客さんも、その人からの紹介なんだ」

おとうさんはいろいろな仕事をしているが、画商もその中の一つだ。と言っても取引している画家が、おかあさんのほかにいるのかどうかはわからない。ようするにおとうさんは、ほかの仕事で知り合ったお金持ちが家を建てたり店を開いたりするときに、おかあさんの絵を紹介して、売ってくれるのである。おかあさんは画家としてそんなに有名ではないけれど、知っている人は知っているから、うまく話を持っていけばそれなりの値で売れるのだとおとうさんは言う。

ぎゃくに言うと、今おかあさんが付き合っている画商はおとうさんしかいない。もう個展も開かず、おかあさんは今では、おとうさんから頼まれた絵しか描かない。でも、その収入と、それとはべつにおとうさんが毎月振り込んでくれるお金を合わせると、私とおかあさんが二人で暮らすには十分な額になる。

「花か鳥の絵がいい。できればその両方が入っているのが。動物でもいいよ。エスニックな感じで」

以前は、すでに描き上がっている絵を売っていたが、最近は客の注文が先にあり、それに沿ったものをおかあさんが描く。今度の客は別荘に飾る絵を求めていた。南伊豆にあるというリゾートマンションの内部を撮った何枚かの写真を、おとうさんは私に見せた。おかあさんが依頼主に直接会いもせず描いて、先方が気に入らなかったらどうするの？　と私はかつて一度だけ訊いたことがある。大丈夫、カーテンみたいなものなんだから、というのがおとうさんの答えだった。

写真を封筒に戻しバッグにしまうと、それで私の「仕事」は終わってしまう。それからしばらく、私とおとうさんは、してもしなくても同じような話をする。私とおかあさんは、プールに今週は三回ではなく四回行ったとか。今日、カルボナーラを作っているときにベーコンがはねて、おかあさんは右手の人差し指にちょっとした火傷《やけど》をしたとか。おとうさんのほうは、いつもたいていそうだが、どこどこの店でタレントの誰々に会った、というような話をする。

二杯目のカプチーノも飲み終わり、もう席を立ってもいいかしら、と思ったとき、

「今日はまだ時間あるかな？」

とおとうさんが訊いた。

おかあさんはアトリエのソファーで毛布にくるまっていた。ただいま、という私の声に身じろぎし、毛布の中から目だけ出して、どうだった？　と訊く。ええ、この前の絵はとても評判が良かったそうよ、と私は答える。

「評判がね」

おかあさんは馬鹿にしたように言い、のろのろと体を起こす。腰に毛布をたぐませ、ぼさぼさの髪をかき上げながら、つまらなそうに、ソファーの前の描きかけの絵を眺める。今描いているのは、薔薇《ばら》の絵だ。三枚頼まれたうちの最後の一枚。三枚の薔薇の絵は、スペインふう居酒屋の壁を飾ることになっている。

「どうもだめね。体力がなくて。一時間も描いていると、腰がだるくなってしまう」

絵が描けないのは体力が理由ではないだろう。おかあさんの画才はたぶんとっくに枯渇《こかつ》してしまっているのだ。おかあさんはつまらない絵を描かされているのではなくて、つまらない絵しかもう描けない。そのことを認めたくないから、おかあさんはもう絵を描きたくないのだろう。

でも、おかあさんは描くしかない。お金のためは方便で、本当のところは、おとうさんに捨てられないために。おかしなことだと私は思う。おかあさんは、とっくにおとうさんに捨てられているというのに。

「お店、どうだった？　今日は麻布だか六本木だかまで呼びだされたんでしょう？」

どうでもよさそうにおかあさんは訊き、

「ええ。出来たばかりのイタリアンレストラン。ケーキを食べたわ。今ふうに、こぎれいに作ってあったけど、味はまあまあかしら。ケーキがあの程度なら、お料理もたいしたことないと思うわ」

私は、おかあさんが答えてほしい通りに答える。

「いかにもおとうさんが好きそうなお店ね」

「ええ。途中でシェフが挨拶《あいさつ》に来たわ」

「あいかわらずね、おとうさんは」

「ええ。元気そうだったわ。そうそう。干しイチジクをおかあさんにって。山のようにもらってきたわ。それにドライトマトも」

干しイチジクはおかあさんの好物だ。本当は、店先のワゴンに並んでいたのを、私がおとうさんに言って買ってもらったのだ。が、とにかくおかあさんは私のその言葉で、ようやくソファーから立ち上がる。

その夜の食事のメインは、ドライトマトをふんだんに入れたほうぼうのアクアパッツァになった。魚料理は好みなので私は無理をすることもなかった。けれども、食事が半分ほど進んだところで、おかあさんは私の顔を覗《のぞ》き込み、

「ちょっと塩がきつかった？」

と訊いた。

「ううん。ちょうどいいわよ。ぴったりの塩梅《あんばい》」

私はちょっとちゃかして答えたが、そう？　とおかあさんはさらに私の顔を見た。

私は急いで視線を逸《そ》らして、ほうぼうの身をむしることに熱中しているふりをした。私が隠し事をしていることが、やっぱりおかあさんにはわかってしまうのだろう。

私は今日、藍子《あいこ》さんに会ったのだった。おとうさんの「婚約者」だという女《ひと》に。藍子さんは私と同い年。それがわかったのは、藍子さんが私に年齢を訊ねたからだった。あらいやだ！　あたしたち同い年なんだわ、知ってた洋一さん？　と藍子さんは甲高い声を出した。マリリン・モンローみたいな、真っ白なホルターネックのワンピースを着ていた。ふさふさとマスカラをつけていて真っ赤な唇で、香水の匂いがした。洋一さんと呼ばれたおとうさんは、一瞬、私と藍子さんとを見比べて困った顔をした。そうか、いや知らなかったよ、美邑はもうそんなになるのか。そんなにですって？　失礼ね。ねえ美邑さん、失礼だと思わない？　と藍子さんは身を乗り出して、私の腕に触った。

彼女をぜひ美邑に会わせたかったんだよ、できればそのうち、そちらの人にも会ってほしいと思っているんだ。おとうさんは私と話すときは「おかあさん」と言い、恋人の前では「そちらの人」と言うのだった。二人はひと月ほど前からおとうさんのマンションで一緒に住んでいて、秋になったら、結婚式を挙げるのだそうだ。まずハワイで。そのあと東京で。

東京のほうに、私とおかあさんにも来てほしいとおとうさんは言った。それが、今日の用件のひとつ。それから――

おかあさんが、フォークをかちゃん、とお皿に置いた。

「塩気がきつく感じるのはドライトマトのせいね。甘味がないでしょ？　たぶん天日じゃなくて、機械で乾燥させてあるのよ。だめね、このドライトマトは」

以前に気に入って使っていたのと同じ銘柄よ、と私は心の中で言ったがもちろん口には出さなかった。私が隠し事をしていることに感づいて、その隠し事が自分を傷つけるものであることに感づいて、おかあさんはドライトマトを攻撃しているのだ。そんなおかあさんに、おとうさんの結婚式に出てほしいなんて、どんなふうに頼めばいいというのだろう。私は、おとうさんと藍子さんを憎んだ。

「これはもうやめにして、鰻《うなぎ》のしぐれ煮でお茶漬けでもしない？」

ええ、そうねと私は答える。お茶を沸かしに立ったおかあさんに続いて、私がアクアパッツァの鍋を持ってキッチンへ行くと、おかあさんは鍋の中身を、ためらいもなくゴミ箱に捨ててしまう。

今夜の食事はもう一度やり直しだ。食べることは私とおかあさんの唯一の贅沢《ぜいたく》で、たぶん、私たちがまだちゃんと生きているという証しなのだもの。

同じように日々を重ね、年を重ねているようでも、人間には、生きていく人と、死んでいく人がいるのだと思う。おとうさんや藍子さんは生きていく人たち。藍子さんと同い年でも、私は、おかあさん同様、毎日少しずつ死んでいく人間なのだろう。

3

私は、何もしないまま今日まできた。

いいことをした人は、天国へ行く。悪いことをした人は、地獄へ行く。それなら私は死んだら、どこへ行くのだろう。死んでも行くところがないのだろうか。この頃よくそう考える。

二十五のとき、はじめてのキスをした。私は、大学を出てすぐ就職した会社のOLで、相手は同じ課の上司だった。デートに誘われたとき、とても嬉しかった。ずっと憧れていた人だったから。洒落《しゃれ》た地中海料理のレストランへ行き、そのあとジャズのかかるバーへ行った。タクシー乗り場へ向かう途中でその人が何気なく道をそれて、暗い公園の中のほうへと私を促したとき、少し恐かったが、黙って付いていった。そういうことを、ほかのみんなは平気でしているのだろうと思ったし、みんなが平気なことならば、私にだってできるだろう、と思ったから。

公園の中には、私たちと同じようなアベックがたくさんいた。夜行性の動物の番《つが》いのように、暗がりに目を凝らすと必ず潜んでいるのだった。その人は私の肩に腕をまわした。私はどきっとしたが、それは、まだ占有されていない暗やみを探すために、その人が焦ったためだった。その人はレストランでもバーでもずいぶん飲んで、かなり酔っていた。

公衆トイレの裏の木の陰にようやく場所を見つけると、その人は私を木の幹に押しつけるようにして、キスをした。ざらざらした大きな舌が私の口の中に入ってきた。苦しくて顔を背けるとその人の手が私の頰《ほお》を支えて動かないように固定した。もう片方の手は私の胸を撫《な》で回して、服の上から乳首の在処《ありか》を探そうとしていた。

私は腕を突っ張ってその人を押しやった。そんなに強く押したわけではない。けれども、たぶん、その人が酔っていたことと、私が押すなんてその人が夢にも考えていなかったことが原因で、その人はよたよたと後退したと思ったら、尻餅《しりもち》をついてしまった。その人はしばらくの間、呆気《あっけ》にとられた顔で私を見上げていた。それから、なるほど、あんたが処女だという噂《うわさ》はやっぱり本当だったんだね、と言った。

その人は立ち上がると、今度は、おいおまえ、と言った。私はぎょっとしたが、「おまえ」というのは私のことではなかった。私が押しつけられていた木のうしろの繁みの中に向かって、その人は話しかけていたのだ。おいおまえら、もうここで見てたって無駄だぞ、だってこの人は、処女なんだからな、と彼は言った。すると繁みの中から男が二人出てきて、にやにや笑いながら私を上から下まで睨《ね》め回した。男たちは揃って黒っぽい服を着ていて、顔までうす黒かった。

やがて男たちは立ち去っていったが、私には何が何だかわからなかった。どうして男たちがここにいたのか。どうしてその人はそれを知っていたのか、知っていながら黙っていたのか、黙って、私の口の中に舌を差し込み胸を撫で回したのか。それから十年が経った今では、夜の公園にはアベックとともにあの男たちのような「覗き屋」が徘徊《はいかい》しているのだ、ということを私は知識として得ているけれど――

翌日から、私は会社に行けなくなった。会社にはあの男たちがいて、私がデートした相手や、同僚の女の子たちと一緒になって「あいつはやっぱり処女だったんだね」と、私のことを笑っているような気がした。同じ頃、おとうさんがおかあさんを捨てた。しばらく前から関係していた女性――もちろん藍子さんではない。私が物心ついたときからおとうさんには女性が絶えなかった――の家からとうとう戻ってこなくなったのだった。

おとうさんの代理人だという男性が、おとうさんの名前が記してある離婚届を持ってやってきて、おとうさんは浮気しているのではなく、おかあさんを捨てたのだ、という事実がはっきりすると、おかあさんは狂乱状態になった。泣いたり笑ったり怒鳴ったりお皿を割ったりキャンバスを引き裂いたり頭から水をかぶったりするおかあさんを、私はぼんやり眺めていた。電話は鳴り続け新聞や郵便はポストから溢《あふ》れた。電気は夜通し点《つ》いていることもあったし、一日中真っ暗な日もあった。

砂あらしのような疫病のようなその時期がようやく過ぎたとき、私は、自分の一部とおかあさんの一部が同化してしまったことに気がついた。開腹手術をしたあと、運が悪いと内臓と内臓がくっついてしまうように。そうして、私とおかあさんは、互いに身動きがとれなくなった。

「おかあさん、私ちょっと出かけてくるわ」

ハーブを植えたプランターの前にかがみ込んでいたおかあさんは、びくっとして顔を上げる。

「どこに……?」

「ええ、ちょっとそこまで」

おかあさんの顔に驚きと脅《おび》えが浮かぶ。私が行き先を曖昧《あいまい》にしたまま出かけるというのが、信じられないのだろう。私はおかあさんを保護していると思っているが、おかあさんは私を保護していると思っている。つまりそんなふうに私たちは互いを縛り合っているのだろう。

私は、何か言うべきことを探しているおかあさんの顔から急いで目を逸らして、

「夕方前には帰るわ」

とだけ言って、家を出た。

もったいぶる理由など本当はなかった。私の行き先は、フィットネスクラブなのだから。でも、これからプールに行ってくるわといえば、おかあさんは、昨日も行ったのになぜ今日も行くのかと訊くだろう。それに、口には出さないかもしれないが、なぜ一人で行くのかとも思うだろう。どちらの問いにも、私は答えたくない。

それにしても、フィットネスクラブか。私はひどく可笑《おか》しくなる。私はこんなにどきどきして、ものすごい親不孝をしたような気がしているのに、結局行き先はフィットネスクラブ。おとうさんに会いに行くほかに、私が出かける先といえば、この世の中にフィットネスクラブと近所のスーパーマーケットと、せいぜい図書館くらいしかないわけだ。

そういえば図書館で、フィットネスクラブの会員とばったり出会ったことがあったと、私はふと思いだす。名前は知らないが、風采が上がらない男の人だった。向こうから声をかけてきたのだ。古本屋だとかで、あのとき図書館で見つからなかった本を探してくれると言っていた。そんなふうに他人が熱心に私たちに近づいてこようとすることに、私もおかあさんもちょっと驚いたものだが、結局あれからひと月が経って、あの人はプールで会っても何も

言ってこない。本の話どころか、目を合わせようともしない。誰かに何か言われたのかもしれない。ＯＬ時代、私が処女だと知らないうちに噂になっていたように、フィットネスクラブでも何か噂がたっているのかもしれない。あの本に関しては、どっちみち一年に数回あるおかあさんの気紛れに過ぎなくて、おかあさんはもう書名すら覚えていないだろうけれど

――

今日、私はいつものように服の下に水着を着てこなかった。更衣室で裸になるのには勇気が要った。貧弱な胸にがんじがらめにバスタオルを巻きつけ、慌ただしく水着を引っぱり上げても、まだ裸でいるような感じだった。おかあさんが一緒ではないからだ、と気がついた。

私は俄《にわか》に怖じ気づいて、もう少しで逃げ帰るところだったが、なんとか温水プールまで歩いていった。いつもよりずっと、あの人に会いたかったし、会いたくなかった。あの人が、プールの中ではなく、ジャクジーに浸かっているのを見たとき、そうして、あの人が、私のほうをじっと見ているのがわかったとき、私は自分が今にも叫びだすか昏倒するんじゃないかと思った。が、どうにか私は第六コースに入った。あの人だけではなく、温水プールにいる人たちみんなが、こちらをじろじろ見ていた。一人でいるのがめずらしいのか、あるいは、見たことがない女に見えるのかもしれない。

みんなに見られていると思うと、裸でいるかのような感じは、いっそう大きくなった。け

れども、私は次第にそのことが心地よくなってきた。あの人以外の人たちは私の意識から消えていき、あの人だけに見られている気持ちになった。コースを歩いて二往復したあと、私は思いきって水の上に体を伸ばして浮いてみた。このプールに通うようになってから六ヶ月が経つがそんなことをするのははじめてだった。おかあさんと一緒のときは、水に顔をつけたことさえなかったのだ。でも、私は泳げるはずだった。最後に泳いだのはいつだったか――高校の体育の授業かもしれない。五十メートルをクロールで泳ぐことが学期末の課題で、途中で立ってしまう子も何人かいたが、私はちゃんと泳ぎきったはずだ。

手をまっすぐ伸ばし、浮かんでいると、あの人の前であられもない姿で身を延べている感じがした。心臓は恐ろしい早さで打っていたが、恐くはなかった。腕をまわし、水を掻《か》いてみた。自分が息を吐くごぼごぼという音が大きく聞こえてびっくりしたが、さらに掻いた。何か狭い穴を無理やり通り抜けるような感じで体が前に進んだ。もうとても無理だと思って私は立ち上がったが、あの人の目がまだこちらを向いているのをたしかめると、もう一度水中に身を投げた。私は水を掻き、また掻き、苦しくなると、無様な姿勢で息継ぎをしてまた掻いた。水が私の腋《わき》の下やお腹や足の間をふるえながら滑《すべ》っていった。私はあの人に見せつけるように、あの人に向かって泳いだ。

フィットネスの帰り、私はマクドナルドに寄った。一人で飲食店に入ることもこの十年間一度もなかった。びっくりするほど晴れやかに笑うウェイトレスからコーラとハンバーガー一つを買い、壁際の席に座った。半端な時間のせいか、店内はがらんとしている。

何時間も水の中にいたように思えたが、実際には私はプールに三十分もいなかった。疲れ切ってとうとう泳ぎやめたとき、あの人の姿はもうなくて、ただ何人かの人たちが、見ないようなそぶりで私のほうを窺《うかが》っていた。

コーラだけをあっという間に飲んでしまい、私は仕方なく、ハンバーガーの包みを開けて齧《かじ》ってみる。もう冷めかけていて、奇妙な油っぽい匂いが鼻についた。自分が意味のないことをしているのはわかっていた。一人でプールへ行き、食べたくもないハンバーガーを食べたところで、何一つ変りはしない。

たとえば十代の頃は、こういう店にもよく来た。休日に、友だちと映画を観に行ったり、買い物に出かけたりし、ハンバーガーやフライドチキンをぱくついた。今日の翌日には明日がやってきて、明日の次には明後日になる。それ以外の時の経ちかたなどあるはずもないのに、どうして私だけがみんなと違う場所にいるのだろう。

私はまた藍子さんのことを思いだした。私と同じ歳だという藍子さんの、ぴかぴか光る頬や、堂々とした胸のふくらみや、自信に満ちた笑いかたを。私があの人を思って自分の指で自分を慰めているとき、藍子さんはおとうさんにたっぷり愛されているのだ、きっと。

そのとき私の目は店の入り口に釘付けになった。あの人が入ってきたからだ。あの人の目がちらっとこちらに向いたので、私は一瞬、あの人が自分を探しに来たのだと思った。けれどもあの人はすぐに私から目を逸らし、私の前を通り抜けると、一つ置いた隣のテーブルの前に立った。その席には私が来る前から女性が一人座っていたが、あらためて窺い見ると何となく見覚えのある顔だった。そうだ、彼女は以前に、フィットネスクラブの受付に座っていた人だ。

あの人は椅子には座らず、ポケットから何かを出して、テーブルの上に置く。私は思わず首を伸ばした。鍵だった。女が何か言う。あの人はくるりと背を向けてテーブルから離れようとする。待ってよ、と女が叫ぶ。

あの人は振り返らない。女はガタンと大きな音をたてて立ち上がり、飛びかかるようにしてあの人の腕を摑《つか》む。あの人はようやく振り返るけれど、その目は女の顔ではなくて、自分の腕を摑んでいる彼女の手を見ている。

「放せよ」

とあの人は、冷たい、低い声で言った。

「待ってよ。ぜんぜんわかんない。説明してよ。なんでなの？」

と女が、さらにもう片方の手も、あの人の腕に巻きつけながら言う。

「だから言ったろ？　女ができたんだって」

「嘘《うそ》よ」

「嘘じゃねえよ」

「嘘。ぜったいに嘘。ねえ、どうしてそうなっちゃうの？　あなたって。何でも面倒くさがって、すぐ別れるって言って……」

「あーあーあー、うるせえなもう」

あの人は女に掴まれている腕を、乱暴に振りほどいた。はずみで彼女は私の隣のテーブルにしたたかにぶつかる。

「栄二《えいじ》！」

ほとんど泣き叫ぶような声を女は出し、ああ、あの人の名前は栄二というのだ、私がそう思ったとき、あの人が私の視線に気がついた。

「しずかにしろよ。おばさんがびっくりしてるだろう」

あの人は笑いもせずにそう言うと、もう私のことも、女のことも一瞥《いちべつ》もせずに、というより私たちなどそれきりこの世から消え去ったかのように、ゆらりと体を傾けて、すうっと店を出ていった。

私も間もなく店を出た。元受付嬢はテーブルに突っ伏して泣いていた。私が椅子を立ったとき、泣きはらした目を上げて私を睨《にら》んだ。

家に帰る前に私は本屋の前の電話ボックスに入った。おとうさんから教わった携帯電話の番号にかけると、藍子さんが出た。

「この前のお話、お願いします」

と私は言った。

4

玉ねぎを炒める甘い匂いが、家じゅうに漂っている。

おかあさんは小一時間前からコンロの前に立ち、木ベラを持った手を休みなく動かしている。大きな中華鍋に山盛りあった玉ねぎは、炒め続けられて今は三分の一ほどの嵩《かさ》になり、ねっとりと飴色に光っている。

「かわりましょうか?」

声をかけると、

「大丈夫、もうすぐできあがるから」

と、おかあさんはさっきと同じように答える。おかあさんが作ろうとしているのはオニオングラタンで、美味しいオニオングラタンを作るためには、大量の玉ねぎの薄切りをゆっくり時間をかけて飴色になるまで炒めなければならない。

私はたまらなくなって窓を開けた。六月の陽気にコンロの熱が加わって、エアコンをつけていても家の中はどんよりと蒸《む》し暑い。おまけにこの匂い。そもそもオニオングラタンは、真冬の食べ物なのに。

「どうしてあんな夢を見たのかしらねえ」

私が窓を開けたのに気づかないふりをして、おかあさんはまたそのことを言う。夢の話は朝食のときすでに聞いていた。おかあさんは昨日、オニオングラタンスープの夢を見たのだそうだ。

「おかしいわね、この暑いのにかまくらなんて。かまくらのねえ、雪の壁がぱかっと開いて、その向こうがオーブンみたいになってるのよね。その中にオニオングラタンが入ってるの。ああおいしそうだったなあ、あのオニオングラタン……」

私は黙って聞いていた。おかあさんの夢についての感想は朝全部言ってしまったから、もう言うべきこともない。

「ばかみたいね、それでこんなに暑い思いして、ふうふう言って玉ねぎを炒めてるなんて」

隣の奥さんや、プールで会う人たちに見せたいわ。それを私は、心の中で言った。おかあさんは喋《しゃべ》り続ける。私が答えるまで、喋り続けるつもりなのだろう。

「だけど食べることに熱心になるのは、しかたがないわね。食べたいものしか食べたくない、と思ってしまうのよ。もうあと何回食べられるかわからないもの。もう、そんなには生きられないもの、おかあさんは……」

ほんとう？　と私は呟《つぶや》いたのだと思う。え？　とおかあさんが聞き返す。

「なんでもないわ。ほら、そろそろ焦げつくんじゃない？」

と私は言った。


玉ねぎを炒め終わるとおかあさんは汗だくになってしまい、オニオングラタンは昼食ではなく夕食に食べることになった。お昼ご飯どうしようか、T飯店に行って冷麵を食べるというのはどう？　とおかあさんは、疲れ切った顔に無理やり笑顔を浮べて提案したが、それは無理だわと私は言った。

「私、これから出かけるのよ」

「あら。そうだったの」

どこへ行くの？　とはおかあさんはもう訊かなかった。この前のように曖昧な答えが返ってくるのが恐くて、訊けないのだろう。ひどく動揺しているのはあきらかなのに何とか普通に振る舞おうとしているおかあさんが、私はきゅうに気の毒になって、

「夕ご飯には帰ってくるわ。だって今日は、オニオングラタンだものね」

と約束した。

今日の待ち合わせは、都心の大きなホテルだった。ここは以前の会社の近くだったから、地図なしでも辿《たど》り着けた。といっても、やっぱり少し遅れてしまい、ロビーにはおとうさんと藍子さんと、私の見合い相手――藍子さんの従兄《いとこ》だという男性――が、もう揃っていた。

「こちらが麻生史哉《あそうふみや》くんだよ、麻生くん、これが娘の美邑です」

おとうさんが双方を紹介したあと、私たちは場をホテル内のカフェに移した。今日はカジュアルな席にしたいと思ったから、あえて個室はとらなかった、とおとうさんは言った。この前、話のついでみたいにこのことを持ち出したときも、おとうさんは「お見合い」という言葉は使わず、「藍子さんの従兄に会ってみないかい？」と言ったのだった。中庭に面したテーブルの、窓際に私とおとうさんが、向かい側に藍子さんと麻生さんが座った。結局いかにも「お見合い」という図柄になったが、他人の目からは案外おとうさんと藍子さんのお見合いに私たちが付き添っているようにも見えそうだった。

麻生さんは、色白で癖っ毛でぽちゃっとした人だった。私より五つ年上の四十歳ということだったが、歳よりもずっと若く見えた。昨年からおとうさんの事務所で働いているが、それまではパリやロンドンで暮らしていて、詩作の勉強をしていたのだそうだ。つまり裕福な人なのだろう。コットンパンツにカッターシャツという軽装にも、お金がかかっていることが見てとれた。麻生さんのプロフィールを教えてくれたのは本人ではなくて専《もっぱ》ら藍子さんだった。藍子さんが自分のことを話している間、麻生さんは他人事みたいな顔で退屈そうに紅茶をすすっていた。

「史哉さんのお父さんはT大で文学を教えてるの、だからほら、育った環境なんかも、美邑さんのおうちと近いと思うのよね。芸術系といったらいいかしら」

今日はチャイナドレスふうの、ぴったりした濃紺のドレスを着ている藍子さんが言い、すると麻生さんが、突然口を開いて、

「僕、美邑さんのお母様のことを知っていますよ」

と言った。

「現代アーチスト五十選、みたいな画集が我が家にありましてね。その中にあるお母様の花の絵が、僕、小さな頃から気に入っていたんですよ」

「……ありがとうございます」

私は微笑んだが、ほかにどう言っていいかわからなかった。おとうさんが、

「それは、サモワールに差した薔薇の絵でしょう?」

と引きとった。ああそうか、そういうふうに応じればよかったのだ、と私は思う。サモワールの薔薇の絵は、おかあさんの代表作だ。唯一の。

それから私たちはしばらくその場所にいたが、喋るのはおとうさんと藍子さんばかりだった。私はときどき頷《うなず》いたり、どうにか微笑んだりしながら、麻生さんを観察し、同じように麻生さんが私を観察しているのを感じていた。そうして、観察の結果、麻生さんはあきらかに私に失望しただろう、麻生さんだけでなく、藍子さんも、おとうさんも――そう確信したとき、

「美邑さんさえよかったら、僕、もう少しお話ししてみたいな。二人だけで」

と、麻生さんが言ったのだった。

ホテルの前で、おとうさんと藍子さんに見送られ、私と麻生さんはタクシーに乗った。タクシーの中で、麻生さんは携帯電話を使って店を予約した。ビルの地下にあるそこはやっぱりカフェのようなレストランのような体裁だったが、「すくなくともさっきの店よりはましですよ」と、麻生さんは言った。

まだ四時前だったが私たちはビールを飲んだ。飲みましょうよと麻生さんが言ったのだ。麻生さんはビールと一緒にセブンスターも注文して、吸いはじめた。「かまわないでしょう？こうなったら」と麻生さんは私に笑って見せた。「こうなったら」とはどういう意味なのか、麻生さんが私をこの店に連れてきたのは、私を気に入ったからではない、その逆で、私とのことがどうでもよくなったからなのかもしれない。私はそう考え、するとむしろ気楽になった。

さっきとは別人のように、麻生さんはよく喋った。さっき藍子さんが語ったプロフィールを、あらためて自分の口で語り直した。女の人のこととか、麻薬の話も出てきたけれど、私にはさっきの話とさほど違いがあるようには思えなかった。ただひとつ、私にわかったのは、麻生さんも私と同じように、何もしないで生きてきた人なのだ、ということだった。そうして、私はそのことを知っているけれど、麻生さんは、自分がそういう人間だということに、気づいていない。だから、私のほうが有利である気がした。そう、有利。それも私だけが気づいていることだった。

私は麻生さんに、フィットネスクラブで最近よく聞く話をした。スイミングの進藤コーチの奥さんが、行方不明になったという話。でも、今はもう居所はわかっているらしい。

「つまりたんなる夫婦げんかだったということ？」

麻生さんはつまらなそうに訊いた。そう言われれば、そうなのかもしれない。実際のところ、私は更衣室やプールサイドの噂話に加わったことなどないのだから、たまたま聞こえてくる言葉以上のことはわからない。

「たんなる夫婦げんかではないんでしょうね」

それなのに、私はそう言った。

「だって奥さんはいまだにコーチの元へ戻っていないんですもの」

「恋人がいるんだろう、その奥さんには」

「そうかもしれませんね」

私はそう答えたが、心の中では、そうじゃない、と思っていた。そんな話は聞こえてこなかった。もしかしたら奥さんはもうコーチの家に戻っているのかもしれない。でも、奥さんはきっと、いまだにどこかへ行ったままなのだ。

ビール、そのあとはワインを、私はどんどん飲んだ。麻生さんは――隠そうとしていたが――少なからずびっくりしているようだった。けれども私はすでに、決めていたのだ。この夜は麻生さんが考えているように彼のものなのではなくて、私のものなのだと。私はふと腕時計を見た。いつの間にか六時を過ぎている。おかあさんが私の帰りを待っているだろう。オニオングラタンを用意して。

「そろそろお開きにしましょうか」

私の動作に気づいたのだろう、麻生さんはそう言ったが、

「どこかへ行きましょう」

と、私は言った。私をどこかへ連れて行ってください、と。


あの人は、きっとゆっくり時間をかけて私の服を脱がすだろう。あの人はいかにも乱暴で、ぞんざいそうに見えるけれど、きっと女性を抱くときだけは、いやらしいほど丁寧に違いない。あの人は、私のブラウスのボタンをひとつずつたしかめるようにはずし、大きくてざらっとした手を滑り込ませて、まず私の鎖骨をなぞるだろう。

——麻生さんはラブホテルを利用するのがはじめてのようだった。そうじゃないふりをしていたが、私にはわかった。もちろん私もはじめてだったが、二人はさして戸惑うこともなく部屋に入れた。こういう場所は、そういうふうに——ごく簡単に事が運ぶように——できているのだろう。麻生さんはベッドに座ると煙草に火をつけ、あらぬほうを見ながら、「こういうことになるとはね。はっは」と少し笑った。それから「とりあえずシャワーを浴びますか?」と訊いた。

そうか、こういう場所では、まずシャワーを浴びるのだ。あの人も浴びるだろうか。いい

えあの人はそうしない気がする、ただ私を浴室に行かせることはするかもしれない。私がふと振り向くと、あの人は浴室のドアを半分開けて、何か面白いものでも見るように、私の濡れた裸体を眺めるのかもしれない。

——私と入れ替わりにシャワーを使った麻生さんは、腰にバスタオルを巻いて戻ってきた。ベッドに横たわる私を見下ろし、「あなたは大人の女性ですよね、そうでしょう？」と言う。私は、ええ、と頷いた。「僕らはこの先どうなるかわからない。これきりかもしれないし、また会うのかもしれない。もちろん結婚する可能性もあるけど、結婚には至らないかもしれない。とにかく僕らは今日、こうなることになったわけで、それを選んだのは僕でありあなただ、そう思っていいんですよね？」ええ、と私はもう一度頷いた。

あの人が私に覆いかぶさってくる。あの人の手が私の乳房の上でうごめき、私の乳首をつまむ。それはもう十分固くなっているのにさらに固く尖《とが》らせるように、あの人の指は執拗《しつよう》に動く。私の体の貧弱さが、ぎゃくにあの人を燃え立たせている。あの人は私を、目の前の体を、あの人にふさわしいものに変えようとしているのだ。あの人は考えたり躊躇《ちゅうちょ》したりしない。すでにあの人自身ではどうにもならない力にとらわれて、あの人は私の体を粘土のようにこねまわす。こねられるほど、私の体の隅々は固くはりつめていき、もうはじけてしまう、と思ったとき、あの人が私を貫く。あの人があの人があの人が。

——麻生さんがぎょっとした顔で動きを止めた。私が叫び声を上げたからだ。そうして間もなく、麻生さんも小さく叫んだ。私は痛みに強ばる体をどうにか起こした。それから、シーツを染め抜く自分の血を見た。

晴れた空の下で

江國香織

１９６４年東京生まれ。92年『きらきらひかる』で紫式部文学賞、２００２年『泳ぐのに、安全でも適切でもありません』で山本周五郎賞、04年『号泣する準備はできていた』で直木賞を受賞。近刊に『抱擁、あるいはライスには塩を』『やわらかなレタス』『金米糖の降るところ』『犬とハモニカ』『ちょうちんそで』など。

わしらは最近、ごはんを食べるのに二時間もかかりよる。いれ歯のせいではない。食べることと生きることとの、区別がようつかんようになったのだ。

たとえばこうして婆さんが玉子焼きを作る。わしはそれを食べて、昔よく花見に行ったことを思いだす。そういえば今年はうちの桜がまだ咲いとらんな、と思いながら庭を見ると、婆さんはかすかに微笑《ほほえ》んで、あの木はとっくに切ったじゃないですか、と言う。二十年も前に、毛虫がついて難儀して、お爺《じい》さん御自分でお切りになったじゃないですか。

「そうだったかな」

わしはぽっくりと黄色い玉子焼きをもう一つ口に入れ、そうだったかもしらん、と思う。そして、ふと箸《はし》を置いた瞬間に、その二十年間をもう一度生きてしまったりする。

婆さんは婆さんで、たとえば今も鯵《あじ》をつつきながら、辰夫《たつお》は来年こそ無事大学に入れるといいですね、などと言う。

「ちがうよ。そりゃ辰夫じゃない」

鯵が好物の辰夫はわしらの息子で、この春試験に失敗したのはわしらの孫、辰夫の息子なのだった。説明すると、婆さんは少しも驚いた顔をせず、そうそう、そうでしたね、と言って微笑する。まるで、そんなのどちらでも同じことだというように。すると、白い御飯をゆっくりゆっくり嚙《か》んでいる婆さんの、伏せたまつ毛を三十年も四十年もの時間が滑《すべ》っていくのが見えるのだ。

「どうしたんです、ぼんやりして」

御飯から顔をあげて婆さんが言う。

「おつゆがさめますよ」

わしはうなずいてお椀《わん》を啜《すす》った。小さな手鞠麩《てまりぶ》が、唇にやわらかい。

昔、婆さんも手鞠麩のようにやわらかい娘だった。手鞠麩のようにやわらかくて、玉子焼きのようにやさしい味がした。

うふふ、と恥ずかしそうに婆さんが笑うので、わしは心の中を見透かされたようできまりが悪くなる。

「なぜ笑う」

ぶっきらぼうに訊《き》くと、婆さんは首を少し傾けて、お爺さんだって昔こんな風でしたよ、と言いながら、箸で浅漬けのきゅうりをつまむ。婆さんはこの頃、わしが口にださんことまでみんな見抜きよる。

　ふいに、わしは妙なことに気がついた。婆さんが浴衣《ゆかた》を着ているのだ。白地に桔梗《ききょう》を染めぬいた、いかにも涼し気なやつだ。

「お前、いくら何でも浴衣は早くないか」

わしが言うと婆さんは穏やかに首をふり、目を細めて濡れ縁づたいに庭を見た。

「こんなにいいお天気ですから大丈夫ですよ」

たしかに、庭はうらうらとあたたかそうだった。

「飯がすんだら散歩にでもいくか。土手の桜がちょうど見頃じゃろう」

婆さんは、ころころと嬉しそうに声をたてて笑う。

「きのうもおとついもそう仰有《おっしゃ》って、きのうもおとついもでかけましたよ」

ふむ。そう言われればそんな気もして、わしは黙った。そうか、きのうもおとといも散歩をしたか。婆さんは、まだくつくつ笑っている。

「いいじゃないか」

少し乱暴にわしは言った。

「きのうもおとといも散歩をして、きょうもまた散歩をしてどこが悪い」

はいはい、と言いながら、婆さんは笑顔のままでお茶をいれる。ほとほとと、快い音をたてて熱い緑茶が湯呑《ゆの》みにおちる。

「そんなに笑うと皺《しわ》がふえるぞ」

わしは言い、浅漬けのきゅうりをぱりぱりと食った。

土手は桜が満開で、散歩の人出も多く、ベンチはどれもふさがっていた。子供やら犬やらでにぎやかな道を、わしらはならんでゆっくり歩く。風がふくと、花びらがたくさんこぼれおち、風景がこまかく白い模様になった。

「空気がいい匂《にお》いですねえ」

婆さんはうっとりと言う。

「いいですねえ、春は」

わしは無言で歩き続けた。昔から、感嘆の言葉は婆さんの方が得手なのだ。婆さんにまかせておけば、わしの気持ちまでちゃんと代弁してくれる。

足音がやんだので横を見ると、婆さんはしゃがみこんでぺんぺん草をつんでいた。

「行くぞ」

桜がこんなに咲いているのだから、雑草など放っておけばいいものを、と思ったが、ぺんぺん草の葉をむいて、嬉しそうに揺らしながら歩いている婆さんを見たら、どうもそうは言えんかった。背中に日ざしがあたたかい。

散歩から戻ると、妙子《たえこ》さんが卓袱台《ちゃぶだい》を拭《ふ》いていた。

「お帰りなさい。いかがでした、お散歩は」

妙子さんは次男の嫁で、電車で二駅のところに住んでいる。

「いや、すまないね、すっかりかたづけさしちゃって。いいんだよ、今これがやるから」

ひょいと顎《あご》で婆さんを促《うなが》そうとすると、そこには誰もいなかった。妙子さんはほんの束《つか》の間同情的な顔になり、それからことさらにあかるい声で、

「それよりお味、薄すぎませんでした」

と訊く。

「ああ、あれは妙子さんが作ってくれたのか。わしはまたてっきり婆さんが作ったのかと思ったよ」

頭が少しぼんやりし、急に疲労を感じて濡れ縁に腰をおろした。

「婆さんはどこかな」

声にだして言いながら、わしはふいにくっきり思いだす。あれはもう死んだのだ。去年の夏、カゼをこじらせて死んだのだ。

「妙子さん」

わしは呼びかけ、その声の弱々しさに自分で驚いた。なんですか、と次男の嫁はやさしくこたえる。

「夕飯にも、玉子焼きと手鞠麩のおつゆをつくってくれんかな」

いいですよ、と言って、次男の嫁はあかるく笑った。

わしは最近、ごはんを食べるのに二時間もかかりよる。いれ歯のせいではない。食べることと生きることとの、区別がようつかんようになったのだ。

家霊

岡本かの子

1889年東京生まれ。1910年、漫画家の岡本一平と結婚。長男である芸術家の岡本太郎を産んだ頃、「青鞜」に参加。仏教研究家としても著作活動を行う。29年、渡仏。3年間の外遊後、36年『鶴は病みき』で実質的に文壇デビューした。『母子叙情』『老妓抄』『生々流転』など優れた作品を遺す。

山の手の高台で電車の交叉点になっている十字路がある。十字路の間からまた一筋細く岐れ出て下町への谷に向く坂道がある。坂道の途中に八幡宮の境内と向い合って名物のどじょう店がある。拭き磨いた千本格子の真中に入口を開けて古い暖簾が懸けてある。暖簾にはお家流の文字で白く「いのち」と染め出してある。

どじょう、鯰、鼈《すっぽん》、河豚、夏はさらし鯨――この種の食品は身体の精分になるということから、昔この店の創始者が素晴らしい思い付きの積りで店名を「いのち」とつけた。その当時はそれも目新らしかったのだろうが、中程の数十年間は極めて凡庸な文字になって誰も興味をひくものはない。ただそれ等の食品に就てこの店は独特な料理方をするのと、値段が廉いのとで客はいつも絶えなかった。

今から四五年まえである。「いのち」という文字には何か不安に対する魅力や虚無から出立する冒険や、黎明に対しての執拗な追求性――こういったものと結び付けて考える浪曼的な時代があった。そこでこの店頭の洗い晒された暖簾の文字も何十年来の煤を払って、界隈の現代青年に何か即興的にもしろ、一つのショックを与えるようになった。彼等は店の前へ来ると、暖簾の文字を眺めて青年風の沈鬱さで言う。

「疲れた。一ついのちでも喰うかな」

すると連れはやや捌けた風で
「逆に喰われるなよ」

互に肩を叩いたりして中へ犇《ひし》めき入った。

客席は広い一つの座敷である。冷たい籐の畳の上へ細長い板を桝形に敷渡し、これが食台になっている。

客は上へあがって坐ったり、土間の椅子に腰かけたりしたまま、食台で酒食している。客の向っている食品は鍋るいや椀が多い。

湯気や煙で煤けたまわりを雇人の手が届く背丈けだけ雑巾をかけると見え、板壁の下から半分ほど銅のように赭く光っている。それから上、天井へかけてはただ黒く竈《かまど》の中のようである。この室内に向けて昼も剝き出しのシャンデリアが煌々と照らしている。その漂白性の光はこの座敷を洞窟のように見せる許りでなく、光は客が箸で口からしごく肴の骨に当ると、それを白の枝珊瑚に見せたり、堆《うずたか》い皿の葱の白味に当ると玉質のものに燦《きらめ》かしたりする。そのことがまた却って満座を餓鬼の饗宴染みて見せる。一つは客たちの食品に対する食べ方が亀屈《かじか》んで、何か秘密な食品に噛みつくといった様子があるせいかも知れない。

板壁の一方には中くらいの窓があって棚が出ている。客の誂えた食品は料理場からここへ差出されるのを給仕の小女は客へ運ぶ。客からとった勘定もここへ載せる。それ等を見張ったり受取るために窓の内側に斜めに帳場格子を控えて永らく女主人の母親の白い顔が見えた。今は娘のくめ子の小麦色の顔が見える。くめ子は小女の給仕振りや客席の様子を監督するために、ときどき窓から覗く。すると学生たちは奇妙な声を立てる。くめ子は苦笑して小女に「うるさいから薬味でも沢山持ってって宛てがっておやりよ」と命ずる。

葱を刻んだのを、薬味箱に誇大に盛ったのを可笑《おか》しさを堪えた顔の小女が学生たちの席へ運ぶと、学生たちは娘への影響があった証拠を、この揮発性の野菜の堆さに見て、勝利を感ずる歓呼を挙げる。

くめ子は七八ケ月ほど前からこの店に帰り病気の母親に代ってこの帳場格子に坐りはじめた。くめ子は女学校へ通っているうちから、この洞窟のような家は嫌で嫌で仕方がなかった。人世の老耄者、精力の消費者の食餌療法をするような家の職業には堪えられなかった。

何で人はああも衰えというものを極度に惧れるのだろうか。衰えたら衰えたままでいいではないか。人を押付《ママ》けがましいにおいを立て、脂がぎろぎろ光って浮く精力なんというものほど下品なものはない。くめ子は初夏の椎の若葉の匂いを嗅いでも頭が痛くなるような娘であった。椎の若葉よりも葉越しの空の夕月を愛した。そういうことは彼女自身却って若さに飽満していたためかも知れない。

店の代々の慣わしは、男は買出しや料理場を受持ち、嫁か娘が帳場を守ることになっている。そして自分は一人娘である以上、いずれは平凡な婿を取って、一生この餓鬼窟の女番人にならなければなるまい。それを忠実に勤めて来た母親の、家職のためにあの無性格にまで晒されてしまった便り《ママ》ない様子、能の小面《こおもて》のように白さと鼠色の陰影だけの顔。やがて自分もそうなるのかと思うと、くめ子は身慄いが出た。

くめ子は、女学校を出たのを機会に、家出同様にして、職業婦人の道を辿った。彼女はその三年間、何をしたか、どういう生活をしたか一切語らなかった。自宅へは寄寓のアパートから葉書ぐらいで文通していた。くめ子が自分で想い浮べるのは、三年の間、蝶々のように華やかな職場の上を閃めいて飛んだり、男の友だちと蟻の挨拶のように触角を触れ合わしたりした、ただそれだけだった。それは夢のようでもあり、いつまで経っても同じ繰返しばかりで飽き飽きしても感じられた。

母親が病気で永い床に就き、親類に喚び戻されて家に帰って来た彼女は、誰の目にもただ育っただけで別に変ったところは見えなかった。母親が

「今まで、何をしておいでだった」

と訊くと、彼女は

「えへへん」と苦も無げに笑った。

その返事振りにはもうその先、挑みかかれない微風のような調子があった。また、それを押して訊き進むような母親でもなかった。

「おまえさん、あしたから、お帳場を頼みますよ」

と言われて、彼女はまた

「えへへん」と笑った。もっとも昔から、肉親同志で心情を打ち明けたり、真面目な相談は何となく双方がテレてしまうような家の中の空気があった。

くめ子は、多少諦めのようなものが出来て、今度はあまり嫌がらないで帳場を勤め出した。

押し迫った暮近い日である。風が坂道の砂を吹き払って凍て乾いた土へ下駄の歯が無慈悲に突き当てる。その音が髪の毛の根元に一本ずつ響くといったような寒い晩になった。坂の上の交叉点からの電車の軋る音が前の八幡宮の境内の木立のざわめく音と、風の工合で混りながら耳元へ摑んで投げつけられるようにも、また、遠くで盲人が咳いているようにも聞えたりした。もし坂道へ出て眺めたら、たぶん下町の灯は冬の海のいさり火のように明滅しているだろうとくめ子は思った。

　客一人帰ったあとの座敷の中は、シャンデリアを包んで煮詰った物の匂いと煙草の煙りとが濛々としている。小女と出前持の男は、鍋火鉢の残り火を石の炉に集めて、焙《あた》っている。くめ子は何となく心に浸み込むものがあるような晩なのを嫌に思い、努めて気が軽くなるようにファッション雑誌や映画会社の宣伝雑誌の頁を繰っていた。店を看板にする十時までにはまだ一時間以上ある。もうたいして客も来まい。店を締めてしまおうかと思っているところへ、年少の出前持が寒そうに帰って来た。

「お嬢さん、裏の路地を通ると徳永が、また註文しましたぜ、御飯つきでどじょう汁一人前。どうしましょう」

　退屈して事あれかしと待構えていた小女は顔を上げた。

「そうとう、図々しいわね。百円以上もカケを拵えてさ。一文も払わずに、また――」

　そして、これに対してお帳場はどういう態度を取るかと窓の中を覗いた。

「困っちまうねえ。でもおっかさんの時分から、言いなりに貸してやることにしているんだから、今日もまあ、持ってってておやりよ」

　すると炉に焙っていた年長の出前持が今夜に限って頭を擡《もた》げて言った。

「そりゃいけませんよお嬢さん。暮れですからこの辺で一度かたをつけなくちゃ。また来年も、ずるずるべったりですぞ」

この年長の出前持は店の者の指導者格で、その意見は相当採上げてやらねばならなかった。で、くめ子も「じゃ、ま、そうしよう」ということになった。

茹で出しうどんで狐南蛮を拵えたものが料理場から丼に盛られて、お夜食に店方の者に割り振られた。くめ子もその一つを受取って、熱い湯気を吹いている。このお夜食を食べ終る頃、火の番が廻って来て、拍子木が表の薄硝子の障子に響けば看板、時間まえでも表戸を卸すことになっている。

そこへ、草履の音がぴたぴたと近づいて来て、表障子がしずかに開いた。

徳永老人の髯の顔が覗く。

「今晩は、どうも寒いな」

店の者たちは知らん振りをする。老人はちょっとみんなの気配いを窺ったが、心配そうな、狡そうな小声で

「あの――註文の――御飯つきのどじょう汁はまだで――」

と首を屈めて訊いた。

註文を引受けてきた出前持は、多少間の悪い面持で

「お気の毒さまですが、もう看板だったので」

と言いかけるのを、年長の出前持はぐっと睨めて顎で指図をする。

「正直なとこを言ってやれよ」

そこで年少の出前持は何分にも、一回、僅かずつの金高が、積り積って百円以上にもなったからは、この際、若干でも入金して貰わないと店でも年末の決算に困ると説明した。

「それに、お帳場も先と違って今はお嬢さんが取締っているんですから」

すると老人は両手を神経質に擦り合せて
「はあ、そういうことになりましてすかな」

と小首を傾けていたが
「とにかく、ひどく寒い。一つ入れて頂きましょうかな」

と言って、表障子をがたがたいわして入って来た。

小女は座布団も出してはやらないので、冷い籐畳の広いまん中にたった一人坐った老人は寂しげに、そして審きを待つ罪人のように見えた。着膨れてはいるが、大きな体格はあまり丈夫ではないらしく、左の手を癖にして内懐へ入れ、肋骨の辺を押えている。純白になりかけの髪を総髪に撫でつけ、立派な目鼻立ちの、それがあまりに整い過ぎているので薄倖を想わせる顔付きの老人である。その儒者風な顔に引較べて、よれよれの角帯に前垂れを掛け、坐った着物の裾から浅黄色の股引を覗かしている。コールテンの黒足袋を穿いているのまで釣合わない。

老人は娘のいる窓や店の者に向って、始めのうちは頻りに世間の不況、自分の職業の彫金の需要されないことなどを鹿爪らしく述べ、従って勘定も払えなかった言訳を吃々と述べる。だが、その言訳を強調するために自分の仕事の性質の奇稀性に就て話を向けて来ると、老人は急に傲然として熱を帯びて来る。

作者はこの老人が此夜に限らず時々得意とも慨嘆ともつかない気分の表象としてする仕話のポーズを茲《ここ》に紹介する。

「わしのやる彫金は、ほかの彫金と違って、片切彫というのでな。一たい彫金というものは、金《かね》で金《かね》を截る術で、なまやさしい芸ではないな。精神の要るもので、毎日どじょうでも食わにゃ全く続くことではない」

老人もよく老名工などに有り勝ちな、語る目的より語るそのことにわれを忘れて、どんな場合にでもエゴイスチックに一席の独演をする癖がある。老人が尚も自分のやる片切彫というものを説明するところを聞くと、元禄の名工、横谷宗眠、中興の芸であって、剣道で言えば一本勝負であることを得意になって言い出した。

老人は、左の手に鏨《たがね》を持ち右の手に槌を持つ形をした。体を定めて、鼻から深く息を吸い、下腹へ力を籠めた。それは単に仕方を示す真似事には過ぎないが、流石にぴたりと形は決まった。柔軟性はあるが押せども引けども壊れない自然の原則のようなものが形から感ぜられる。出前持も小女も老人の気配いから引緊められるものがあって、炉から身体を引起した。

老人は厳かなその形を一度くずして、へへへんと笑った。

「普通の彫金なら、こんなにしても、また、こんなにしても、そりゃ小手先でも彫れるがな」

今度は、この老人は落語家でもあるように、ほんの二つの手首の捻り方と背の屈め方で、鏨《たがね》と槌を操る恰好のいいぎたなさと浅間しさを誇張して相手に受取らせることに巧みであった。出前持も小女もくすくすと笑った。

「しかし、片切彫になりますと――」

老人は、再び前の堂々たる姿勢に戻った。瞑目した眼を徐《おもむ》ろに開くと、青蓮華のような切れの鋭い眼から濃い瞳はしずかに、斜に注がれた。左の手をぴたりと一とところにとどめ、右の腕を肩の附根から一ぱいに伸して、伸びた腕をそのまま、肩の附根だけで動かして、右の上空より大きな弧を描いて、その槌の拳は、鏨の手の拳に打ち卸される。窓から覗いているくめ子は、嘗《かつ》て学校で見た石膏模造の希臘《ギリシア》彫刻の円盤投げの青年像が、その円盤をさし挟んだ右腕を人間の肉体機構の最極限の度にまでさし伸ばした、その若く引緊った美しい腕をちらりと思い泛べた。老人の打ち卸す発矢《はっし》とした勢いには、破壊の憎みと創造の歓びとが一つになって絶叫しているようである。その速力には悪魔のものか善神のものか見判け難い人間離れのした性質がある。見るものに無限を感じさせる天体の軌道のような弧線を描いて上下する老人の槌の手は、しかしながら、鏨の手にまで届こうとする一刹那に、定まった距離でぴたりと止まる。そこに何か歯止機が在るようでもある。芸の躾けというものでもあろうか。老人はこれを五六遍繰返してから、体をほぐした。

「みなさん、お判りになりましたか」

と言う。「ですから、どじょうでも食わにゃ遣りきれんのですよ」

実はこの一くさりの老人の仕方は毎度のことである。これが始まると店の中であることも、東京の山の手であることもしばらく忘れて店の者は、快い危機と常規のある奔放の感触に心を奪われる。あらためて老人の顔を見る。だが老人の真摯な話が結局どじょうのことに落ちて来るのでどっと笑う。気まり悪くなったのを押し包んで老人は「また、この鏨の刃尖の使い方には陰と陽とあってな――」と工人らしい自負の態度を取戻す。牡丹は牡丹の妖艶ないのち、唐獅子の豪宕《ごうとう》ないのちをこの二つの刃触りの使い方で刻み出す技術の話にかかった。そして、この芸によって生きたものを硬い板金の上へ産み出して来る過程の如何に味のあるものか、老人は身振りを増して、滴るものの甘さを啜るとろりとした眼付きをして語った。それは工人自身だけの娯しみに淫したものであって、店の者はうんざりした。だがそういう

ことのあとで店の者はこの辺が切り上がらせどきと思って
「じゃまあ、今夜だけ届けます。帰って待っといでなさい」

と言って老人を送り出してから表戸を卸す。

ある夜も、風の吹く晩であった。夜番の拍子木が過ぎ、店の者は表戸を卸して湯に出かけた。そのあとを見済ましでもしたかのように、老人は、そっと潜り戸を開けて入って来た。

老人は娘のいる窓に向って坐った。広い座敷で窓一つに向った老人の上にもしばらく、手持無沙汰な深夜の時が流れる。老人は今夜は決意に充ちた、しおしおとした表情になった。

「若いうちから、このどじょうというものはわしの虫が好くのだった。この身体のしんを使う仕事には始終、補いのつく食いものを摂らねば業が続かん。そのほかにも、うらぶれて、この裏長屋に住み付いてから二十年あまり、鰥夫暮《やもめ》しのどんな侘しいときでも、苦しいときでも、柳の葉に尾鰭の生えたようなあの小魚は、妙にわしに食いもの以上の馴染になってしまった」

老人は搔き口説くようにいろいろのことを前後なく喋り出した。

人に嫉まれ、蔑まれて、心が魔王のように猛り立つときでも、あの小魚を口に含んで、前歯でぽきりぽきりと、頭から骨ごとに少しずつ嚙み潰して行くと、恨みはそこへ移って、どこともなくやさしい涙が湧いて来ることも言った。

「食われる小魚も可哀そうになれば、食うわしも可哀そうだ。誰も彼もいじらしい。ただ、それだけだ。女房はたいして欲しくない。だが、いたいけなものは欲しい。いたいけなものが欲しいときもあの小魚の姿を見ると、どうやら切ない心も止まる」

老人は遂に懐からタオルのハンケチを取出して鼻を啜った。「娘のあなたを前にしてこんなことを言うのは宛てつけがましくはあるが」と前置きして「こちらのおかみさんは物の判った方でした。以前にもわしが勘定の滞りに気を詰らせ、おずおず夜、遅く、このようにして度び度び言い訳に来ました。すると、おかみさんは、ちょうどあなたのいられるその帳場に大儀そうに頬杖ついていられたが、少し窓の方へ顔を覗かせて言われました。徳永さん、どじょうが欲しかったら、いくらでもあげますよ。決して心配なさるな。その代り、おまえさんが、一心うち込んでこれぞと思った品が出来たら勘定の代りなり、またわたしから代金を取るなりしてわたしにお呉れ。それでいいのだよ。ほんとにそれでいいのだよと、繰返して言って下さった」老人はまた鼻を啜った。

「おかみさんはそのときまだ若かった。早く婿取りされて、ちょうど、あなたぐらいな年頃だった。気の毒に、その婿は放蕩者で家を外に四谷、赤坂と浮名を流して廻った。おかみさんは、それをじっと堪え、その帳場から一足も動きなさらんかった。たまには、人に縋りつきたい切ない限りの様子も窓越しに見えました。そりゃそうでしょう。人間は生身ですから、そうむざむざ冷たい石になることも難かしい」

　徳永もその時分は若かった。若いおかみさんが、生埋めになって行くのを見兼ねた。正直のところ、窓の外へ強引に連れ出そうかと思ったことも一度ならずあった。それと反対に、こんな半木乃伊《ミイラ》のような女に引っかかって、自分の身をどうするのだ。そう思って逃げ出しかけたことも度々あった。だが、おかみさんの顔をつくづく見るとどちらの力も失せた。おかみさんの顔は言っていた――自分がもし過ちでも仕出かしたら、報いても報いても取返しのつかない悔いがこの家から永遠に課されるだろう、もしまた、世の中に誰一人、自分に慰め手が無くなったら自分はすぐ灰のように崩れ倒れるであろう――

「せめて、いのちの息吹きを、回春の力を、わしはわしの芸によって、この窓から、だんだん化石して行くおかみさんに差入れたいと思った。わしはわしの身のしんを揺り動かして鏨と槌を打ち込んだ。それには片切彫にしくものはない」

　おかみさんを慰めたさもあって骨折るうちに知らず知らず徳永は明治の名匠加納夏雄以来の伎倆を鍛えたと言った。

　だが、いのちが刻み出たほどの作は、そう数多く出来るものではない。徳永は百に一つをおかみさんに献じて、これに次ぐ七八を売って生活の資にした。あとの残りは気に入らないといって彫りかけの材料をみな鋳直した。「おかみさんは、わしが差上げた簪を頭に挿したり、抜いて眺めたりされた。そのときは生々しく見えた」だが徳永は永遠に隠れた名工である。それは仕方がないとしても、歳月は酷《むご》いものである。

「はじめは高島田にも挿せるような大平打の銀簪にやなぎ桜と彫ったものが、丸髷用の玉かんざしのまわりに夏菊、ほととぎすを彫るようになり、細づくりの耳掻きかんざしに糸萩、女郎花《おみなえし》を毛彫りで彫るようになっては、もうたいして彫るせきもなく、一番しまいに彫って差上げたのは二三年まえの古風な一本足のかんざしの頸に友呼ぶ千鳥一羽のものだった。もう全く彫るせきは無い」

こう言って徳永は全くくたりとなった。そして「実を申すと、勘定をお払いする目当てはわしにもうありませんのです。身体も弱りました。仕事の張気も失せました。永いこともないおかみさんは簪はもう要らんでしょうし。ただただ永年夜食として食べ慣れたどじょう汁と飯一椀、わしはこれを摂らんと冬のひと夜を凌ぎ兼ねます。朝までに身体が凍え痺れる。わしら彫金師は、一たがね一期《いちご》です。明日のことは考えんです。あなたが、おかみさんの娘ですなら、今夜も、あの細い小魚を五六ぴき恵んで頂きたい。死ぬにしてもこんな霜枯れた夜は嫌です。今夜、一夜は、あの小魚のいのちをぽちりぽちりわしの骨の髄に嚙み込んで生き伸びたい――」

徳永が嘆願する様子は、アラブ族が落日に対して拝するように心もち顔を天井に向け、狛犬のように蹲《うずくま》り、哀訴の声を呪文のように唱えた。

くめ子は、われとしもなく帳場を立上った。妙なものに酔わされた気持でふらりふらり料理場に向った。料理人は引上げて誰もいなかった。生洲《いけす》に落ちる水の滴りだけが聴える。

くめ子は、一つだけ捻ってある電燈の下を見廻すと、大鉢に蓋がしてある。蓋を取ると明日の仕込みにどじょうは生酒に漬けてある。まだ、よろりよろり液体の表面へ頭を突き上げているのもある。日頃は見るも嫌だと思ったこの小魚が今は親しみ易いものに見える。くめ子は、小麦色の腕を捲くって、一ぴき二ひきと、柄鍋の中へ移す。握った指の中で小魚はたまさか蠢《うご》めく。すると、その顫動《せんどう》が電波のように心に伝わって刹那に不思議な意味が仄かに囁かれる――いのちの呼応。

くめ子は柄鍋に出汁《だし》と味噌汁とを注いで、ささがし牛蒡を抓《つま》み入れる。瓦斯こんろで掻き立てた。くめ子は小魚が白い腹を浮かして熱く出来上った汁を朱塗の大椀に盛った。山椒一つまみ蓋の把手に乗せて、飯櫃と一緒に窓から差し出した。

「御飯はいくらか冷たいかも知れないわよ」

老人は見栄も外聞もない悦び方で、コールテンの足袋の裏を弾ね上げて受取り、仕出しの岡持を借りて大事に中へ入れると、潜り戸を開けて盗人のように姿を消した。

不治の癌だと宣告されてから却って長い病床の母親は急に機嫌よくなった。やっと自儘に出来る身体になれたと言った。早春の日向に床をひかせて起上り、食べ度いと思うものをあれやこれや食べながら、くめ子に向って生涯に珍らしく親身な調子で言った。

「妙だね、この家は、おかみさんになるものは代々亭主に放蕩されるんだがね。あたしのお母さんも、それからお祖母さんもさ。恥かきっちゃないよ。だが、そこをじっと辛抱してお帳場に噛りついていると、どうにか暖簾もかけ続けて行けるし、それとまた妙なもので、誰か、いのちを籠めて慰めて呉れるものが出来るんだね。お母さんにもそれがあったし、お祖母さんにもそれがあった。だから、おまえにも言っとくよ。おまえにも若しそんなことがあっても決して落胆しでないよ。今から言っとくが――」

母親は、死ぬ間際に顔が汚ないと言って、お白粉などで薄く刷き、戸棚の中から琴柱《ことじ》の箱を持って来させて

「これだけがほんとに私が貰ったものだよ」

そして箱を頬に宛てがい、さも懐かしそうに二つ三つ揺る。中で徳永の命をこめて彫ったという沢山の金銀簪の音がする。その音を聞いて母親は「ほ　ほ　ほ　ほ」と含み笑いの声を立てた。それは無垢に近い娘の声であった。

宿命に忍従しようとする不安で逞しい勇気と、救いを信ずる寂しく敬虔な気持とが、その後のくめ子の胸の中を朝夕に縺《もつ》れ合う。それがあまりに息詰まるほど嵩まると彼女はその嵩を心から離して感情の技巧の手先で犬のように綾なしながら、うつらうつら若さをおもう。ときどきは誘われるまま、常連の学生たちと、日の丸行進曲を口笛で吹きつれて坂道の上まで歩き出てみる。谷を越した都の空には霞が低くかかっている。

くめ子はそこで学生が呉れるドロップを含みながら、もし、この青年たちの中で自分に関りのあるものが出るようだったら、誰が自分を悩ます放蕩者の良人になり、誰が懸命の救い手になるかなどと、ありのすさびの推量ごとをしてやや興を覚える。だが、しばらくすると

「店が忙しいから」

と言って袖で胸を抱いて一人で店へ帰る。窓の中に坐る。

徳永老人はだんだん瘠せ枯れながら、毎晩必死とどじょう汁をせがみに来る。

贅肉

小池真理子

1952年東京生まれ。96年に『恋』で直木賞、98年に『欲望』で島清恋愛文学賞、2006年に『虹の彼方』で柴田錬三郎賞、12年『無花果の森』で芸術選奨文部科学大臣賞、13年『沈黙のひと』で吉川英治文学賞を受賞。近刊に『存在の美しい哀しみ』『Kiss』『二重生活』など。

小学生のころ、私は慶子という名のクラスメートと親しくしていた。慶子は校内でも一、二を争う金持ちの娘で、高級住宅地にある大きな屋敷には住みこみの家政婦が二人もいた。

金持ちの娘によく見られるように、慶子は扱いにくいわがまま娘で、貧しい家庭の子供とはつきあおうとしなかった。彼女が私という人間を親友に選んだのは、私の家庭もまた、裕福な、恵まれた家庭だと彼女が判断したからに過ぎない。

他の女の子たちは、「どうしてあんな人とつきあってるの?」と陰口よろしく私に聞いてきたものだが、私はいつも笑ってごまかしていた。誰と友達になろうと、大差はないと思っていたし、慶子のわがままを食い止めて、御機嫌をとり、うまく彼女を操ることに喜びを覚えていた私は、私なりに自尊心を満足させていたのである。

だが、誰にも言わないことだったが、私が慶子から離れなかった理由はもうひとつあった。おかしな話なのだが、私は慶子の母親が大好きだったのだ。

私はほとんど毎日のように、学校の帰りに慶子と共に彼女の家に行った。料亭の玄関を連想させる、御影石の敷きつめられた広々とした玄関を開けると、いつも初老の家政婦が迎えに出て来る。私は慶子と一緒になって、家政婦にランドセルを手渡し、わくわくしながら慶子の後について茶の間に入る。

十畳ほどの茶の間……日当たりのいい庭に向かって上等の和紙が貼られた障子が並び、真ん中に大きな掘炬燵のある部屋……に入って行くと、「お帰り」と陽気な声がかかる。「さあさあ、炬燵にお入りよ、二人とも。寒かったろう? 今すぐ、熱いココアをいれさせるからね」

慶子の母親は病的な肥満症だった。体重は百キロ……いや、それ以上あったかもしれない。単なる肥満と言うよりも、存在それ自体が病気を連想させるところがあった。顔は醜くはなく、少し痩《や》せれば美人の部類に入りそうなほどだったが、女としての美醜の問題を超えたところで、彼女は巨大な肉の塊にしか見えなかった。

頑丈そうな赤い革の座椅子の上で、慶子の母親は掘炬燵につっこんでいた手を「よっこらしょ」という掛け声と共に上げ、家政婦を呼ぶための呼び出しベルを鳴らす。その手は、グローブのようにふくれており、太りすぎて抜けなくなった結婚指輪がはまった左手の薬指は、血のめぐりが悪くなっているのか赤黒くくすんで見えた。

「さあさあ、あんたたち」とその母親は、やって来た家政婦にココアを三つ、持って来るように言うと、にこにこして私や慶子の顔を眺めまわす。「お腹が減ったろう？　今日はカステラがあるんだよ。ドーナッツもあるけど、どっちにする？　おやおや、二人ともどうしたっていうの。テストの結果が悪かったの？　気にしないでいいよ、そんなもの。お母さんはね、ここでこうしてじっと座って、子供たちの元気そうな顔を見てるだけで幸せなんだから。テストが零点だって、かまうもんか。そうそう、ゆうべお父さんがおみやげに買って来てくれたチョコレートもあったんだっけ。さあ、お母さんもおやつにしよう。あんたたちが帰って来るのを楽しみに待ってたんだよ」

それから、茶の間の掘炬燵の上では果てしのない饗宴が始まる。慶子の母親は、次から次へと甘いものを口に運んだ。太った人間がさらに甘いものを食べ続けた場合、その内臓にどんな変化が起こるものなのか、子供だった私にわかるはずもない。私は、慶子の母親がぴちゃぴちゃと音をたて、旨そうにカステラや饅頭を飲みこんでいくのを見ているのが好きだった。実際、食べ物をあんなにおいしそうに食べる人とは、私は以後、お目にかかったことがない。飢えた犬のようにガツガツ食べるのではなく、少しずつ、長い時間をかけて目の前に並べられたお菓子を平らげていくのである。そんな慶子の母親を眺めていると気持ちが穏やかになり、いやなことを忘れることができた。

いつから慶子の母親がそんなふうになったのか、私が慶子に訊ねたことは一度もない。慶子もまた、母親の病気については何ひとつ言わなかった。

「うちのお母さんは太ってるけど」と言うのが、彼女の口癖だった。「あたし、お母さん、大好き。世界で一番好き」

いいお母さんだものね、と私は相槌を打った。そしてそれはお世辞でもなく、お愛想でもなかった。私は心から慶子の母親をいい人だと思っていた。慶子の母親は根っからの享楽主義者だった。私は慶子と共に、日当たりのいい南向きの茶の間の掘炬燵に足をつっこんで、慶子の母親が菓子袋を次から次へと空にしていきながら、私や慶子に優しい言葉を投げかけてくれるひとときを何よりも大切に思っていた。

何故、こんな話をしているかと言うと、私は今でも、自分の姉が慶子の母親のような女だったら、と思うからである。姉が慶子の母親のような女であったなら、私はこれほど苦しまなかったに違いない、と思うからである。

姉が無限の食欲にかられながら、日毎夜毎にふくれあがっていくだけの、抑制のきかない、ただのおデブさんだったとしたら、私は姉を愛することさえできただろう。素敵なおデブさん、と呼んで、姉の見事な食欲をうっとりしながら眺めていたかもしれない。

だが、姉は慶子の母親のような女ではなかった。食べたいものを食べたいだけ食べ、夫を愛し、子供を愛し、あれほど大きな家に住みながら、生涯、茶の間の掘炬燵に足をつっこんだまま、やって来る人々に優しい言葉を投げ続けた慶子の母親のように、心の広い人間ではなかった。

姉の肥満は、歪んだ精神から生まれたものだった。さらに言えば、誰もがぶつかる人生のちょっとした壁を乗り越えられなかった、ひ弱さから生まれたものだった。

自分が悪いのよ、と私はいつも一人になると毒づいていた。これまでお嬢さん育ちでやってきて、美貌と才能に恵まれて、何ひとつ不足することのない生活をしてきたものだから、あんたは、逆境に耐えられなくなっただけなのよ、と。

それでも私は姉を殺そうなどと、思ったことは一度もない。このことだけは誓って言える。姉が憎かったし、姉の肥満に嫌悪を持っていたことは事実だ。だが、殺そうなどという考えが浮かんできたことは正真正銘、ただの一度もない。

だとしたら、あれは何だったのか、と今になって不思議に思う。あれは私自身の心の歪みが引き起こしたことだったのだろうか。私のほうが、姉以上に歪んだ心を育ませていたということなのだろうか。

姉の葉子は私よりも三年早く、この世に生を享けた分だけ、私の三倍、両親の寵愛を受けて育った人だった。姉は、父が四十、母が三十四の年に生まれた待望の子供であり「小笠原楽器」の二代目社長だった祖父が急死して三代目社長に就任したばかりの父にとっては、全財産を投げ出しても惜しくはない愛娘だった。

父は、仕事の大半を部下たちに任せきりにし、姉を遊園地に連れて行ったり、姉のために金箔入りのアルバムを用意して、夥《おびただ》しい数にのぼる姉の写真を整理したり、親子で旅行に出かけたり……と、異常なまでの溺愛ぶりを示したようだ。

姉はそれこそ天使のように可愛かった。父も母も、決して端整とは言えない顔立ちだったから、姉の可愛らしさ、美しさは突然変異だったとしか言いようがない。残されたアルバムは姉の分だけでも十冊以上にのぼるのだが、どのページをめくってみても、両親の愛に包まれて幸福そうに笑っている、美しい姉の顔が並んでいる。

むろん、私は自分が望まれずに生まれてきてしまった不幸な子供だった、と言うつもりはない。「あんたをお腹の中にみごもったと知った時、どんなに嬉しかったか」と言うのが、母の口癖だった。「葉子を育ててみて、育児にも自信がついた時だったし、できれば二人目の子供が欲しい、と思ってたところだったのよ。でも、お母さんはその時もう、年だったしね。子供はもう産めないんじゃないか、って半分、諦めてたの。そしたら、神様があんたを授けてくださったのよ」

そう。父も母も、私が生まれてきたことを心から喜んでくれたはずだった。その証拠に、姉ほどではないにしても、私専用のアルバムが数冊残されているし、私自身の幼いころの記憶の中に、姉の葉子と差別されて育てられたという苦い思い出は一切ない。

父も母も、教育ということに関しては非常に熱心で、しかも公平な考え方を持っている人だった。着るものひとつにしても、私は姉のお下がりを無理矢理、着せられたことはなかったし、三つ年の離れた妹だからという、それだけの理由で、父の外国旅行のおみやげを減らされたこともなかった。私は姉同様、両親に愛されていると信じていた。その事実を疑う理由は何もなかったし、実際、そうだったに違いない。

とはいえ、私と姉とはあらゆる点でことごとく対照的だった。勉強が苦手で、ことに算数と理科が泣きたくなるほど嫌いだった私とは違い、姉の成績は常にクラスでトップだった。五段階評価の通知表に、体育を除けば、４の数字が見られなかったことも二度や三度ではない。姉は海綿のように新しい知識をのみこみ、素早く応用し、持ち前のカンの良さで短時間にそれらを自分のものにしていく子供だった。

おまけに彼女の美しさは群を抜いており、その人柄のよさ、長女にありがちなのんびりとした性格が二重に功を奏してか、学校ではいつも人だかりがするほどの人気者だった。クラス委員長には毎年、選出され、小学校六年の時には、児童会の会長にも選ばれた。

「葉子ちゃんはほんとにいい子ね。賢くて、おまけに美人で」

親戚や知人が集まると、たいてい姉に対するこうした褒め言葉が飛び交った。中には「葉子ちゃんは天才かもしれない。今に歴史に名前を残すようになるよ」などと言う者もいた。

姉に対する褒め言葉を聞かされ、それに対して愛想よくうなずき続ける、というのが私の役割になった。姉と同席していると、誰もが姉のほうを見、誰もが姉のことを話題にしたわけだが、そうさせたのは私のほうだったかもしれない。私は誰かが気をつかって、姉ではなく、私のことを話題にしようとしたり、私のことを褒めようとしてあれこれ言葉を探そうとしているのを見つけると、惨めな気持ちにかられた。同情され、適当なお愛想を言われるくらいだったら、まったく自分が話題に出ないことのほうが遥かにましだった。

だから、そんな時、私はすぐにつまらない冗談を言ったり、わざとお茶をこぼしてみせたりしながら、人々の関心をそらせようと努めた。私が「わあ、お母さん。お茶、こぼしちゃった」などと騒いでいるうちに、人々の話題は再び姉のほうに移っていくのだった。

姉は一度も、妹である私に気をつかったことはなかった。かといって、私を邪険に扱ったこともない。それどころか姉は私に、無防備とも言えるほどの全面的な信頼をおいており、テストで百点を取ったことや、クラスの担任の教師に褒められたこと、同級生の男の子からラブレターをもらったことなどを屈託なく、無邪気に自慢する相手は、常に妹である私だった。

人々の自分への称賛を上気しながら聞き入っている時の姉の横顔は、きれいだった。ぱっちりとした二重の目、長く黒い睫、かすかに上を向いた可愛い鼻、ふっくらとした唇……そうしたものが一切、私の顔の中に見つけられないとわかっていながら、私は姉の美しさに嫉妬したことはない。まったく、子供のころから、姉の可愛らしさ、美しさは驚嘆に価するものだった。自分ごときが競争心を持ってもどうなるものでもない……そうした諦めが初めから私の中にあったような気がする。

だが、順風満帆の人生を歩くはずだった姉にも、やがて避けがたい試練が訪れた。母の死だった。突然、発病した癌で呆気なく母が他界した時、姉は大学に入学したばかりで、私は高校一年生だった。入院先の病院から、母が危篤状態に陥ったという知らせが入り、私や姉が病院に駆けつけた時、すでに母はこの世の人ではなかった。

姉は錯乱状態に陥り、ヒステリーの発作のようなものを起こした。私立の有名音楽大学に現役で合格し、美しさにはますます磨きがかかり、大勢の男子学生からのデートの誘いを断るのに嬉しい悲鳴をあげ、ピアノの才能のみならず声楽の才能も認められ始め、将来は声楽家になろうと固く決めて張り切っていた姉。その姉にとって、母の死は、到底、受け入れることのできないものだったらしい。

姉は病院の暗い待合室で私に抱きつき、わなわなと震えながら言った。「これからあたし、どうしたらいいの。お母さん、いなくなっちゃったのよ。もう戻って来ないのよ。あたし、死んじゃいたい。怖いわ。どうしたらいいのか、わかんない」

なだめてもなだめても、姉は落ち着きを取り戻そうとはしなかった。姉はショックのあまり、貧血を起こし、冷たいリノリウムの床に黄色い胃液を吐き戻し、それでも足りずに私にしがみついて、赤ん坊のように泣き続けた。

その時、私は自分が突然、偉大な人間になったような錯覚に陥った。私は母の死を悲しんで泣いてはいたが、姉のように錯乱してはいなかった。二ケ月前、母が具合を悪くして入院した時から、私は母の身に何かが起こる、起こってもおかしくはない、と覚悟を決めていたところがあった。私は少なくとも母の死を受け入れようと努力していた。私は姉よりも遥かに大人だったし、姉よりも遥かに冷静だった。

姉をなだめながら、私は自分の人生に光を見たように思った。この人は自分を必要としている。この、成績のいい、きれいな、誰からも可愛がられる、人生に何の不満もなかった人が、自分にしがみつき、自分の助けを求めている。そう思いながら、私は病院の片隅で仄暗い喜びに満たされていった。母が死んだというのに、私は泣きわめく姉を抱き寄せながら、勝利の喜びに酔っていたのである。

姉という人が傍にいる限り、自分に自尊心を満足させる出来事は起こるはずがない、と諦めていた私にとって、母の死がもたらした姉の変化は、どれほど心躍る出来事だったろう。

姉は母が死んで以来、人生を悲観し、見るも無残に痩せ衰えていった。せっかく入学した大学も休みがちになり、励ましに訪れる友人たちに対しても、冷淡な素振りを見せるようになった。

十八にもなった人間に、何故、母親の死がそれほど癒えることのないショックを与えたのか、私にもうまく説明できない。だが、両親というものはワンセットになって自分を愛し、守ってくれるものと信じていた姉のような人間にとって、肉親の死は天変地異にも似た出来事だったのかもしれない。ともかく私は姉が痩せ衰え、溜め息をつき、日毎に口数が少なくなっていくのを黙って見守ってやりながら、姉が妹の私を母親の代わりとして身を委ねてくるのを、内心、わくわくしながら楽しんでいたというわけだ。

もっともあのころの姉は、私なくしては生きられない、というほどではなかった。というのも、姉を案じて、毎日のように電話をかけてくる大学の三つ年上の男子学生が、次第に姉の心をとらえ、姉にかつての自信を取り戻させることに成功したからだ。

その男は高柳という名の、ヴァイオリン科に所属する学生で、学内での成績も優秀な、なかなか魅力的な男だった。高柳は毎日、青いフォルクスワーゲンで姉を迎えに来て、姉を大学に連れて行き、授業が終わると映画やコンサートに姉を連れ出し、どこかのレストランで夕食を御馳走し、遅くならないうちに家に送り届ける、という絵に描いたように上品な交際をして姉を有頂天にさせた。

亡くなった母の話をする代わりに、姉は帰って来ると高柳の話ばかりするようになった。姉が元気を取り戻したことを誰よりも喜んでいた父は、早速、高柳を夕食に招待し、小笠原家公認のボーイフレンドとして高柳に姉を預ける形をとった。

姉にとって高柳という男は、亡くした母親の代わりを務める、第二の肉親であったのだろう。あれほど美しく、ショックで痩せたとはいえ、痩せた分だけ透明で儚《はかな》げな魅力を増していた姉が、自分に求愛してくる大勢の男子学生の中から、早々と一人の男に的をしぼってしまったことは理解に苦しむが、もともと姉には、ボーイフレンドを取り替えて遊ぶ趣味はなかったらしい。まだ二十歳そこそこだったというのに、高柳というたった一人の男に簡単に自分の全将来を預け、そこに何の不安も感じないでいられたのは、姉ならではのことだったかもしれない。

高柳は翌年、大学を卒業し、パリにある音楽学校に留学した。日本を離れる直前、彼が姉にプロポーズらしき言葉をもらしたというので、姉はすぐに父にその話をし、父も何やら慌てふためいて今後、どうすべきか考えていたようだが、結局、時間がなさすぎて、婚約という形には至らなかった。

姉はその後、毎日のように高柳に手紙を書き、夏休みには勇んでパリまで出かけて行った。帰国した日、姉は、私に向かって一晩中、高柳の話をし続けた。はっきりと言わなかったが、パリで姉は高柳と身体の関係を持ったらしかった。姉がパジャマに着替える時、姉のふくよかな胸のあたりに幾つもの黒ずんだキスマークがあるのを見つけた私は、説明しがたい心の粟立ちを感じたものだ。

姉は私にそれを見られたのを知ってか知らずか、いっそう性的に魅力を増した柔らかな身体をそっと隠しながら、パジャマの前ボタンをはめた。彼女は私などの手が届かないほど高い雲の上にいる天女のようだった。

実際、あのころ、姉が私を唯一の女友達のようにして扱ってくれなかったら、私は姉への羨望と嫉妬のせいで、自分自身をずたずたにしてしまっていたかもしれない。成績が悪かったせいで、高校時代もぱっとしない毎日を送っていた私の唯一の楽しみは、姉が私を頼り、私の助言を求めてくることだった。表向きおとなしく姉ののろけ話を聞いてやっていた私が、その時、いったいどんな気持ちでいたか、姉は考えたことすらなかったに違いない。私は高柳が疎《うと》ましかった。高柳さえいなくなれば、姉は再び絶望のどん底に陥り、再び自分を母親のように思って頼ってくるだろうと信じた。

時が流れた。私は考え事ばかりして、ろくな受験勉強もしなかったせいで、五つ受験した大学すべて不合格になり、父が最後の手段で用意してくれた多額の寄付金を元に、経営困難で知られていたどうしようもない私立の女子短大にかろうじて入学した。

姉が顔面蒼白になって帰宅し、そのまま玄関先で棒立ちになっていたのは、そんな春の日の夜のことである。

不審に思って迎えに出た私に向かって、姉は「裕美ちゃん」と私の名を何度か呼んだ。

「裕美ちゃん。わたし……もう、だめになったわ」

「いったいどうしたの」

私は、ひたひたと押し寄せてくる後ろ暗い喜びの予感に満たされながら、淡いピンク色のワンピース姿の姉をどぎまぎして眺めまわした。姉が腕に抱えていた声楽の教則本が、数冊、ぼとりといやな音をたてて三和土《たたき》の上に転がり落ちた。

姉は長く伸ばして毛先をカールさせた栗色の髪を大きく震わせながら、目にいっぱい涙を浮かべた。「高柳さん、あたしと別れたい、って。もう、あたしのこと、愛せなくなったんですって。他に好きな人ができたんですって」

姉の手が私のほうに伸ばされ、助けを求めるように宙を泳いだ。私はあふれる喜びを隠しきれなくなった。もし、あの時、たまたま早く帰宅していた父が玄関に飛び出して来なかったら、私はその場で場違いにも姉に向かって微笑みかけていたかもしれない。

父は「どうした」と言い、冷静さを装いながらも、明らかに動揺して私と姉とを交互に眺めまわした。「高柳君がどうかしたのか」

姉はその場でわっと泣き伏した。肩にかけていたショルダーバッグが三和土にずり落ち、蓋が開いて、パリみやげのシャネルの口紅が顔を覗かせた。

私は父に目配せをし、てきぱきと姉の腕をとった。「お姉ちゃん」と私は囁いた。「二階に行きましょ。話はゆっくり聞くわ」

「たいした詐欺師だったわけだ」一瞬にして事情をのみこんだらしい父は、誰にともなくそう言い、小鼻を拡げて両手を固く握りしめた。「あの男、このまま黙ってはおけないぞ」

「やめてよ、お父さん」私は言った。「大人げないことするのはやめて。そんなことをしたら、かえってお姉ちゃんがかわいそうじゃないの」

父は眉をひそめながら私を見つめたが、何も言わなかった。大丈夫、と私は小声で言った。「あたしに任せて」

その晩、二階の姉の部屋で私が姉から聞いた話は、想像していたほど酷い話ではなかった。高柳という男は、パリ留学中に、たまたま知り合った日本人の女子留学生と恋におち、そのことを姉に打ち明けられずに悩んでいたらしい。姉のことを嫌いになったわけでもなく、かといって、二人の女を天秤にかけて適当につきあっていく度胸も持ち合わせていない……。

若い男には、よくある話だった。帰国してからしばらくの間、姉に別れ話を持ち出さずにいたのも、姉があまりに無邪気に彼との結婚を信じていたからだったらしい。

「あんまりよ」と姉はベッドにもぐりこみ、しゃくりあげながら言った。「もう誰も信じられないわ。あたしが何をしたっていうの。あたしは一生懸命、彼を愛してきたのに」

そういうこともこの世には五万とある、それが誰しも経験する失恋というものだし、一度や二度、肌を触れ合わせたからといって、結婚の約束をしたかのように錯覚するのは時代遅れで滑稽だ……そうしたことを姉に言って聞かせたいところだったが、私は黙っていた。私は心のどこかで、この完璧な美しさと才能とに恵まれた、人も羨む若い女が、たった一人の男にふられて泣きじゃくっている姿を意地悪く楽しんでいた。

これほどの人でも、思いどおりにいかないのが人生なのだ。そう思うと、快哉を叫びたい気持ちだった。神は公平だった。神は姉にも私にも苦痛を与えるだろうが、同時に姉にも私にもチャンスを与えるのだ。

その夜、姉は泣き疲れて眠ってしまうまで私を放そうとはせず、私は明け方近くまで姉の部屋に付き添った。翌朝、父は憮然とした面持ちで私に事の次第を聞いてきたが、私は大袈裟なほど陽気に「よくある話よ」と言ってやった。「お姉ちゃん、生まれて初めて失恋したの。まったくお姉ちゃんらしくもないけど、こういう珍しいことも世の中にはあるのよねえ」

父は笑わなかったが、高柳に対する悪口は言わなかった。父は軽く肩をすくめた後、「御苦労だったね」と私に向かってねぎらいの言葉をかけた。「お母さんが死んで以来、葉子は少し神経が不安定だったようだ。裕美がよくやってくれたからいいようなものの、そうでなかったら、葉子もひどい具合になってたかもしれない。今度のことも含めて、お父さんはおまえに感謝してるよ」

「姉妹が逆転してるわね」と私は言い、微笑んだ。

そうだな、と言って、父も穏やかに笑った。「裕美は葉子のお姉さんのようだよ。ひょっとして、生まれる順番を間違えたのかな」

その時、父はすでに六十を超えていたが、どう見ても五十代にしか見えなかった。そして、その父が、十五近くも年下の女性と再婚したい、とおずおずと私たち姉妹に打ち明けたのは、二年後のことになる。


かろうじて無事に大学を卒業したものの、声楽家になる夢も捨てて、自宅でぶらぶらしていた姉は、その時すでに、おそろしく太り始めていた。

私は今でも、人間があれほど突然、太り出す、ということが信じられずにいる。姉は高柳と別れて半年ほどは、人が変わったようになって物も食べなくなり、正視するのも気の毒なほど痩せ衰えていた。父は本気で心配して病院に行くことを勧めたりしていたが、その後、姉はまったく突然、それまで食べなかった分を取り戻そうとするかのように、すさまじい食欲を蘇らせた。

姉は朝から晩まで食べ続けるようになった。自分の中の欠落した何かを補おうとして姉が口に入れるものは、あらゆる種類に及んだ。ケーキ、パイ、和菓子、チョコレート、あられなどの菓子類はむろんのこと、肉、ハム、チーズ、餅、御飯、麺類、各種インスタント食品に至るまで、およそ人が買うことのできるあらゆる食品が、猛烈なスピードで姉の胃袋を満たしていった。

母が死んでから小笠原の家に通いで来ていた年老いた家政婦は、それまで食の細かった姉が突然、旺盛な食欲を示し始めたというので、無邪気に喜んだ。家政婦は、姉に請われるままに、山のような食料品を買って来ては、冷蔵庫に詰めこんでいった。そのせいで、姉は夜中でも食べ物に苦労することはなかった。

深夜、キッチンの片隅で、冷蔵庫から持ち出してきたアイスクリームやハム、チーズ、それにけばけばしい色の袋に入ったポップコーンや砂糖だらけのスナック菓子などを床に拡げ、飢えた子供のようにそれを手づかみで口に運んでいる姉を見るたびに、私はその薄気味悪さに目をそらしたくなったものだ。だが、姉は私がいくら眉をひそめても、父がいくら心配しても、かまわずに食べ続けた。

当然、体重はみるみるうちに増えていった。姉は私や父に体重が何キロになったか、教えてくれなかったから、確かな数字はわからない。だが、ウエスト五十八センチのスカートをはいてなお、ベルトで締めなければ心もとないほど細かった彼女が、市販のスカートのどれもこれも、試着する以前に諦めるようになった、と言えば、その太り方のすさまじさはわかってもらえるかと思う。

食べることに取りつかれた人間にありがちなことだと思うが、姉はかつての二倍以上に大きくなってしまった自分の胃袋を満たそうとするために、さらに食べ続けていかなければならなくなった。食べ物に対する好みはなくなった。味つけなども気にしている様子はなかった。姉は、なんでも片っ端から食べていった。それは恐ろしい光景だった。

父が私と姉に向かって、再婚の意志があることを告げたのは、そんなある日の日曜日の午後のことである。

姉は父に向かって「あたしはかまわないわ」と言い、傍にあった箱入りのクッキーをむしゃむしゃと食べ始めた。父は滑稽なほど照れながら、再婚したいと思っている相手の女性について喋り続けた。その女性もまた、再婚であること、子供は他にいないこと、会えば必ず、気にいってくれると信じていること、自分が再婚するからといって、死んだ母のことを忘れたわけではないこと、母は葉子と裕美を産んだ女性として、永遠に自分の記憶の中に生き続けるだろう、ということ……などを父は時折、視線を揺らしながら、熱心に私たちに語った。

「いいのよ、お父さん」と姉は半ば投げやりに言った。半分近く食べ尽くしたクッキーの箱をテーブルの向こうに押しやり、彼女はのろのろとキッチンに向かった。そして、冷蔵庫から、ローストチキンを手づかみで持って来るなり、父や私の見ている前でそれにかぶりついた。

「結婚すれば？　ほんとにかまわないわよ」

私はチキンの脂が姉の顎を伝って流れ落ちていくのをげんなりする思いで見つめていた。つい一時間ほど前、昼食にステーキを三百グラム近くと、付け合わせのベイクドポテトを二つ、それに二人前のチョコレートアイスクリームを食べたばかりの人間が、さらにこれほどのものを胃袋に詰めこむことができる、というのは、考えただけでもおぞましかった。

だが、父は自分のことで必死だったのか、姉の異常な食欲に関して、何も言わなかった。

「裕美は？」と父は私におずおずと聞いた。「裕美はどう思う？」

あはは、と私は笑った。「野暮ね、お父さんも。結婚したいんだったら、いちいち私たちの許しを得なくたっていいわよ。私もお姉ちゃんも子供じゃないんだもの。お父さんは好きなようにやっていいのよ」

父は心底、ほっとしたようにうなずき、目を細めた。姉は唇をチキンの脂でてらてらと光らせながら、放心したように口の中のものを飲みこんだ。

「いくらなんでも食べすぎよ、お姉ちゃん」父が部屋を出て行くなり、私は静かに言った。「さっきのクッキーだって半分以上、食べちゃったじゃない。そんなに太りたいの？　そろそろウエストが見えなくなってきてるわよ」

「わかってるわよ」姉は骨だけになったチキンをしゃぶり、大儀そうに椅子に腰をおろした。「太ったっていいじゃないの。誰もあたしのことなんか見てやしないんだから」

「何言ってんの。お姉ちゃんは相変わらず美人で通るんだし……でも、もう少し痩せなくちゃ。美人が台無しだわ」

「食べることだけが楽しみなのよ。他になんにも楽しいことなんかないわ。裕美にはこんな気持ち、わからないだろうけどね」姉はチキンの骨を前歯でかりかりと噛み、やがて諦めたように骨を皿の上に戻した。「あんたはこんな気持ちになったことなんかないんだものね。あんたは幸せ者だったのよ。昔からそう。あたしなんかより、ずっと幸せだったんだわ」

姉の口からそんな言葉が飛び出したとは、信じられないくらいだった。私は見る影もなく太ってしまった姉の、それでもまだ美しさをいくらか残している横顔を見ながら、一瞬、本気で、かわいそうに、と思った。子供時代、あれほど光っていた姉の自信は、砂上の楼閣に過ぎなかった。姉は母を失い、高柳を失って、神経をずたずたにされ、一挙に生きる希望を失ったというわけだ。考え方ひとつで、いかようにも切り抜けていける程度の問題だったはずなのに、姉にはそれができなかった。その代わりに、姉はそのころからもう、とどまることのない食欲の無間地獄の中にはまりこんでいたのである。

父が千代という名の女性と再婚したのは、姉が二十四、私が二十一の時だった。再婚話が出てから結婚するまでの期間が長かったのは、途中で千代さんが病気になり、入院したり手術をしたりして健康を取り戻すのに時間がかかったからである。

千代さんは、さほど美人ではなかったが、いい人だった。若いころ夫と死別して以来、夫が始めた喫茶店を一人で切り盛りしてきた人なのだが、苦労の跡が微塵も見えない、明るい陽気な人柄だった。

千代さんは、それまで経営してきた喫茶店をたたみ、小笠原家にやって来た。ちょうどそのころ、家政婦が身体を壊して辞めてしまったので、家の中のことはすべて、千代さんが引き受けるようになった。

薄化粧をし、真っ白に洗いあげたエプロンをつけ、きびきびと立ち働く千代さんは、年のわりに若くみえ、なかなか素敵だった。そして、家の中を片づけたり、庭の花壇の手入れをしたり、父好みの料理を作ったりしている時の彼女は、傍目《はため》にも微笑ましくなるほど幸福そうだった。

　実際、千代さんのおかげで家の中は明るく清潔になった。広い家のあちこちに、千代さん好みの可愛いプリント模様の敷物が敷かれたり、一輪挿しに季節の花が活けられたり、窓辺に小さな観葉植物が置かれたりするようになった。

　父が千代さんを愛していたのは、よくわかったし、私もまた、千代さんのことが好きだった。千代さんは普通の女性だった。普通、誰でもが笑うようなところで笑い、普通、誰でもが悲しむようなところで悲しんだ。千代さんは、姉のせいで何かと沈みがちだった小笠原家に、ＴＶのホームドラマのような明るい風を吹きこんでくれたのである。

　そんな千代さんが唯一、心を痛めていたのは姉のことだった。父が千代さんと結婚した時、姉はすでに人前には出られないほど、異様な太り方を見せていた。太っている姿を人目にさらしたくないのか、あるいはまた、外出するのが億劫だったのか、姉は一日中、二階の自分の部屋にこもっていた。ごくたまに、機嫌のいい時など、一階の防音室に入り、学生時代にひいていたピアノをひいたり、イタリアの歌曲を歌ったりしていたものの、それも長続きはしなかった。

自室のベッドに寝転がり、好きなクラシック音楽を聴くことだけが唯一の趣味で、あとは散歩ひとつしようとしない姉を見て、千代さんは大いに心配したらしい。

「葉子さんのことなんだけど」と、ある日、千代さんは私と父を前にして、言いにくそうに言った。「あのままじゃ、病気になってしまうわ。お医者に診《み》せたほうがいいんじゃないかしら」

「医者には何度か相談したよ」と父は言った。「食べることをやめさせようとして、家中の食べ物を錠つきの部屋に入れてしまったこともある。でも、無駄だった。な、裕美。あれは思い出したくないことだな」

私は大きくうなずき、姉が半狂乱になって錠つきの部屋に体あたりし、だめとわかると、外に飛び出して、近所のスーパーに行き、手あたり次第に食料品をショッピングカートに詰めこんだあげく、レジの前で「お金がないの」と言って泣き出した時のことをかいつまんで千代さんに教えた。

千代さんは眉をひそめ、「それでどうしたの?」と小声で聞いた。

「スーパーの人からうちに電話があったの」と私は言った。自信にあふれた言い方になっていくのが自分でもわかった。「私がお金を持って駆けつけたわ。そして会計をすませて、姉を車で病院に運んだの。有名な精神科のある病院よ。姉は私は狂ってなんかいない、ってわめいていたけどね。でも、それ以外、私としても方法が考えられなかったのよ」

千代さんは気の毒そうな顔をしてうなずいた。私は続けた。「病院ではまず内科に回されて、幾つかの検査を受けさせられたの。でも、あんなに太ってても、まだ若いから、内臓には大した異常はなかったのよ。精神科のお医者さんも、ひとまず生活を規則正しいものに変えることからスタートしましょう、だなんて、当たり前のことしか言ってくれないし、姉は姉で家に帰ったら、また同じことを繰り返すだけ」

「匙を投げてるんだよ」父は目を伏せた。「本人に治そうという気がないものだから、どうにもやりようがなくてね」

「でも、このままじゃ本当に病気になっちゃうじゃないの」千代さんは私と父の顔を交互に見ながら、幾分、なじるように言った。「失恋のショックが、まだ続いてるのよ。きっと寂しいんだわ。お腹が飢えてるんじゃなくて、心が飢えてるのよ。かわいそうに。助けてあげなくちゃ。いいわ。できるかどうか、わからないけど、私が何とか頑張ってみます」

実際、あのころ、姉の生活を変えるためにつきっきりになってやれたのは、私や父ではなくて、千代さんだったろう。私は当時、短大を卒業し、父の会社に就職して、宣伝部に籍を置いていた。朝八時に家を出て、夜はともすれば九時を回らないと家に戻らないような生活では、とても姉の面倒をみることはできない。それに私は、同じ部にいて、時折、一緒に仕事をしていた若い新入社員の黒崎という男に、魅かれ始めてもいた。

黒崎は大学時代、サッカーをやっていたという、背の高いスポーツマンで、一緒にいるだけで胸がときめくような魅力的な青年だった。彼が私をコーヒーに誘ったり、食事に誘ったりする回数が増えれば増えるほど、私はそれまで感じたことのなかった幸福感に満たされ、不幸な姉のことなど思い出しもしなくなっていたのである。

だが、千代さんは早速、涙ぐましい努力を始めた。姉のためにきめ細かいダイエットメニューを考え、間食をしないように強く言い聞かせ、あなたはまだ若いんだ、まだまだ、素敵な恋もできるし、素晴らしい仕事もできるのだ、などということを口をすっぱくして語り続けた。

姉が千代さんの試みをどんな気持ちで受け取っていたのかは、わからない。だが、少なくとも、千代さんをうっとうしく思っていなかったことだけは確かだろう。姉は千代さんの頼みを聞き入れる努力をし、ひとまずダイエットメニューで食事をする、ということを約束した。巨体を揺すりながら、散歩をし、時折、千代さんと共に都心のデパートにも行った。好きだったクラシックのレコードも、人に頼まずに自分で買いに行くようになった。

姉の顔は相変わらず陰気だったが、それでも千代さんのおかげで、姉はいくらかましな生活をするようになった。父はことのほか喜び、千代さんは姉の体重を一年かけて元どおりにしてみせる、といきまいた。

だが、正直なところ、私はそのころの姉や千代さん、そして父のことをあまりよく覚えていない。私は黒崎に夢中だったし、私自身の人生にほのかな希望が見えてきたことを確実な手応えをもって、うっとりと味わっていたのである。

あのころ、姉とは疎遠だった。岸辺に打ちあげられて死にかけたマグロのような姉のことなど、私の眼中にはなかった。それまで私を抑圧し、悩ませ続けてきた美人で優秀な姉は、すでにその時、廃人同様になっていたのだ。私は姉にへつらうことによって、いじけた自尊心を満足させる必要がなくなった自分に心底、ほっとしていた。

姉はただのかわいそうな、太って動けなくなった若い娘に過ぎなかった。一方、私は若く、適度に痩せていて、あと一歩で成就しそうな恋の予感にうち震えていた。

父と千代さんの乗ったタクシーが、あの雨の降る秋の夜、大型トラックと正面衝突さえしなかったら、私には確実に、もっと別の、平凡だが温かくて優しい将来が約束されていたのかもしれない。

母が死んだ時も悲しかったが、父が死んだ時はそれ以上だった。私は私らしくもなく、泣きわめき、我を失った。

父と千代さんの葬儀は盛大に行われた。父の会社関係の人間だけでも三百人を超える数の弔問客が訪れた。そして誰もが、父の人柄、そして千代さんの人柄をしのび、涙をこぼした。

会場では黒崎が私を必死になって支えていてくれたのだが、私は葬儀の際、姉が特別誂《あつら》えの黒いドレスを着て、大きな黒い炭団《たどん》のようにうずくまっていた姿以外、ほとんど何も覚えていない。姉は泣いてはおらず、ただ、じっと父の柩の傍に座って顔を伏せていただけだった。

彼女は、埋葬を終えて家に戻った途端、冷蔵庫を開けて、ロースハムの塊をわしづかみにし、それにマヨネーズをしぼってがつがつと食べ始めた。彼女が泣いたのはその時だけだった。私は、その醜悪な、食べることに取りつかれた肉の塊が、口のまわりをマヨネーズだらけにしながらほろほろと涙を流すのを見て、いてもたってもいられなくなった。

「やめて！」と私は怒鳴った。「こんな時に、食べるのはやめて！　お父さんも千代さんも死んじゃったのよ。どうしてこんな時に、ハムなんか……ハムの塊なんか、食べられるのよ」

そう言いながら、私はしゃくりあげた。姉は口の動きを止めて、私をじっと見つめた。

長い沈黙の後、「怒らないで」と彼女は哀願するように言った。「お願いだから、怒らないで」

涙が彼女のふくらんだ頰を伝った。私は黙っていた。

「裕美ちゃん。あたし、あんただけが頼りになってしまった。あたしのこと、そんなふうに怒らないで」

私は姉のことを心底、哀れに思った。怒りが遠のき、寒気がするほどの憐愍の情が私を包んだ。

その憐愍の情に追い撃ちをかけるかのように、姉は弱々しく続けた。「あたしのこと見捨てないわね？　ね？　見捨てちゃいやよ。お願いだから、傍にいて。ね？」

私は返す言葉を失い、呆れたように突っ立っていた。とはいえ、今後、自分がどうすべきなのか、私はちゃんと知っていた。姉の世話をしてくれる人を見つけ、住みこんでもらうか、それとも、姉をしかるべき施設に入れるか。いずれにしても、姉を見捨てるわけにはいかなかった。自分だけ家を出て、独立し、二十代の娘なら誰でも楽しむような人生を楽しむわけにはいかなかった。私はそういう人間だった。最後のところで冷淡になりきれないのが私の欠点だった。

裕美ちゃん、と姉は繰り返した。太った巨大な身体が、わなわなと震え始めた。「傍にいて。お願い。あたしを置いて行かないで」

私は目をそらした。この人は、そんなふうに言えば妹がどう反応してくるか、ちゃんと計算している。そう思った。いくら太っても、頭は鈍っていないのだ。妹の私が、最終的には姉を見捨てない人間だ、ということをちゃんと知っているのだ。

そう。その時から、私は自分が姉の面倒をみ、自分が姉のために人生を半ば以上捨てる運命にあったことを改めて知らされる羽目になったのである。

父と千代さんが死んでから、姉の生活はいっそう悲惨なものになった。食べるものを自室のベッドのまわりに積み上げ、片っ端からそれを口に運ぶ毎日。外出はおろか、散歩ひとつしようとしない。体重は増え続け、美しかった顔は二重三重に連なる肉の襞におおわれて、かつての面影はどこにも見られなくなった。

私は恥をしのんで親類や黒崎に頼み、姉の食生活を厳しく管理してくれるような住みこみの栄養士や看護人を探した。だが、それは難しい注文だったらしい。かろうじて一人、元看護婦をしていた、という中年の女性を見つけ出したのだが、その人は小笠原家にやって来て二ケ月もたたないうちに、あれこれと理由をつけて辞めてしまった。

家政婦もなかなか居つかなかった。短時間で高給を支払う約束をしていたのだが、誰も彼も、姉の姿を見るなり、怖じ気づいて逃げ出す始末だった。

それでも私はしばらくの間、昼間、姉を自宅に一人残し、それまでどおり会社に通っていた。だが、仕事を終えて家に帰った私の目にまず飛びこんでくるのは、夥しい数のピザの皿やコーラの空き缶、空になった菓子袋、ケチャップやマスタードの染みのついたナプキン、溶けたアイスクリームが入った一リットルサイズの箱などが転がるキッチンの床に、這いつくばるようにして座って目を閉じている、おぞましい姉の姿だった。

姉は私の留守中、電話で食料品配達をしてくれる業者に頼み、あらゆる種類の食べ物を注文していたらしい。たかだか一万円ほどの食料品を配達するのに、業者は姉からチップも含めて二万、三万という金をもらえるというので、いついかなる時でも、喜んで注文に応じた。私はもちろんのこと、姉も金にだけは困っていなかった。金は常に、あふれるほど私たち姉妹の傍にあった。姉は私の留守中、取引先の銀行員を電話で呼び寄せ、通帳と印鑑を手渡して、いつでも多額の現金を引き出せる状態にあったのだ。

私はやむなく会社勤めを辞めた。親類たちは皆、それとわかる嘘をついて私や姉の元から遠ざかって行った。姉の面倒をみてやれるのは、私しかいなかった。

いつかそうなることは私にもわかっていた。かつて子供のころ諦めたような毎日を送っていたのと同様、私は再び、姉と向かい合って、何かを捨て、何かを諦めていかねばならなくなったことを悟った。

とはいえ、姉の世話をしながら自宅にこもる毎日を送るようになってからも、私は千代さんのように姉にダイエットを勧めたり、身体を動かし、趣味を持つことを勧めたりということは一切、しなかった。私が姉の好きなようにさせたからといって、それが姉に対する復讐だった、などと思わないでほしい。私は姉に復讐しようという気持ちなど、さらさらなかった。それどころか、姉の未来に関して、何か考えることすら億劫だった。私はひどく疲れていた。

自宅が広かったことだけが幸いだったと言える。さながら〝馬の餌《えさ》〟とでも言いたくなるような大量の食事を日に三度、用意し、たまに姉の汚れものを洗ってやること以外、私は姉とは別々の暮らしを続けることができた。週に二度、駅前のスーパーからありとあらゆる食料品を届けてもらい、それらを姉の部屋に押しこんでおきさえすれば、姉は何ひとつ文句を言わなかった。私は清潔に磨きあげた自分の部屋で、日がな一日、読書をしたり、ＴＶでビデオを見たり、考え事をしたりして過ごしていればよかった。

黒崎は三日に一度の割合で訪ねて来てくれた。彼は優しかった。だが、未だに私は、彼があのころ、私のことをどう思っていたのか、よくわからないところがある。私たちは、ただの一度も手を握り合ったり、キスをし合ったりしたことはない。昔、姉がパリで高柳にたくさんのキスマークをつけられた時のように、私もまた、黒崎に情熱的な性の表現をしてもらいたい、と願っていたのだが、黒崎は私に指一本、触れなかった。若く、撥剌とした男が、若い娘を前にして指一本、触れずにいられる、ということが何を意味するのか、私はいろいろな角度で考えてみた。

だが、結論は出なかった。ともかく黒崎は優しかった。私のことを忘れなかったし、私のことを常に気づかってくれた。私を心にとめてくれていたことは事実だったろうし、それが恋や愛と呼ばれることではなかったとしても、少なくとも彼は私にとって唯一の心を許せる相手だった。

姉が深夜、突然、発作のようなものを起こして苦しみ出した時も、私は救急車を呼ぶ前にまず黒崎を電話で呼び出した。彼は落ち着いた声で「すぐに救急車を呼びなさい」と言った。「お姉さんは病気なんだ。きみはついて行ってやりなさい。後から僕も行く」

私はそのとおりにした。救急車の中で姉は苦しみ続け、苦しい呼吸の中で私の名を呼び、「どこにも行かないで。傍にいて」と繰り返し叫んだ。

私は姉がこのまま死んでしまえばいいのに、と思った。担架に横たわる姉はこの世で一番、醜い生きもののように見えた。死んでよ。頼むから死んでよ。私は救急車の中で、泣きながらそう祈り続けた。

救急病院に運びこまれた姉は、強心剤を打たれ、まもなく落ち着きを取り戻した。だが、医者は診察室の隅に私を連れて行き、何故、こんなになるまで放っておいたのか、というような意味のことを私に聞いた。私は「発作は初めてだったんです」と言った。医者は呆れたように首を横に振り、質問の意味を取り違えないでほしい、と言った。そして、常軌を逸した肥満のせいで、姉の心臓がいつ止まってもおかしくないほど弱っていること、即刻、治療を始めないと大変なことになること……などを高圧的な調子で私に告げた。

私は黙っていた。医者はしばらく私を観察するようにしていたが、それ以上、何も言わなかった。

発作が起こった時に緊急に飲ませる薬をもらって、私はそのまま姉を連れて家に戻った。それ以後、病院には行かなかった。

そのころ、姉の部屋では、一日中、レコードが回っていた。それはモーツァルトの交響曲だったり、チャイコフスキーのピアノ協奏曲だったり、ヴェルディのオペラだったりした。私は姉が聴く音楽を憎み、不愉快に思い、夜になるとかすかに聞こえてくるけたたましいソプラノの歌声や地を這うような低いチェロの音色などを聞きたくなくて、耳を塞ぎながら寝床についた。それらの曲は、ふくれあがっていくだけの姉の身体同様、私にひどい嫌悪感をもたらした。

姉がクラシックを聴く、ということ以外に、新しい趣味を持ち始めたのは、いつごろからだったろう。あのころ、時折、自宅の庭に捨て猫の一家が現れるようになっていたのだが、姉は二階の自室の窓から猫たちの様子を眺めるのを楽しみにし始めた。

「可愛い」と姉は私に言った。「お母さん猫が子供と遊んでやってるのよ。尻尾を振ったりして。ねえ、裕美。猫たちに餌をやってよ。毎日、かつおぶしをかけた御飯を外に出してやればいいわ」

姉の世話だけでもうんざりしていたのに、このうえ、猫の世話までさせられてはかなわなかった。私は曖昧にうなずいたまま、放っておいた。

そのうち姉は、二階から猫の姿を見かけると、外に出たいとせがむようになった。むろん、姉を外に連れ出すことには抵抗があった。そのころ、姉は太りすぎのために膝を痛め、満足に歩けない状態だった。一度、転んだら、起き上がれなくなることはわかっていた。肉の塊のようになった人間を抱き起こすのに、通行人に助けを求めるのは私の自尊心が許さなかったのだ。

だが、姉はひとたび「外に出たい」と言い出したら、駄々っ子のように、外に出るまで大騒ぎを続けるようになった。食べかけのアップルパイを壁に投げつけ、袋入りのビスケットを床にばらまき、あげくの果てにベッドのボードに自分の後頭部を打ちつける始末だった。

私は仕方なく、彼女を外に出すことにした。

二階の自室の窓から猫たちの姿を見つけると、姉は這うようにしながら階段を降り、私が開けてやった玄関を出て、「猫ちゃん？　どこにいるの？」などと、ほとんど狂女のようなかん高い声を出して庭をうろついた。

姉は頭がおかしくなっていたのだろうか。そうだとも言えるし、違うとも言える。誰だって、あれほど贅肉におおわれた肉体を持ち、神経を病み、クラシック音楽を朝から晩まで耳にしていたら、正気ではいられなくなることだろう。

あれは、そんなある日のことだった。とびきりよく晴れた秋の日曜日で、自宅の周囲をぐるりと囲んだ銀杏並木が見事に色づき、掃いても掃いても舞い落ちてきて、塀のまわりに堆《うずたか》い落葉の小山を作っていたことを覚えている。

その日、午後になってから黒崎がケーキの箱を持ってわが家を訪れ、二時間ほど私の相手をしてくれた。彼は枯れ葉色のポロシャツにダークブラウンのズボンをはいており、いつにも増して、若々しく見えた。車で来ていた彼が食事にでも誘ってくれないだろうか、と期待したのだが、彼が何も言い出さなかったので、私はおずおずと口を開いた。

「いい天気だし、こんな日に海岸沿いをドライブしたら気持ちがいいでしょうね」

そうだね、と彼は言った。

私は続けた。「長い間、ドライブにも行ってないわ。あの、もしよかったら、黒崎さんの車でどこかに連れて行ってもらえないかしら。ちょっとでいいの。そうすれば気持ちもスカッとするだろうから」

黒崎は「いいとも」と言った後で、即座に思いついたように、顔を曇らせ、天井を見上げた。二階の姉の部屋からは、大音響でプッチーニのオペラ『トスカ』が流れていた。彼は続けた。「でも……お姉さんはどうするの」

「どうする、って……ほんの少しだったらいいと思うんだけど」

「ほんの少し、ってわけにはいかないよ。裕美ちゃんをドライブに連れて行ったら、僕、きみを帰したくなくなるかもしれないよ。どこかで一泊しよう、って言い出すかもしれない」

黒崎は冗談めかしてそう言い、短く笑った。私は顔を赤らめ、小声で「そうしたいわ」と言った。だが、黒崎は聞こえないふりをしたようだった。

「お姉さんが元気になったら、いくらでもドライブできるよ。それまで裕美ちゃんも頑張るんだ。僕もいくらでも協力するから」

協力？　協力って何？　あなたは民生委員のつもりでいるの？　あんな身体をもった姉がここにいる限り、私とはドライブひとつできない、とでも言うつもりなの？　そう聞き返したかったのだが、私はこらえた。

黒崎の気持ちはわかりすぎるほどわかっていた。私は自分が黒崎の立場だったら、やはり同じ態度を取り続けていただろう、と思った。奇怪な生きものの世話をして暮らす女とは、どう考えても深入りしないほうが無難なのだ。

姉が内線電話を使って私を呼び出したのは、黒崎が帰って三十分ほどたってからだった。「猫ちゃんたちがいるの」と姉は不気味なほど舌ったらずの口調で言った。「小さな猫よ。この間、生まれた猫が歩き出したんだわ。ねえ、あたし、外に出るわよ。一緒に来て」

すでに日が大きく西に傾いていた。私は姉の手を引きながら、外に出た。家のまわりに人影はなかった。銀杏の枯れ葉を踏みしめながら、姉は丸太のようになった手を伸ばして「あそこ」と言った。「あそこの駐車場に子猫が走って行ったのよ。ほんとよ」

家の門柱の向かい側には、月極めの駐車場があった。六台分の駐車スペースがあるだけのごく小さな駐車場だったが、そこはちょうどわが家のキッチンの出窓から見渡せるようになっていたから、私もよく知っていた。

いつもは四、五台の車が駐車されているのだが、その日、駐車場には、一台の紺色のジープが停まっているだけだった。姉は珍しく勢いづいて駐車場に入りこむと、肩で息をしながら、私に向かって「聞こえる?」と言った。「猫ちゃんが鳴いてるわ。ミーミーって。どっかにいるのよ」

確かに子猫の鳴き声がどこからか聞こえた。私は黙ってうなずいた。

姉はしばらくの間、耳をすませるようにしていたが、やがて「あそこよ」と低い声で言った。「あのジープの下。あそこから聞こえる。ねえ、裕美。あんた、覗いて見てよ。絶対、あの下にいるんだわ」

私は溜め息をついたが、いやだ、とも、いい加減にして、とも言わなかった。何かを喋ることすら面倒だった。

私は膝を折って、紺色のジープの後ろに回り、車体の下を覗き見た。生まれたばかりのようにも見える一匹の虎毛の子猫が、私のほうを向いて、脅えたようにニャアと鳴いた。

「いるわ」と私は言い、膝についた埃をはらいながら立ち上がった。「虎毛の猫よ。さ、もういいでしょ。帰るわよ」

だが、姉は大きな丸い顔にひきつれのような笑みを浮かべ、目を輝かせた。「あんた、連れて来てやってよ。かわいそうに。きっとお腹がすいてるんだわ」

「野良猫なのよ」私ははねつけるように言った。「ただでさえ人を怖がってるんだから、こっちに来るわけないでしょ」

「来るわよ。絶対。呼んでみなさいよ。きっと来るから」

「馬鹿なこと言わないで。車の下にもぐれ、って言うの？　冗談じゃないわ」

「やってくれないのね？」姉は低い声で聞いた。垂れ下がったまぶたのせいで、妙に小さく見える目が怒りに燃えた。「やってくれないんだったらいいわ。あたしがやるから」

私は思わず吹き出した。「その身体で？　車の下にもぐる？　やめてよ。もぐる前に身体がつかえて出られなくなるから。太りすぎて穴から出られなくなった馬鹿なウサギみたいにね」

姉は瞬きひとつせずに私を見返した。「あたしのこと、馬鹿にしてるのね」

「やっとわかったの？」私は意地悪く聞き返した。「そうよ。馬鹿にしてるのよ」

姉は水からあがったカバのように、ぶるぶると頰を震わせた。「あんたはずっとあたしのことを馬鹿にしてた。あたしが太ってみっともなくなって、いい気味だと思ってた。そうなんでしょう」

「もしそうだったとしたら、どうだって言うの？　あたしがいないと生きていけないくせに」私は言い返した。姉は頰だけではなく、顎の肉まで震わせながら、見るに耐えない緩慢な動きをして、やっとの思いでコンクリートの地面に這いつくばった。

「いいわ。あんたがやってくれないんだったら、あたしがやるから。あんたなんかの世話には金輪際、ならないわよ」

車の下のほうから、子猫の鳴き声が聞こえた。姉は「猫ちゃん」と呼びかけながら、ずるずると身体をずらし、車の下にもぐりこもうとした。

ジープの場合、地面から車の底までの高さが何センチあるのか、私は知らない。だが、ともかく姉の巨体は不思議なことに車の底に吸いこまれていった。着ていた毛糸の茶色いカーディガンが、何かに引っ掛かり、穴をあけた。姉はそれでも奇怪な得体の知れないナメクジのようにして、車体の下にもぐりこもうとした。

巨大なナメクジ！　まさしくそのとおりだった。私は嫌悪のあまり、吐き戻しそうになった。

その時、突然、車の底からくぐもった呻き声が聞こえた。「苦しい。胸が……裕美。裕美ちゃん。息ができない……」
二、三秒の間。私は、何が起こったのか、理解できなくて、黙っていた。姉が心臓の発作を起こし、苦しがっている、ということがわかるまで、私の頭の中は空白だった。
湿った咳が聞こえた。車の底から、姉の履いていた特別注文の大きな革靴が見えた。その靴の底に刻まれてある幾筋もの溝に、乾いた土がこびりついているのをぼんやりと見つめながら、私はどうすればいいのかわからずに、茫然とそこに突っ立っていた。

何故、その場でただちに姉を車の底から引き出そうとしなかったのか、わからない。何故、誰かを呼びに走って行かなかったのか、わからない。まだ日没前で、あたりはほんのりと明るかった。あのあたりが車の通行量も少なく、人通りもほとんどない住宅地の一角だったとはいえ、すぐに大声で誰かに助けを求めれば、姉は死なずにすんだのかもしれない。

だが、私は姉を引きずり出そうともしなかったし、誰かを呼びに行くこともしなかった。そんなことは考えもつかなかった。私の頭の中には薬のことしかなかった。薬！　以前、姉が発作を起こした時、医者からもらった薬！　急な発作には、一番よく効く、と言われた薬！

私は全速力で家に駆け戻り、靴のまま廊下を走り抜け、キッチンに飛びこんで、薬を入れておいたはずの棚をかきまわした。姉はあれ以来、一度も発作を起こしていなかったが、医者からもらった薬は忘れないように缶に詰めておいたはずだった。

小さな茶筒に入れておいたその薬はまもなく見つかった。包装されたままの中の薬を取り出し、片手に握りしめたその時、何かが私の動きを止めた。

キッチンの出窓からは駐車場が見えた。銀杏並木の向こうに、紺色のジープが停まっている。車の下に姉がいることは、そこからはよくわからない。だが、ともかく舞い落ちる黄色い銀杏の枯れ葉を通して、紺色のジープが停まっているのがはっきり見える。

一人の若い男の姿が視界に入った。丈の短いGジャンを着た背の高い男だった。見かけない男だったが、紺色のジープの持主らしかった。彼は何か急いでいることでもあるのか、駆け足でジープに向かい、そそくさとドアの鍵を開けた。

エンジンがかけられる音がかすかに伝わってきた。私は身動きひとつせずにいた。息をしていたかどうかさえ、定かではない。

キッチンの出窓の向こうに黄色い銀杏の葉が舞い落ちていく。二階の姉の部屋からは、かけっ放しになっていたオペラが流れてくる。手に握りしめていた薬が、汗で濡れてへばりついてくる。

ジープが前のめりになるようにして動き出した。

私は目を閉じた。


誰もが、不慮の事故だった、と言った。子猫を探して車の底にもぐりこみ、胸を圧迫したために心臓の発作を起こし、姉を助けようと薬を取りに妹が家に戻っている間に、車が動き出した……誰もがそう解釈した。

そしてそれはあたっている。誰も姉を殺そうとはしなかったのだ。この私ですら、そうだったのだ。少なくとも最後の瞬間以外、私は一度だって、姉を殺そうなどと思わなかった。

だが、どうしたことだろう。姉がいなくなってからというもの、私は死んだような毎日を送っている。二度とあの不気味な食欲を見る必要がなくなり、ゴミ溜めのようになった部屋を見る必要がなくなったというのに、私はたった一人、この広々とした家の中に住みながら、死んだように生きている。

黒崎はまったく訪ねて来なくなった。それも当然だ、と思う。いくら人助けが好きな、お人好しの彼でも、こんな私を救おうとするほど愚かではないはずだ。

私は今日も、かつて姉が使っていた二階の姉の部屋で、姉が寝ていたベッドに横たわり、姉と同じようにベッドのまわりを食べ物の滓《かす》だらけにしながら生きている。時折、覗き見る鏡には、日毎に増殖していく私の贅肉が化け物のようにして映っている。

それなのに私は食べることをやめられずにいる。かつて姉が、食べても食べても満足しなかったように、私もまた食べ続ける。さっき、電話で食料品を注文した。ピザを四枚にローストチキンを五本、アイスクリームを一リットル、ナッツ入りのチョコレートを一ダース……。

今日もまた、庭に猫の一家が来ている。姉が死んだ時、車の近くにいたあの虎毛の母猫が二度目のお産をしたのだ。私は窓を開け、「猫ちゃん」と呼びかける。その声は姉そっくりになっている。私は太りすぎてうまく曲がらなくなった膝を支えながら、窓辺に立つ。食料品配達の男が、白いバンを家の前に停め、降りて来るのが見える。手には大きな段ボール箱を抱えている。私はそれを見て、舌なめずりをし、そんな自分が惨めになって、ふと涙ぐむ。

台所のおと

幸田文

１９０４年東京生まれ。幸田露伴の次女。露伴の没後、父を追憶する文章を発表するなり注目を集め、55年『黒い裾』で読売文学賞を受賞。56年『流れる』で新潮社文学賞、日本藝術院賞の両賞を受賞した。他の作品に『闘』『崩れ』『包む』などがある。

佐吉は寝勝手をかえて、仰向きを横むきにしたが、首だけを少しよじって、下側になるほうの耳を枕からよけるようにした。台所のもの音をきいていたいのだった。

台所で、いま何が、どういう順序で支度されているか、佐吉はその音を追っていたい。台所と佐吉の病床とは障子一枚なのだから、きき耳たてるほどにしなくても、音はみな通ってくる。けれどもそこで仕事をしているのがあき一人きりのときは、聞く気で聞いていなければ、佐吉の耳は外されてしまう。あきはもともとから静かな台所をする女だが、この頃はことに静かで、ほんとに小さい音しかたてない。いまも手伝いの初子を使いに出した様子だから、あき一人である。女房のたてる静かな音を追っていると、佐吉は自分が台所へ出て仕事をしているような気持になれる。すると慰められるのだった。

痛みや苦しみがあまりない、ぶらぶら病気を病んでいれば、実際手持ぶさたなのだ。だから、身は横にしていても、気持がそれからそれへと働いていけばうれしいのである。こんなに寝込んでしまうつい一ヵ月前までは、ずっと自分が主人でやってきた、手慣れた台所仕事なのだ。目に見ずとも音をきいているだけで、何がどう料られていくか、手に取るようにわかるし、わかるということはつまり、自分が本当に庖丁をとり、さい箸を持って働いているに等しいのだった。週刊誌もくたびれるし、ラジオも自分の好みのものをいつも必ず放送しているわけではないし、なによりもいちばん病む心憂さの晴れるのは、台所の音をきくことだった。

しゃあっ、と水の音がしだした。いつも水はいきなり出る。水栓をひねる音はきこえないのである。しかし佐吉は、水が出だすと同時に、水栓から引込められるあきの手つきをおもいうかべることができる。そんな手つきなど今迄に注意しておぼえたことはないのだけれど、しょっちゅう見て目の中に入っていたのかとおもう。あきは中指と親指だけをかけ、あとの三本は頑固なように結んで、水栓を扱うくせがある。

水栓はみんな開けていず、半開だろうとおもう。そういう水音だ。受けているのはいつも使っている洗桶。最初に水をはじいた音が、ステンレスの洗桶以外のものではなかった。水はまだ出しつづけになっている。きっと桶いっぱいに汲む気だろう。水の音だけがしていて、あきからは何の音もたってこない。が、佐吉には見当がついている。なにか葉のものの下ごしらえ――みつばとかほうれんそう、京菜といった葉ものの、枯れやいたみを丹念にとりのける仕事をしているにちがいない。その仕事は、障子の仕切りを越して聞えてくるほどの音は立てないから、あきから何のもの音もきこえてこないのだ。葉ものごしらえをしているとすれば、もうじき水は止められる筈だ。なぜなら葉ものの洗いは、桶いっぱいに張った水へ、先ずずっぷりと、暫時つけておいてからなのだ。浸しておくあいだは、呼吸を十も数えるほどでいいのだが、その僅かのひまも水の出しっぱなしはしないこと、というのが佐吉のやりかたで、佐吉は自分の下働きをしてくれるひと誰でもに、その方式をかたくまもらせていた。無論あきがその手順を崩したことはないし、決して無駄水を流すような未熟なまねはしなかった。だから、桶はもうじきいっぱいになるし、そこで水音がとまれば、あきが葉ものごしらえにかかっている、という見当づけは多分あたるのだが――やはり水はとめられた。あきは棚のほうへ移ってなにかしている気配で、やがてまた流し元へもどると、今度は水栓全開の流れ水にして、菜を洗いあげている。佐吉はその水音で、それがみつばでなく京菜でなく、ほうれんそうであり、分量は小束が一把でなく、二把だとはかって、ほっとする安らぎと疲れを感じる。

「きょうはどこだっけな?」

「小此木さん三人の、小部屋のほうは塚本さんだけど。」

「気をつけろよ。小此木さんはちょっぴり文句屋だ。」

「ええ——そりゃそうと、あなた気がつきませんか？　うちの初子、塚本さんとこの上田さんに気があるらしいんだけど、あたしはどうも上田さんてひと、虫が好かなくてねえ。」

「うむ。でもまあ、初子が虫が好くのなら仕方もないしな。どうとかあったっていうのか？」

「いえいえ、そんなのじゃない。まだ、初子の気が浮いてるようだ、というだけの私のカンなのよ。形になんかなってるものではないとおもうわ。」


うわさの初子が帰ってきた。初子ひとりが入ってきただけなのに、なんとなくあたりに賑やかさが出る。賑やかというより、ざわつきといったほうがいいだろうか。騒々しい娘ではないのだが、若いからどことなくざわつきがからだについている。佐吉は今迄初子を静かな娘だと思っていたのだが、病んでからよく見てみると、それほど静かではなくて、やはり結構ざわつきを発散していると気づいた。若さのせいだとおもう。若さというのは、いつでもすぐ今以上に、騒ぎだせる下地があることかなあ、などと自分の若い頃も思い出させられたのであり、初子の若いざわつきが病気の癇にさわるとき、叱言を我慢してやったりしているのである。初子が上田を好いているらしいというのは、さっきあきに聞いてはじめて知ったことだが、恋ごころなどがあっては、大ざわつきを振りまいて歩いているのと同じだから、病人のおれがうっとうしく感じるのは当り前か、と苦笑がでる。

佐吉の病気は、去年の秋からだ。秋はやくに風邪をひいた。売薬一瓶を何錠かあましてなおったが、あとにへんな疲労感があってとれなかった。本病の風邪はさしたことがなくて、病みづかれのほうがしつこく停滞し、けだるがった。根気が減り、顔色が沈んでしまい、食事がすすまず、痩せた。夏の暑さまけを持ち越しているのだ、と自分ではいっていた。ちょうど店の忙しくなる時季だったから、休んでもいられず、市場へは毎日買出しにいった。こたえるらしかった。仲間が、ついでに仕入れしてきてやる、といったが佐吉はでかけた。その痩我慢はたたったとおもう。正月の小豆がゆから床についた。その時やっと医者へいった。医者は胃だと診断した。食事の制限が命じられ、東大あたりでよく検査してもらえといわれた。

なか川、という小さい料理家を、あきと初子を助手に、やっていた。姓からとった屋号だった。客室は八畳と四畳半の二た間。五人か、詰めて六人しか客はとれないが、それで丁度いいのだった。戦後すぐに建った、バラック住宅のひどいものなのだが、安く買って安い手入れをして、体裁よく住み、都合よくした。だから家のまん中の床《ゆか》をおとして台所にし、台所の両側へ茶の間と奥の四畳半を一列におき、廊下をはさんで八畳とはばかりという間取りである。まわりは中小のメリヤスや木綿品の問屋が多く、少しはなれたところにはいい料亭も並んでいるが、なか川はなか川で重宝がられている。けちなうちだが、家より佐吉の味のほうがずっと上なので、そこが気に入られていた。佐吉は承知していて、どの客へも自分の神経を使った料理を出した。そして、病んでつくづく思うのは、自分は食べものをこしらえる他には用のない男で、それをしている限りは手持ぶさたはなかったし、慰められていた、ということだった。海老もみつばもいじれなくなった手持ぶさたは、ほんとにやり切れない。あきと初子が店を休まずに続けている、せめてそのもの音だけでもきいて、自分もそこに立ち働いている気になれば、いちばん心憂さがしのげるのだった。

それにしてもあきは、ほんとに静かな音しかたてなかった。その音も決してきつい音はたてない。瀬戸ものをタイルに置いて、おとなしい音をさせた。なにやら紙をかさかさいわせることもあるし、あちこち歩きまわりもするが、それがみな角を消した面取りみたいな、柔かい音だ。こんなにしなやかな指先をもっているとは思わなかった。いつの間にか自分の教導がきいていて、おそろしいものだ、これほど上達したにちがいない、と佐吉はおもう。

あきは佐吉と二十歳も年齢のひらきがあり、互に何度目かの妻であり夫である。終戦の荒涼の中で知りあい、結んで十五年がまたたく間にたっている。ほっと息をついているうちに、十五年も経ってしまったといいたい。それ以前のあきの年月は、ただもうひどいものだった。両親の顔を知らないし、育ててくれた人も、素姓のはっきりしない寡婦だった。針仕事を生活のつなにしていたが、気がかわり易く、時々針をじれったがって、女人夫になったり、食堂の下ばたらきになったり、「気でもかわり易くなければ、とうに押し詰って死んじまった筈だ」というのだった。転々と定まらない居場所へ、転々とついて行き、ついて出たのをあきは忘れられない。そのあげく、あきはふっと誘われてそのひとを離れた。子守りに出た。渡り歩くことは見習ってあったから、こまりはしなかった。だが、住む場所がほしかった。育ててくれたひとはえらかった、と思うのである。転々とはしたがいつも場所なしではなかった。あきがどこへ行っても、奉公先を自分の場所とは思えないのは、あのひとがいつも、自分の場所を確保しつつ歩いていたからだとおもう。

場所は、男と世帯をもつことによって与えられた。これで休むことができると思ったが、男の母親は、あきがつとめをやめて、収入をなくしたことを不満がった。酒にだらしのない、グズ酔の男だった。みごもっても二度とも流れた。流れてちょうど好都合に思えた。そこにそうして何年かいられたのは、常にいつでも何処へでものがれて行けばいいのだ、という漂泊性があったからで、逆に落ちついていられたらしい。アメリカの爆弾が降ってくる時、あきはひとりで暮していた。これで焼け死ねば、自分という人間のいたことなど、誰もおぼえていなかろう。誰かにおぼえていてもらいたい、という思いがあった。

戦中戦後を通じて、ヤミ屋は強い生きかたをしていた。ヤミとかつぎをする女たちが多かった。あきもそうなった。仲間のなかに佐吉がいた。若くはなかったが、元気で、これから生活をたてていこうとする活気があった。本能的に、今度こそ見つけた！　という気がした。いっしょになった。仲人も親類も誰もいず、祝儀のまねごとさえもない晩だったが、佐吉は思いだしたように配給の芋を持出し、鶴亀を刻み、庖丁の人間の心ゆかせだ、と笑った。そのとき、あたりがしいんとして、深夜のようだったことを、あきはおぼえていた。

あきは重く沈みこむ気持と、緊張から来る軽快なような気分とをいっしょに持たされていた。佐吉の病状を医師からきかされて、知って以来である。十日ほど前に、来診した医者を出入り口まで見送った時、「御病人には知らせないで、ついでのとき病院のほうへお寄りいただきたい。お話があります」と、小声にいわれて察しはついた。

医師は、佐吉に兄か弟か息子か、あきに男きょうだいがいるか、と身元しらべのようにきいた。ないというと仕方なさそうにした。このことは妻の病気の場合は夫にいうが、夫の場合は男親、男きょうだい、息子に話すのが至当で、奥さんにはいわないようにするものなのだが、誰もいなくて夫婦二人きりでは止むを得ない、といっておいて、病人はなおりがたい、と告げた。そしてあきに、絶対に当人にはさとられないように、と念を押し、男はこの点を固く守れるのだが、女のひと、ことに奥さんは感情的になったり、忍耐ができきれなかったり、不注意だったりして、結果がまずくなり勝ちだし、奥さん自身にもとても切ない思いをさせることになるから、それで医者は心配する。だが、お見うけしたところ、あなたは芯がしっかり者だとおもうから、どうかこの悲しみをよくこらえて、看病とか夫婦の情とかはこ一番だという気になって頑張ってくれ、といった。あきは、医者とはへんなことをいうものだ、と佐吉のなおりがたいことを悲しむと同時に、医者へぼんやりした不快をもった。そんなに頼りないという女房へ、なぜ苦労して話すのか。だまっていればいいじゃないか。なおらなくなった時に言ってくれてもいいのに、という気がした。

だが、うちの敷居をまたぐと同時に、知ってしまった者の覚悟が強いられていることを感じた。敷居まで来て、うかとそのままの表情では佐吉の病床には行けず、初子にも心を構えなければならないと気づいたのだった。それはひとに悟られまいために、取り繕う偽りの苦しみであり、自分ひとりだけが知っているための孤独であった。しかしその苦しみ、その孤独は、噛みしめると底深くに夫婦の愛が存在していることがわかる。あきは自分がいまは確かに佐吉を庇い、いたわってやっていることを自覚する。愛は燃えるものと思っていたが、そうばかりではなくて、佐吉をおもえばあきの心はひっそりとひそまり、全身に愛の重量と、静寂を感じた。

だがまた、これはどういうことだろう。愛情をみつめれば心はひそまるものを、重病に眼をむければ、ひそまっていた心は忽ちたかぶり緊張し、気持に準じて手足も身ごなしも、きびきびと早い動作になろうとする。そしてそれはなかなかに悪くない感じなのだった。軽快であり、なにかこう、勇んでいるような趣きがあった。気高くなったような気さえする。気に入った感じがあるのだ。これはどういうことなのだろう？　佐吉のこの状態を目の前にしていて、なぜこんな「気に入った感じ」で張りきるのか。嬉しい感じ、だとまではいえないが、似たような弾みがあった。

けれども、この軽快さや、弾んだ張りきりは、実にしばしば医師の警告を破らせそうにするので、あきはその度にあぶないブレーキを切らせられる。誰にも悟らせるな、自分だけ承知していろ――は、気が張りきり、身が軽快になっているとき、ふっと、しばしば言ってしまいたくなる。しゃべりたさがはみ出してくる、とでもいえばいいかもしれない。あきはほっとし、あぶなかったとおもう。だから、だんだんにあきは不安ももたされはじめた。佐吉にも初子にも、その他の誰にも、何ひとつしゃべっていないに拘らず、知られていはしないか、悟られたのではないか、自分が知っていて知らないように装っているのと同様、ことに当人の佐吉は、悟っても悟らないふりをしているのではないか。それが絶えず不安で疑わしくなり、なるべく立居もひっそりと音をはばかり、まして台所の中では、静かに静かにと心がけ、音をぬすむことが佐吉の病気をはばむことにもなるような気がしてきた。

気がはやってきたときは、坐ればいいのだ、とあきは自然に会得した。軽く動きたくなるからだをそこへ据えつけ、人と口をききすぎないために、帳面つけをはじめればよかった。そうしていると気の逸りはおさめやすいように思われる。

愛情のおもりで心のひそまるほうは、どう処置していいかわからない。そんなときには佐吉のそばへも行けないし、立って台所へ出てみても効果はなかった。ただ、客が来ていてそちらへ料理を出しているあいだは、のがれていられた。自分から作る忙しさではまぎれなくて、人に強いられる忙しさや労働でなら、しのぎがつけやすいようだった。それにもうひとつ、初子が道具になった。役にたつ。初子は佐吉の病気をちっとも気にかけていず、年齢と季節のせいだから、春になれば起きるさ、といったふうに決めきっていた。つまり、初子にとって佐吉は、寝ていても起きていてもそう関係はないらしい。初子はまた、あきの心の中へも入ってこようとしない。見なれ、つきあいなれしたおかみさんだ、というだけであり、それ以外に観察したり推測したりする気はちっともない。主人夫婦のことなどより、自分のことで溢れんばかりなのだろう。そこがあきの役にたつ。初子に話しかければ、初子はいくらでも自分のことだけを、砂利トラックのように勢よく話しつづけた。それはあきには一種の救助になった。そんなふうにあきは手さぐりで少しずつ自分の道をさぐっていき、佐吉にもこれといった変化もみえない。

風のある日だった。冷えが強かった。いやな晩には客も早く立つ。残り火に気をつけた。初子が奥の四畳半へそっと箒をあてている。客の立ったあとひと箒なでて、そこへ寝る習慣だった。あきもそうそうに割烹着をぬいだ。枕につくと風と寒さがよくわかった。まわりに二階や三階があって、かえって風はよけないのだ。窪みへ吹きおろされると、枕と襟のあいだがつめたい。

「あなた大丈夫？　すきま風あたらない？」

「ああ。」

「――こんな晩はほんとに、寝るぞ根太、頼むぞ垂木という気がするわねえ。なにごとあれどまもれ家の棟。ふふふ。」

段を一段おりたようにすとっと、あきは眠り入った。

覚めるなり、火事とわかった。うちではなかった。だがすぐそこ――あなた起きちゃだめ、待ってて、初ちゃあん初ちゃん！　あきは足袋をはいた時に、はっきりと慌てから抜けた。焼けない、と思った。起きかえっている佐吉へ、丹前をかけ毛布をかけてやった。初子が立っていた。誰かがどどどと、小門をたたく。はっとおびえる。火がまわった、とおもう。叩いている。無理な改造のために、この家は出口が一方しかなかった。

「あなた！」しごきをもって、あきは佐吉へ背をむけつつ、初ちゃん、手拭ぬらして持ちなさいと叫んだ。玄関のガラス格子が叩かれた。誰か男が初子をよんでいる。

「あ、秀さんだ」初子はとんでいった。折返してさかなやの秀雄が、初子へかさなるようにして入ってきた。秀雄はおかみさんと顔があったとき、へんなふうにはにかんで赤くなり、大丈夫なんだ、もう消えるから逃げなくていいんだ、といった。地鳴りのような、とどろとどろした音がかぶさっている中に、案外はっきりと遠い人の叫びがきこえ、一瞬みな黙っていた。

「火元、どこ？」

「質屋の筋むこう。塚本さんの倉庫だって。」

「え？　塚本さんて、メリヤスの？」

「よく知らないけど。」

　佐吉は、きいて来い、と女房へ顎をしゃくって、横になった。秀雄がすぐ立っていった。茶棚の上においた懐中電灯の暗さに、佐吉の顔は深いくまをつけていた。酒屋が見舞にき、続いて人が来た。冷酒をだした。あの塚本の倉庫だという。つい去年の暮、押しつまってそこが売りに出され、塚本が買うと同時にしもたやのまま、臨時に倉庫がわりに荷をいれていたものだった。佐吉は、取り敢えずの見舞に、有り合せで幕の内弁当をつくれ、といった。取り込みの中だから、いれものは大皿や重箱ではなく、バットの新しいのへ銀紙を敷いて、お使い捨てになさって下さい、というのだ、とも指図した。

初子に酒をもたせ、あきが包みとぬっぺい汁の琺瑯《ほうろう》ずんどうをさげて、本宅のほうへ見舞にいったのはまだ暗いうちで、空気は容赦なく冷えきっていた。塚本商店の表は予想通り混雑していた。勝手口へまわろうとすると、あなたどちらから？　ときく男があった。へんだと思ったが説明して通った。台所で思いがけないことをきいた。上田に放火の疑いがかかっている、という。初子がぶるぶるふるえて、あきの袂をつかんでいたが、帰る道では泣いていた。

「およしよ、往来で。うっかり泣いていて、誰かに疑われちゃ困るじゃないの。上田さんのあんないやな噂は、そこいらじゅうに拡がってるだろうし、あたし達があの人と顔なじみだってことも、なんとなく知れていくだろうしね。あの朝、泣き泣き歩いていたなんて噂がたつと、あんたが何か知ってるんじゃないかって、うたがわれるわよ。」

初子はびっくりして振りむいた。

「それとも、どうかして？」

激しく首をふった。

「ねえ、初ちゃん。あんたあの人のこと、ちょっといいなって思ってたんでしょ？　あたしにはそんなふうに見えてた。お見舞に連れていくといったら、あんた浮き浮きして、上田さんもてんてこ舞いに忙しいんでしょうねなんて、いってたわね？　いいえ、いいのよ、好きなら好きで——。だから震えたり泣いたりしちまうんでしょ？　そこがあたし心配なんだわ。

お互に話しあってて、恋人同士だっていうなら、話はまた別になるけれど、こっちの心の中だけで好きだと思ってるくらいなことを、世間で噂たてられちゃ、ばかばかしいと思わない？　しかもいい事柄じゃなしね。」

やはり、娘の淡い恋ごころ、といったところだと判断した。

あきはさっきから、ゆうべのさかな屋の秀雄の顔を、何度もくり返して思い合せていた。この辺ではかなりいい魚屋の三男で、中の兄は会社づとめだった。なか川では、仕入れは佐吉が河岸へ出かけたから、ここからは取っていなかったが、急な入用のときは使ったし、魚屋と料理人は取引のあるなしによらぬつきあいがある。ことにこのところ、佐吉が仕入れを怠りだしてからは、あきはここへたのんでいる。河岸からの仕入れも頼むし、店のものも買う。

だが、なぜゆうべの火事に、秀雄があんなにいち早く駈けつけてくれたか。なじみとか出入り先とかいうことなのか。それならなぜ茶の間まであがってきたろう？　さっとあがった、というようにして入ってきたとおもう。あの時秀雄はもう、火事は消えるから大丈夫、と知っていたのだから、もし単に得意先への見舞というだけなら、玄関で挨拶すればいいのではないか。それに、あきは彼をうちの中へあげたことは一度もなかった。彼のほうはそれほど親しいと思っていたのだろうか。それとも火事という異常のせいだろうか。それにしても彼が小門をのりこえ、玄関をたたいて、なか川さんとは呼ばずに、初子を呼んでいたし、茶の間で火事の情況をはなしたあと、ふとみせたはにかみの態度は、なにかわけを含んでいるだろうか。初子がいつも使いに行くから初子を呼んだまでだし、初子も火事で恐怖している時、頼りになる青年の見舞をうければ、何も彼もなく茶の間まで連れてきたとして無理はない。どこもおかしくはない。でもなにか、二人の間にはあるといった感じがするのだった。秀雄は初子を好いていないか？　ちょうど初子が上田をほんのり想っていて、放火の嫌疑などという突然のショックで思わず泣いてしまったように、秀雄が初子を好もしく思っていて、近火という突然があれば、小門も越え、茶の間へ現れてもおかしくはなかった。

なか川には、火事の翌日に予約があった。あきはゆうべの興奮のあとで、からだも気持もぐんなりして、台所へ立つのがいかにも億劫だった。休みたいと思った。台所はまた、あきを億劫がらせるだけの、品がすれをしていた。ゆうべの見舞に、ありものは惜しみなく使いあらしていた。料理屋から持っていく見舞のたべものは、どんなに急場のあり合せだとはいえ、かえってその急場の有合せゆえに店の品評をきめられるものだった。これだけしか才覚がなかったのか、と決められるのは辛かった。それだから佐吉は、材料をあとへ惜しむなと指図したのだし、その点はあきも佐吉によく似たものの思いかたをする性質だった。けれども使い減らしたあとの台所は、ちょっと億劫なのだった。表面はいつもの使い易くしてある台所とちっとも変らず、冷蔵庫の把手も拭きあげてあり、戸棚も曳出しも整頓され、流しとも広く片付き、ふきんは乾いていた。料る人がそこへ立ちさえすれば、料理はさわりなく進行するように見えている。だが内容は荒れて、潤沢ではなくなっている。品うすの台所は働きづらい。料理の材料はそれぞれに、時間を背負っているものだ。今日こしらえていいものもあれば、昨日から仕込んで今日使う二日の味もあるし、何ヵ月もの貯蔵の味もある。きょうのあきの台所には、二日の味がまるで欠けており、それは気おもくなることだった。予約は毎月一回きめて来てくれる、常連ともいうようなメリヤスの仲買さん達で、むしろゆうべの近火は承知の筈だったから、断る理由は一応たつのである。しかし、それにしても佐吉に無断では休めない。佐吉は笑った。

「やっぱりそうだったな。」

「なにがやっぱりなの？」

「いえさ、火事のせいにするなってことよ。おれはこのあいだから、おまえがちいっと調子がよくないと思っていたんだ。」

「なんのことさ？」

「火事でくたびれたから休みたいというんだろ？　そこさ、そこが思い違いというものなんだ。火事じゃない。もっと前から調子が悪くなってるんだ。おれは気がついてたけど、おまえ神経がまいってるんだよ。」

あきはひやりとする。

「冗談じゃない。神経なんぞどうもしてやしないわ。」

「まあ、無理もないさ。おれが出られないんだ。今迄おまえが芯になってやったことはないんだから、一人になれば骨が折れるのも当り前だ。それに店が忙しいばかりでなくて、おれにも手がかかってる。医者の出はいりだ、薬だと小間用がふえてるから、だんだん持ち重りがしてきてるんだよ。火事のせいだけにはできない。」

「それならなおのこと、言訳のきくきょう一日だけは休みたいけど。」

佐吉はからかうように微笑する。

「休んでみな。一日分は言訳があるが二日目はないぜ。ところが一日休むと、二日目はもっと休みたくなるものなんだ。今日までにおれは何度もおぼえがあるんだが、神経がだんだんにしなびてきた時には、休んじゃだめなんだ。二日目にはガタっと気後れがして、もう欲も得もなく愚図ついちまうんだ。一日休めばらくになると思うところが、しろうとの浅墓だ。でもまあ、たって休みたけりゃ休んでもいいさ。」

「そんなこといわれちゃ、休めないじゃないの。」

「正直にいえば休んでもらいたくはないね。ここで一日だけ休みたいなんていいだすんだから、おまえさんもまだ素人なんだねえ。ずいぶんよくおぼえてきたようだけど、まだもっと引きが強くならなくっちゃ、長い商売はむずかしい。どうもこのあいだからそんな気配だったよ。」

「なんです、その気配というの？」

「いえね、台所の音だよ。音がおかしいと思ってた。」

あきはまたひやりとする。

「台所の音がどうかしたの？」

「うむ。おまえはもとから荒い音をたてないたちだったけど、ここへ来てまたぐっと小音《こね》になった。小音でもいいんだけど、それが冴えない。いやな音なんだ。水でも庖丁でも、なにかこう気病みでもしてるような、遠慮っぽい音をさせてるんだ。気になってたねえ。あれじゃ、味も立っちゃいまい、と思ってた。」

「いやねえ、人のわるい。それならそうと、いってくれればいいのに。小音だの遠慮っぽい音だなんて、遠まわしなことといわずに、おまえは下手だから、こうやりなっていってくれればいいのに。こっちはそんな、音がどうしたかこうしたか、気にしてるひまなんかない。ただもう、あなたが起きられるまでの代理だ、つなぎだと思うもので、気は張るし肩は張るし、これでも一生懸命なのにさ。」

「だからなんだよ、おかしいと思うのは。代理なら庖丁の音は立つわけなんだ。誰でも、うでの上の人の代理をつとめるときには、不断より冴えるんだ。見劣りしたくないと思うからね。俺もずいぶんあちこちで、ひとの代理ぶりを、そういっちゃなんだけど、うまくは行くまいって気で眺めていたし、自分の代理もきっと人にそういう気で眺められてると思うから、相当つらい想いも知ってるけど、どっちみち代理をしてる時には、悪くない音をたててるものなんだ。我ながら、冴えていて、いい気持のすることもあるしね。」

「そういうものかしらねえ。自分で自分の音をききわけてるってわけ？」

「――おれが出なくなって最初のうち、おまえもやっぱりいつもよりずっといい音をさせてた。ステンレスの鍋の蓋をする時なんぞ、しっとりと気の落付いた音をさせていたし、刃広庖丁でひらめを叩いてたときには、乗り過ぎてると思うほどの間拍子のよさだった。おぼえていないか？」

「そうね。言われりゃあのときの庖丁、いい気持だったわ。」

「それがほんとなんだ。あれだけうまく行ったときには、手応えが残ってる筈なんだ。手があがったというのが、きいていてよくわかった。男だとこういう場合には、まず勢のある音っていうか、すっきりした音というか、そんな音をたてるんだが、おまえのは勢とか弾みとかいうものじゃなくて、いってみりゃまあ、艶だね。今迄なかった艶がかかって、やさしい音をさせてた。」

へえ、讃められたの！　といいながらも、あきはかなわないと思い、早く話を打ち切りにしたい。こんな見方、きき方をされていたのなら、きっともはやもう感づいているだろうと思われた。知っていて知らん顔で話しているならなおたまらない。

「それが案外はやく伸びがとまったね。もっとすんなり伸びるうでかと思ってたら、違った。ムラになってきて、いい日と悪い日があるし、ひと晩のうちでもふっと気が変るのか、さっきよくても今ぐじぐじしてる、といった台所だ。おまえは割に気がたいらな女だのに、どうしてなのかと思った。近ごろはまた小音もひどい小音で、勘ぐって思えば、まるで姑にでもかくれて、嫁がこそこそ忍んでるような音にきこえるときがある。でもおれにそんな遠慮をもつわけはいくら考えてもないんだし、きっと商売とおれの看病とで、神経がまいってきたんじゃないかと思うね。」

「おどろいちゃった。料理人てものも、ずいぶん苦労性なものねえ。おかげで私も呑気にしていられなくなっちゃった。さしずめあしたからどんな音をたてりゃいいか、おみおつけひとつこさえるにも気になるじゃないの！　面倒だわ。ま、とにかく、それじゃ今日は休まないことにしましょ。その代り献立くらい考えてくれますか？　心づもりしてたもの、みんなゆうべ使っちゃったわよ。」

「うん。そりゃこういう時の、しのぎのつけ方というものがあるから教えておこう。おれももうとしだからな、死んじまっちゃ教えられない。」

「ま、縁起でもない。きょうは呆れるほど嫌なことをいうのね。これも火事のせいじゃないかしらねえ。」

佐吉はきげんがよかった。あきにはわからない。あれほどの、おどろくような確かな耳だ。ああ聞き抜いていられては、たぶんこちらの心の中は読まれているだろう。だがそうでないようでもある。悟っていてあんなにいつも通りにしゃべっていられるものだろうか。悟っていないのかもしれない。あきの台所のことはあんなによくわかるが、台所のことだからわかるので、病気はわからないかもしれない。あきが音をたてまいたてまいとしたことは、佐吉は看病と責任感とから来る神経衰弱だとしていた。

障りがあったようにも見えなかったが、火事はやはり佐吉によくなかったらしく、あの晩、懐中電灯の暗さのせいと見ていた眼の下のくまは、昼間の明るいなかでみても消えなかった。食事もまた箸が遅くなったし、痩せた。時々うすい痛みがあるという。眠りから覚めると、動きもしないのに枕の上で眼がまわっているともいって、気色わるがった。それは貧血が強くなったせいで、病勢は早足になってきたようだと、あきは医者にきいて知った。尽せるだけの看病がしてやりたかった。でも店をひかえていては、手代りがなくては、思うように行届いたみとりはできなかった。火事の翌日一日でさえ店を休ませたくないといった佐吉だから、臨時休業などは承知しないだろうし、さりげなく客を減らすことはできるが、こういう商売では客足のへることに非常に敏感だから、それもまた病人に気苦労させることになる。入院も——それはあきがとても出来なかった。

佐吉は料理人なのだ。病院の食べもののあのがさつさ、味噌汁一椀でも佐吉は、どんなに虫を殺し我慢を強いられることだろう。かりにあきがあそこで炊事をするとしても、炊事場は共同使用であり殆どまともな役には立つまい。そしておしまいの時までそれが続くとなれば、これだけおいしくおいしくと心掛けて生きてきた佐吉なのに、最後のところは小穢い、行きとどかない、ざっぱくない食べもので終る。これでは生甲斐がどこにあるというのだろう。水一杯、が誰ものこの世の別れの味だというけれど、その水一杯は慣れた我が家の水道栓から、慣れた手が慣れたコップに盛りあふらせて——と思うともう病院など問題でなかった。とすればこのままの状態でいるよりほかなく、心ゆくまでと思うのはあきの空しいねがいだけにとどまる。

寒気はいまがいちばんきびしい時だった。菜を洗ってもふきんを濯いでも、水は氷のかけらのような音をさせた。古風な鉄なべも、新しいデザインのアルマイト鍋も、銀の鉢も瀬戸物も、みなひと調子高い音をだして触れあうのだった。この季節に庖丁をとげば、どんなに鈍感なものでも、研ぐというのがどういうことかと身にしみる。砥と刃とを擦れば、小さい音がたつ。小さいけれどそれは奇妙な音だ。互に減らしあい、どちらも負けない、意地の強い音であり、また聞きようによっては、磨き磨かれる間柄の、なかのいい心意気の合った音ともとれる。研ぐ手に来る触感も複雑だ。石と金物は双方相手の肌をひん剝こうとする気味があり、同時にぴったりと吸いつくほどのなじみかたをし、磨るに従って刃も砥も温かさをもち、石が刃に息をつかせるのか刃が石に吐きかけるのか、むっとしたにおいを放つ。あきも真似ごとに砥へ庖丁をあてはするが、本当には研げないし、なにかはしらず研ぎは避けたい気持がある。それも寒気のきびしいとき、棚に皿小鉢がしんと整列した静かな台所で研げば、研ぎに漂う凄さみたいなものがはっきりわかる。しかし佐吉の出ないこの冬の台所は、いやも応もない。本当に研げていない庖丁はすぐ切れがとまり、それだけ度々あきはいやなことをしなくてはならない。さかなやの秀雄に頼もうと思う。あきは火事以来、いつともなくひとりでに、初子と秀雄と自分とこの店とを、結んで考えはじめていた。

　佐吉は佐吉でまるで別なことをいいだした。すっかり後片付けも帳つけも済んだ夜ふけ、簞笥や茶棚や小机やらにごたごたと囲まれたなかで、楽しそうにあきと眼をつなぎながら話した。家を新築しようという相談だった。明らかに火事からずっと考えていたことだろう。だが新築はもっと前からの夫婦二人の希望であり、節約はそのためのものだった。無論自分の財布だけではなく、よそからの融通も計算にいれてのことだが、それにしてもまだ大分窮屈だといっていたのを、急に建てようというのである。焼けたのなら、どんな工面をしてでも建てずにいられないのだから、と思うのだし、不意にああした近火にせまられてみると、なんだかはかなく思えて、思いこんだことは早く果したくなった、と佐吉はいう。長年こころに積みあげてきたことだけに、話しだすともう、その好みの入り口から廊下から、客室の卓までそこへ浮いてくるらしく、調理場となるとああしてこうしてと、仕方話しになる。

「どうだ？　え？　あき。」

「気に入るだろ？　あき。」

あき、あきと間《あい》の手のようにしていうのが、ひたすらに楽しげで、素直な感情が顔いっぱいに、声にまで出ている。どう見ても底に人生の一大事を承知していて、その哀しみをかくしているとは受取れない明るさなのだ。ひとには聞かせたくないんだ、あきにだけ話したいんだ、新築の基になる貯金ができたのも、あきと一緒になったからこそで、感謝しているんだ、と水入らずにおおっぴらに女房をいとしみいとしみいい続け、自分もまた嬉しさに浸り入っているようなのだった。めったに見せない極上の上機嫌で、ひと晩中でも話していたそうにみえた。興奮しているのだから早く寝せつけなくてはいけない、という心配と、今夜はこのまま喜ぶにまかせておきたい、という思いやりとに迷った末、やはり自分自身も佐吉の上機嫌に従っていたくて、心よわく看護の立場をすてた。

「お茶、あつくしましょうよ。」

「ああ、いまそういおうとしてたんだ。」

佐吉は、いまでも焙じて売っているお茶を使わせない。いまではもう茶焙じも姿を消している時勢なので、わざわざ注文して作らせ、客用にも家内用にもその都度に焙じさせている。茶だんすへ立ったついでに、見ると一時を半分まわっていた。真夜中だな、と思いつつ、茶筒の蓋を抜く。蓋はいい手応えで抜けてくる。こんな些細な缶ひとつでも、蓋のしまり加減が選まれていた。茶焙じに茶をうつし、火にかざして揺すると、お茶の葉は反り返り、ふくらみ、乾いた軽い音をさせ、香ばしく匂う。土瓶にとり、あつい湯をそそぐと、弾いてしゅうっと鳴る。あきは、番茶のうまさはそういうように、しゅうっと声をたてて呼びかけながら出てくるのじゃないだろうかといって、以来ひとつ話の笑いの種にされていた。

「起きてのむよ。」

「そう。」

こわい頭髪に寝ぐせがついていて、起きるとやつれが目立つ。

「うまい。おれは好きだな、焙じた茶が。考えりゃ一生のうちで、いちばんたくさん飲んだ茶だな。」

「そうね。あたしもこれがいちばんいい。きっと性に合ってるのね、あたしたち夫婦の。」

「そんなところだ。どっちも玉露の柄じゃないからな。」

ふっと、淋しくなって、あきは慌ててからの茶碗をおくと、病人のうしろへまわり、横になるように促した。着せかけてある丹前の、からだについていない部分や、いまのちょっとのまだけ傍へのけてあった枕だのが、ぴりっとするくらい冷えていた。さすがに疲れていて、佐吉はすぐに眠るらしく、うつつになにかいった。顔が笑っていた。のぞきこむと、気がついたように薄眼をして、もう少しよけい笑い顔をした。

「あと何日ある?」ぎょっとした。「――彼岸を越して、四月――四月だ――」相手は平安な寝息をたてており、あきはまじまじと、おさえつけて大きく呼吸していた。

あきは台所の音を、はなやかにしなくてはいけないと思った。心のなかまで聞き入っていられると思うと、気が固くなって、手も自由でなかった。遠慮っぽい庖丁の音だ、といわれたのは痛かった。はなやかな音をたてようとすれば、先ず第一に自分がそのわざとらしさに気がひけた。佐吉も見抜くだろう。けれども一日のうちの大部分を、台所の音をきいて慰めている佐吉をおもうと、ぜひ爽やかな音がほしい。料理そのものへ専念するよりほか、手段はないようであり、自分ひとりでしないで、佐吉にせつせつコーチをせがむのも手だてかと思われた。いつもは「ひとにしゃべらせるつもりになるな、自分の眼で見ておぼえろ」というのに、いまは文句もいわずやさしく教えた。あきは間仕切りの障子を半分ほどあけて、病床から調理台がみえるようにし、見られていることで緊張を強めようとまでしていた。四月とは何の時期をさしたのか聞きただしようもなかったが、あと何日ある？　という言葉がしこって、身をなげ出して何でもいい、辛いことがしていたい気なのだった。あと何日を佐吉に対して、打てば響くように、しっかり引きしまっていたいのだった。

医者は、四月ということに首をかしげただけで、返事をしなかった。仕合せなことに、胃のいちばんいいところに病巣があるから、苦痛が強くなくて大層都合がよかった。けれどもいずれは痛むだろうが、できるだけの手をつくして、苦痛をのがれさせたい。食事は小量なら好きなものなんでもいいといわれた。食事の制限が解かれたことの情なさ。

投薬のせいか、恐れていた痛みは来なかった。その代りのように、時々ぼんやりと黙りこむようになった。あちらむきに眠っているのかと思うと、目の前の箪笥の木目をじいっとみている。ものをいい掛けても、まだ目をそらさず、カレンダーを眺めていることもある。なんのはずみでか、古い昔のことを思いだしはじめたら、くせになって、毎日いろんな想い出が出てくるという。

「あら、そいじゃちょうどいいわ。私にも想い出を話してくれていい筈よ。おぼえてる？　いっしょになったとき、あなたいったでしょ？　そのうちに御一代記全部はなしてやるから、それまで待ってろって。それでもあたしが、せめて小さい時のことだけでもといったら、おこったじゃないの。身元しらべするほどうるさいのなら、釣合わないから帰ってくれって。」

「そうだっけな。いわれりゃ想い出す。」

「あんなにひどくいったくせに頼りない。よくおぼえてないのかしら？　あたしは身にしみて、うんとよくおぼえている。きかれてもかくすほどの悪事はしてないけど、自分でさえさわりたくない淋しい傷はたくさんある、そんなことをおれはいましゃべりたくないんだって、威張ってたじゃないの？」

「困ったね。たしかにそういった。」

「あたし懲りたから、それっきりきかないんだけど、ずいぶん長いおあずけだったもの、ちょうどいいじゃないの、想い出したついでにあたしにも御一代記話してよ。」

　三月に入って定休日だった。一足飛びに、春というより初夏が来たようなばか陽気だった。病人を抱えている身にはそれがすぐ気になったが、若いひとには休日が晴天で温いのは、心のはずむことだった。初子は出かけるといって、支度をしている。秀雄が誘ってくれるからスケートをやってみるのだという。

「秀さんのところは今日はお休みじゃないでしょ？」

「ええ。でもあたしのお休みに合わせて自分も休むって。」

「まあ、素敵じゃないの。」ことさらにこにこして、あきはいった。「初ちゃん、あんた大丈夫、心の中かたづいてるんでしょうね。」

「ええ。よくわかっちゃったんです、教えてもらったから。」

「なんの話なの、それ？」

「あら、おかみさんのいうの、上田さんのことでしょ。あのこと、あたし秀さんに話したんです。そうしたら秀さん、方々から情報あつめてきて、検討してくれて、どこからいっても上田さんは才人だって。それだからきっと目につくのも当然だろうし、使いこみの放火なんかすれば、熱がさがっちまうの当り前だって。だいいちそんなの、本当の恋愛でもないし、薄情の部類にもはいらないって、笑われちゃったんです。」

「へええ。秀さん断然いいわね。どこで待ち合せるの？」

「迎えにくるっていってました。」

腕の時計をみる初子もかわいい。頰から顎への円味が、はっきりとはたち前の若さをみせている。秀雄はいまの青年らしく、年齢よりふけた扱いかたで女を導いて行くらしい。二人で滑れば楽しかろうし、似合いだとおもう。

きょうはあきは落付いて、佐吉の食事ごしらえができる。胡桃をすり鉢にかけて、胡桃どうふをこしらえようとしていた。すり鉢の音は、台所の音のなかではおもしろい音だった。鉢の底とふちとでは音がちがうし、すりこ木をまわす速度や、力のいれかたでもちがうし、擂るものによってもその分量によってもちがう音になる。とろろをすればくぐもった音をだすし、味噌はしめった音、芝海老は粘った音、胡桃は油の軽くなさを音にだす。早くまわせば固い音をさせ、ゆるくまわすと響く。すりこ木をまわすという動作は単純だが、擂るものによっては腕がつかれる。そういう時は二つ三つ、わざとふちのほうでからをまわすと、腕も休まるし、音もかわって抑揚がつく。擂る人がもしおどけるなら、拍子も調子も好きにできるところがおもしろかった。あきはすりこ木の力や速度に強弱をつけず、平均したおとなしい擂り方をするのが好きで、決してすり鉢を奔放によごさない。あきのそれは、自身の性格が内輪でもあり、佐吉の教えにもよるものだが、佐吉のそれは、性格というよりも小僧っ子の時に親方から躾けられ、きびしく習慣づけられた結果だという。

「ほかの商売のことはわからないが、台所のかぎりでは性質《たち》と習慣と、どっちが強いのか、どうもはっきりしない。賭けごとをすると柄の悪さをまる出しにするのに、庖丁だとどこまでも上品な奴もいるし、身なりもつきあいもだらしのない奴が、料理場の中のこととなるとほんとにきちっとしている。でもそれがいつの間にか崩れてきて、刺身なんかそいつの身なりと同じような、なにかこう締まらないものになったが、それで平気なんだ。教育とか習慣とかいうものは、性質で破れちまうんだ。教えた親方も損をしたし、なまじっか教えられたあいつも得したとはいえない。」だから佐吉は善悪ともに、よくあきの性質のことを気にした。子があったら、どんなに性質が心配で、習慣が心配でたまらなかったろう、という。
あきのすり鉢の、もの柔かだが小締りにしまった音は、もう止んでいた。佐吉もとうにその音から離れて、このあいだから何度も想い出のなかに現れてくる、かつての二人の女のことを思っていた。

一人は最初の女房である。これは同じ村の生れで、ちゃんとした仲人のある正式な嫁だった。屈託のない、若い結婚であり、その時佐吉はもう料理人になっていて、近くにある温泉の一流旅館につとめていた。勤めているといっても勿論一人立ちではなく、親方にどしどし使われていた。いったいに故郷の村には、昔から料理の風があった。温泉があり旅館が繁昌している影響もあり、気候が温くて海山の幸が多いせいもあって、料理の道があいているらしかった。お祭りだとか寄合いだとかいうと、すぐ男たちが俎《まないた》をだす。次男三男が働きに出て行くといえば、たいがいが何処かの縁びきをたよって、料理人の下働きになるのが普通になっていた。

佐吉は小さな時から、浜でこぼれざかなを貰ってきては、ひとりで干物をこしらえてよろこんでいた。小学校をでるとさっさと出ていった。その時から独立したわけだが、父親を失っていることから、世話焼きが早い嫁とりをすすめた。村では男の子は町へ出すが、女の子はすれっからしになるといって出さない。旅館でしゃきしゃきと働く女たちを見た眼には、すこし物足りない娘だと思ったが、先行きはどれもこれも同じにきつくなっちまう、といわれてそんなものかと思った。町へ連れていって部屋借りをした。ひとがよかったが、万事にのろい女だった。洗濯は佐吉のほうがうまかった。掃除も佐吉にはじれったかった。おしゃれもあまりうまくなかった。女房をもらってよけいな用がふえた。子供ができればと待ったが、できなかった。一年二年とすぐ過ぎた。のろいのにも観念して慣れれば苦にならず、人のよさにほだされて若い夫はけっこう、のろい妻を愛していた。父親はなく母親は働きに行く、淋しい家庭に育った佐吉には、そこに特定の一人がいつもいてくれるのは嬉しかった。

そのうち、いわれたことは当ってきた。先行きはどれもきつくなる、といわれたのがその通りになった。人のよさは減って、きつさは殖え、のろはそのままなのだ。それが事こまかに知れたのは、佐吉が喧嘩をして、長くいた旅館から出入りを断られ、仕方なくうちに引きこもっていたときである。洋食が達者だという触れこみで、おかみさんの遠縁とかいう男がもぐりこんでき、親方もいちいち口出しをされるし、自分も働きづらくされたので、口喧嘩から殴りあいになった。そんなことははじめてだったが、主人は女房への手前、両成敗の処置をとった。常が悪くなかったので、同情者が多く、口はすぐにかかってきた。が親方はよその筋へやりたがらず、その交渉のきまるまで遊ばせられた。

気が立っていたせいもあるが、その無為の日につくづく己が女房をみて、少年の時代とはまた違う、うらぶれた淋しさを味わった。玄関を出たところに共同ポンプがあった。なみの女房の洗濯は乾こうという午さがりに、うちの女房は盥《たらい》をもちだした。濯ぎの水がじょぼじょぼといった。外へ干さずに縁先低く干すから、なぜだときけば、夜干しになるから取りこまなくてすむ、と答えた。絞りのゆるい洗濯ものは雫をたらし、散っている紙屑へあたった。佐吉はその雫の音を、砕ける音だ、と聞いた。彼女の煮炊きの音は全部、佐吉をいらだたせた。のろはいいけど、我慢ならないことは、鍋にも瀬戸ものにも、捨鉢な音をたてさせることだった。いつもなにかが、欠けるなら欠けても構うもんか、という強がった声をあげさせられていた。食べるものをこしらえる音、ではなかった。作ろう、こしらえよう、調えようという訓練が身についている佐吉には、そういう炊事ぶりはあてつけのように感じられ、刺戟された。もう少しあたり柔かくできないものか、と注意してみた。

「ええ、気はつけるけど――だけど、あなたもそのうちまた勤めにいくんでしょ?」うちにいるあいだの辛抱で、また勤めに出れば互にいやなことは見ず聞かずにすむ、という寸法らしかった。佐吉はそれを愛情のうすいことだと解釈したが、彼女には愛情のなんのということではなくて、ただ、面倒なこと、としか取れず、今迄通りの暮しをすれば、面倒なことはないからそれでいいのだ、と割切ってあるのだった。それでもそれはまだ、話の形になるからましで、生理的に気色がわるくなるのは、ものの食べかただった。まえから音をたてる食べかたはしていたが、いく日もぴったり一緒にいてみて、はじめて彼女が絶えずものを食べているのにおどろいた。それも菓子やくだものを間食するのではなく、焼きざましの干物であろうと、たくわんであろうと選まない。どっさり一度にではなく、ちびちび口にいれる。副食物をそんなふうに食べているのを見ると、やりきれない哀しさが湧き、ひとりになりたいと思った。ひとりでいる淋しさのほうが、二人でくらす哀しさより呼吸がらくのように考えられ、しきりに生活がかえたかった。時機がわるいと、何遍もおもい返そうとしても、鼻についた嫌悪感はこらえられなかった。女房には無断で、仲人と母親のところへ行き、別れたいといった。親方へも立ち話の挨拶だけで、すぐ汽車に乗った。東京駅のラッシュに降り、すべて無縁の通勤人の浪に流されたときはっきりと「薄情で、勝手なのはおれのほうだ。あれもいやなところばかりの女じゃない」という線がでた。すまなさに責められた。

しばらくして母親からたよりがあって、彼女はあっさりと承諾し、届けもみな済んだ、といってきた。母親をのぞけば、故郷はもうないも同然だった。だが、落付いてみると、東京の中にも故郷の人がぽつりぽつりといた。人は故郷を離れても、故郷は人をはなさない。佐吉は女房が農家へ再婚し、すぐ子を産んだときいてからは、気が休まった。年数とともに彼女の想い出は、のろさや、図太さやはうすれて、気の毒な女、なじみにくかった女、淋しい女、という想いがある。憎さや恨めしさなら、あきにも話そうけれど、侘びしく淋しい後味を残した人のことは、償いの心からいまもってそっと、いたわっておきたいのだった。いまあずかっている初子は、故郷の出身である。そのことは誰かにきいているかもしれないが、口はかたい。あきもあるいはうすく知っているだろう。

もう一人は二度目の女房だ。これは激しい気性だった。最初のときの若い身空に、あのじれったさを我慢して、それがしみこんでいる故に、こうしたひとに気を奪われると、ちゃんとわかっていて惚れた。名のある割烹の女中をしていて、姿もその職業の人らしく、小粋だった。ひと目みれば、この顔は顔の道具だての上へ、気性が押しだしてきている、と想うほど気の勝った表情をしており、三本えりあしが自慢で、それを見せる髪型にしていた。まんという名だ。本名は不景気な名だから、呼ばれたくないのだと笑っている。強いて本名をききたがった客へ、ひん子ですといった。珍しい名だというと、めすという字はひんと読むんですってね、貧乏のひんでもいいんです、と答えて憎がられ、帳場からも叱言をくい、その叱言をまた話の種にしてふりまいた。そういう派手者である。

佐吉はこわがりながらも、その鮮やかさに惹かれていき、まんのほうはずかずかと寄ってきた。いつまでひとりでもいられないし、身も固めたい。それには自分の店がなければと思って、少しは心づもりもしてあるが、肝心の板さんで亭主になってくれる人がいないとなげかれると、佐吉は本気になった。小さくても店をもちたいと、しきりに思っていた矢先である。みんなが止せよ、吸われるぞ、といったが、止せといわれるのはけしかけられるのに似ていた。いっしょになった。が、いざとなると、まんの持ち金は話より小額で、正直にそれでつもっていた佐吉は困ってしまい、不足分をどう補うかの算段はつかなかった。そのくらい借りだせなくてどうする、というだけあって、まんはどこかで融通してきた。その時から会計はまんがみるような、自然の分担になった。佐吉もそれで七面倒なことを逃れたと思った。曲りなりに店がもてた。まんもよく働いた。働いたというより、生得はたらける女だ、といったほうがよかった。

まんは料理をおぼえようとした。器用ですぐまねができたし、いわれたことを頭でおぼえるのも早かった。ただ、あまり早くわかってしまうので、佐吉は心もとながった。じきおぼえ、じきできちまう者には、きっとといっていいほど、料理なんぞたいしたことない、といった高あがりな根性がみえた。女房にそうなられるのなら、いっそ習ってもらわないほうがよかった。それにまんはわがままな習いかたをしたがった。下ごしらえはふんふんというだけでしない。煮えたり焼けたりする、そのあいだを待つことも嫌いだった。それでは肝心なところを見ないことになる。煮えてくる頃合というものが鍵なのに「これで火にかけて煮えてくれれば、出来上りなのね。わかったわ。そいじゃ煮といてね」と鏡台の前へ行ってしまったりする。佐吉が腹をたてる。「いいじゃないの、要領だけ教えといてよ」という。これが性質らしかった。たぶんこれで客の前にいけば、相当手がけたようなもっともらしい話に、仕上がるのだろう。小手先のわざの利く、やはり才だろうか。けれども、なぜそんなふうに佐吉の話をきく必要があったのか。自分が手をおろして料理をするつもりはないようだったし、せいぜいが客への知ったかぶりくらいなものだろうに、なぜ飽きずに一年も季節の新しい材料が出るたび、目新しい料理が出るたびに、話をきいたのか。いまだにあれが何のためだったかは、よくわからない。学ぶというほど真面目なものではないが、身辺にいる者が自分より少しでもものを知っていたり、持っていたりすれば、そこから自分なりに一応の、むさぼりかたをしたいのかとおもう。吸われてしまうという評があったのは、金銭や生気のことばかりを指していたのではなかったのかもしれない。もしまんでないほかの女が、そんなふうにして料理の話をせがんだのなら、許さなかったろうと佐吉はおもう。

足掛け三年、佐吉はまんといっしょにいたが、その間まんは台所で本気に働いたことは一度もない。台所へ出てきたのは、佐吉に話をきき料理をつくらせてみる以外には、ものを指図するとき、叱言をいう時、立っていてごはんをかきこむ時だけだった。だから台所で働く音をたてたことはない。最初の女房はのろくともうす穢くとも、とにかく、彼女の台所の音、をさせていた。まんには日常煮炊きの音はない。だが特別な二つの音を佐吉の耳に残した。一つは、いたずら音、といえばいいだろうか。その辺にあるものを、ちょっと指ではじく癖があった。無意識にしているようなときも、承知でしているときもあった。惚れていた最初のころ、佐吉はそれをひどく色っぽく感じたが、興ざめしてからは癇にさわった。割に大きな手で、指は付根から先まで同じ太さに伸々としていて、厚い爪が食込んでついていた。華奢でない、しっかりした指だった。その指でいたずらに台所のものをはじく。いま使おうと釘から外して、そこへおいたばかりのフライパンをさっと取ると、ぴんとはじく。薄鍋の蓋をぴぴっとはじく。ボールが出ていればボール、刳《く》りものだろうが、杓子だろうが、気のむき次第に、人さし指、中指ではじく。四本指でぱらりんとやる時もある。佐吉は顎をひいて、その音をきくまいとしつつ聞いた。そういうことをする女は、はなしにもきいたことがなかった。

まんとの終局はみじめだった。ひとくちにいうなら、佐吉がすべてを失ってしりぞき、そして終ったのだった。この時のことを後に思いかえすたびに佐吉は、人はいいかげん傷めつけられても、そうたやすくは死ぬものじゃない、とおもう。心のなかを常に綾に組んでいきたいような複雑なまんと、単純至極な佐吉との組合せは、結局はじめに人々があやぶんだところへ落ちたのである。まんは佐吉より気のたくましい、人の悪い、利口な男へ行ってしまい、その男は法にふれることなしに、奪えるだけの全部を佐吉から奪ったのである。もっともそういう結果が来る前に、佐吉はまんの不倫を知っていた。ただ、そうまでいらひどい仕方をされるとは考え及ばなかった。でも、どんなにひどくされ、みじめに捨て去られてしまっても、こちらの心の中にはどうしても、あきらめきれないものが残ってしまうことはある。まんと佐吉がもしあの時、台所でない場所にいたら、ああいう光景もあの音もなかったろうし、そうしたらあるいは佐吉はいまもまだ、まんをあきらめかねる心を抱いていたかもしれない。金銭で酷さを知る人もあろうし、権力で辛さを味わわされる人もあろうし、佐吉はまんの異常な強さを音でききとり、まんは鯵切庖丁でそれを佐吉に伝えた。

その午さがり、夫婦は台所にいた。佐吉が庖丁とぎをしているところへ、まんが来た。料理場はまん中に長く、流しと調理台とガスレンジが一列に設けられていて、佐吉は調理台の上に濡れた台ぶきんを敷き、その上に砥石を据えて研いでいた。もう研いだのも、これからのもあって、それ等はみな柄を手前に揃えてあった。ガスには鍋が二つかかって煮えており、うっすりした醬油の匂いが立っていた。流しには洗桶を受けにして、むいたグリンピースがざるにとってあった。まんは来るなり、煮えている鍋の蓋を取って、中を見、かちゃりと蓋をし、中を見、かちゃりと蓋をした。佐吉のうしろには壁へつくりつけの、浅い戸棚があって食器がいれてあり、戸棚と佐吉のあいだを通るには、からだに触れる。まんは戸棚のガラス戸をあけてコップをとり、佐吉のうしろを触れて抜けた。

「きをつけろよ。見りゃわかるじゃないか、刃物をもってるんだ」だまってまんは水栓をひねり、ゆすいでから汲んだ。流しをまわりこんであちら側へ行き、調理台へコップをおき、窓下の引戸をひくと、カルピスの瓶をだした。まぜて一気にのんだ。手がカルピスでよごれたらしく、また流しへ戻って、洗って、掛かっているふきんを取ろうとした時、袖の先でざるをひっかけた。豆はこぼれた。あらいやだ、とだけいって行こうとした。佐吉がいやな顔をあげて、手をとめた。

「おこったの？」そしてにこにこと笑った。笑った眼と不愉快な眼が料理台をはさんで見合った。二つ三つ言いあうと、すぐあけすけな、鋭い、短い言葉になった。まんがひょっと鯵切の柄をつかんで、無心のように左の親指の腹で、きれ味をためした。くるりとからだごとまわすと、引戸の上、窓下の壁へ斜にたてかけて乾してある、お櫃《ひっ》へ発止ととばした。とっ、と刃物はおひつの底へ立って、立ったままでいた。

ことばの投げあいのあと、急にふっと、無心になったようにも思えるのだし、身にそなわった異常な演技かとも思われる。そうしようとしてしたのではなく、そんなふうに異常なことがすらりとできる人なのだろう。台所で立てた、まんの音、を佐吉はきいて忘れない。想い出のなかにも、とっ、という音は、縁の切れた音としてささりこんでいるが、何年たっても腐らない音だ。けれども、あのときのまんのいる光景というものは、年とともに精彩を失って、滑稽といってはかわいそうだが、いまはおかしく映るのである。一時は気をのまれるが、おしまいにはおかしく思いだすひと、それもまたほかのひとには洩らさないでおいてやるいたわりがいる。

あきはくわいの椀だねをこしらえていた。すり卸したくわいを、箸でほそながくまとめて、から揚げにする。はなやかな狐いろになる。佐吉の好きな椀だねの一つだった。くわいはあまり油をはねず、さわさわとおとなしく火がとおる。揚げものは時によると香ばしく嗅げるし、時によるとむっと胸にくる。それを思って障子はしめてある。佐吉から台所はみえない。

初子がいいにきた。

「おかみさん、旦那さんはいま、へんなことといったんですよ。雨がふってきてありがたいって。半分眠ってるみたいだから、寝言でしょうか。」

あきはすぐガスをとめて、行った。

「久しぶりの雨だねえ、しおしおと。」

やっと、揚げものの音を聞きちがえているので、幻聴ではないと判断した。とっさにどう返事をしようかと迷ったが、どうせはっきり醒めればわかってしまうことだからときめた。

「雨じゃありませんよ、あれ、油の音だったんですよ。」

「なあんだ、油か。うつうつしていたものだから、すっかりまちがえた。雨が降ればいい降ればいいと思ってたものだから、そう聞こえちまったんだ。」

「そんなに雨がほしいんですか。」

「ああ、待ってるねえ。降らないと皮膚がつらいよ、かさかさして。それにしても爽やかな音だったが、なにを揚げたの？　ああ、くわいか。もう取っ手が青味をみせてきたろ？」

「いいえ、まだです。」

「でも、もうそろそろ、おしまいだ。ねぎにも人じんにも、今年もたんと厄介になったけど、みんなもうすぐ芽になる。古野菜はいまがいちばん味が濃いんだけど、うまい時がなごりの時だ。つぎつぎ消えていっちまう。」

「その代り、すぐまた芽がのびて、新しいのが出てくるけど。」

あきは今を外しては、初子と秀雄のことを持ちだす時はないとおもった。そのとき、佐吉がいった。

ことばと声が団子になってつかえた。また佐吉が早かった。秀雄と初子はどうだ、といった。

「────」

「──芽がなくっちゃ、古株の形がわるいよね。そう思わないか？」

「え？」

「あき！」

その夜、ほんとうに雨が来た。しおしおと春雨だった。佐吉は、床の中にもぐっていても、皮膚に脂気が出て、皺がのびたようだといった。お濠の柳は青くなったか。花屋にから松の芽吹きが出ているだろうか。あれはどこだっけね、なんでも武蔵野だった、りっぱな欅の並木があるから、見に行っておいで。その芽立ちがそりゃ見事だ。ああ、いい雨だ、さわやかな音だね。油もいい音させてた。あれは、あき、おまえの音だ。女はそれぞれ音をもってるけど、いいか、角《かど》だつな。さわやかでおとなしいのがおまえの音だ。その音であきの台所は、先ず出来たというもんだ。お、そうだ。五月には忘れず幟をたてな、秀がいるからな、秀が。ああ、いい雨だ──とえらく沢山しゃべった。

骨の肉

河野多恵子

1926年大阪生まれ。61年「幼児狩り」で新潮社同人雑誌賞、63年「蟹」で芥川賞、91年『みいら採り猟奇譚』で野間文芸賞を受賞。近刊に『半所有者』『小説の秘密をめぐる十二章』『思いがけないこと』『臍の緒は妙薬』『逆事』など。

年が替っても、女は自分と共に男が置き去りにして往《い》った、彼の荷物の処置を思いつくことはできなかった。

去年の秋、男が去った日の前日か、前々日かが、雨であった。四、五日経って、女は自分と男の傘が窓の手摺《てす》りに横たわっているのに気がついた。女には、その二本の傘をそこへ置いた覚えは全くないので、男が置いたのかもしれなかった。が、男に去られた狼狽《ろうばい》で、女は自分のした事を忘れてしまったのかもしれなかった。拡げてみると、二本の傘は畳まれたまま、すっかり乾いているようだった。女はそのどちらも丹念に布の折り目を調え、止《と》め紐《ひも》を廻して金輪をしっかり釦《ボタン》にかけた。が、自分の傘を靴箱の内の傘入れに立てると、男のほうのは、そこに見出した彼のもう一本の傘と一緒に紙で巻いて紐を掛け、押入れに納《しま》い込んだ。

女が男の歯ブラシを捨てたのも、その頃ではなかったろうか。朝、女は自分の歯ブラシを取ろうとして、隣り合った男の歯ブラシに眼を止めた。水色の透明の柄の先で、剛《こわ》い毛が荒っぽく使われて左右に曲り展《ひろ》がっていた。男は嘗《か》つて、ふたりのために特価販売の歯ブラシを色々取り混ぜて六本ほど買ってきたことがあった。女も自分たちの歯ブラシを二、三度買った記憶があった。残されていた歯ブラシが男の買ってきた六本のうちのものかどうかは女には判らなかった。が、それを手にした女は男のその買い物のことを思いだし、毛先の激しい痛み方に強いて捨てやすさばかりを求めて、屑籠《くずかご》に落した。ついでに、女は男が使い捨てにしていた、三、四枚の安全カミソリの刃も落し入れた。カミソリに挟まれて、男の髭《ひげ》の混った洗い残りの石鹸《せっけん》の固まっていた刃も外して捨てた。が、カミソリは、見ると幾枚か新しい刃の残っていた小函《こばこ》と一緒に男の乾いたタオルに包み、男の下着の引き出しに片附けた。

その引き出しは、女の洋服簞笥《ようふくだんす》の上側の引きだしだった。扉の内にも、嘗つては男の物が一緒に架《か》かっていたが、それらは男が出て行く時、手早くまとめて持ち去った。ただ、女はその後、男が用いなくなっていた、グレイのトカゲ皮の所々飴色《あめいろ》に色褪《あ》せたベルトがそこに残っているのに気がついて、それも男の下着の引き出しに入れておいた。

そこに入れるべき男の品物は、まだあるのだった。洗濯屋に出したままのワイシャツが二、三枚ある筈で、それも受け取ってきて引き出しに入れてしまおうと思うのだが、女は今もってそれをしていない。男が取りに行ったとは思えないのだが……。洋服簞笥の上に載っていた、中身が入っていたり、入っていなかったりするらしい、男の四つの洋服函は、女は押入れに入れてあった自分の洋服函と置き換えた。

男の枕は、かなりの間そのままになっていた。女は毎夜蒲団《ふとん》を敷く時、一人用のを二人用の袋カバーに入れた男の枕を余りすぎるほど余った袋カバーの口を摑《つか》んで先《ま》ず放り出し、蒲団を出してしまったあとへ放り込み、朝蒲団を納う時には、また一旦それを放り出すということを数週間続けたあとで、片附けてしまうことを思いついたのだった。カバーは洗い、中身はもう冬になってしまっていた日射しの多少なりとも強い日を択《えら》んで陽に当て、また元通りにカバーに納めナイロン袋に入れて、押し入れの男の洋服函の上に載せた。

女には、男が決して戻って来ないということがはっきり判っていた。「もうあなたなどに居てもらわなくてもいい」と女は本音どころではないその言葉を言わずにはいられないような態度を男に幾度も見せられた。そうして、彼女が又それを言わずにはいられなかった時、男は「どうもそうらしいね」と言って、そのまま去ったのだった。女の味わった後悔は苦しいものであった。本音どころではない、あのような言葉を口にしつけるようになった自分のこと、あの日も又それを口にしたばかりに男に乗ぜられた自分のことを、女は激しく後悔した。が、その後悔が苦しいのは、それを顧みるたびに、暫く前からの男の態度とあの日の鮮やかな乗じ方からして、後悔する資格さえない状態に自分が在ったということを告げられるからなのだった。そうして、そういう苦しさは、女に男を追わせる気力を失わせた。

女は男に荷物を引き取ってくれるようにと連絡する気持さえ、もうなかった。「どうでもいいようにしてくれ」という答えが返ってくるに決まっているからだ。実際、男が置き去りにしたのは、男にとってはどうでもいい物かもしれなかった。ふたりの仲が深くなり、女の許《もと》で寝泊りすることが永く続くようになりはじめた時、男は必要に応じて少しずつ身の廻りの物を運び込んできたのだった。が、男は殆ど女の許で暮らすようになってからも、自分の下宿は引き払わず、そこには洋服簞笥も机も幾つかの洋服函もスキー道具も寝具も残っている筈であった。女の洋服簞笥にあった当座の衣服は持ち去っているし、それに男の仕事は向上しはじめていたように思われる。女の許に残した古着になど未練はないに違いなかった。

しかし、女のほうでは、それらの処置について全く途方に暮れていた。女は男が使い放しにして往った品物を片附けた後、残された品物を処分する方法をどうしても思いつくことができなかった。引き取ってもらうように、男に連絡した時に、「捨ててくれ」と言われるのも、「まだそのままかい？　じゃあ、送っておいてもらうかな」などと言われるのも厭《いや》であった。が、例え人を介してするにしても、男にそんな連絡をすることが先ず厭であった。かと言って、まだ充分役に立つ、他人の品物を勝手に屑屋《くずや》に持って行かせたり、捨てたりするのも、厭であった。また、自分と一緒に男が置き去りにした品物をひとに与えるわけにもゆかなかった。

女は、男が去ろうとした時、荷物をすっかり運ばせなかったことを後悔した。その後悔は、一途《いちず》な後悔だった。

男に彼女とのものではない新しい私生活を想う様子が見えはじめたのは、彼の仕事が向上しはじめるよりも、先であった。女を置き去りにすることに成功した男は公私共に張り切って、衣服もすっかり新調していることであろう。女は男が気にもかけていない古着の荷物と惨めに同病相憐んでいるような、また身の程も知らずに相憐れもうとする荷物に侮辱されているような気がした。そのために、女は処分の方法を思いつかない荷物に一層やりきれない思いをさせられていた。

女は、洋服箪笥の上の引き出しを塞《ふさ》いでいる男の下着や、押し入れの下段の茶櫃《ちゃびつ》に自分の物と混り合って入っている彼の毛の衣類を取り出して一纏《ひとまと》めにしてしまうことを幾度も考えたが、思うだけで熱の出てくるような大儀さを感じる。その茶櫃の上に載っている男のトランクも、上段の女のほうのトランクの上にある、彼女が自分のと置き替えた四つの洋服函も、明けて見れば、男の下着や毛の衣類が入りきるだけの余裕はあるかもしれなかった。押入れの上棚に見えている、男のリュックサックとズック鞄《かばん》も張り切ってはいないから、その二つにも入れられるのではないだろうか。が、女はひとつとして明けてみる気にはなれなかった。女は絶えず、男の残した荷物にのしかかられているような気持であった。

「どうもそうらしい」の一語で、自分と荷物を置き去りにした時の男の爽々《すがすが》しい気持を想うと、女は羨《うらやま》しくてならなかった。女は、自分を途方に暮れさせている男の荷物を処分するには、自分の荷物もこのまますっかり置き去りにして、新しい場所に移るのが一番いい方法なのだと心づいた。が、新しい場所に移ったり、そこで何も彼も新しい物を買い調えたりするだけのお金が、女にはなかった。女は、置き去りにしたいと思いながら、そうできない、自分の荷物とその場所までが厭になった。

女は、お金のないことが障碍《しようがい》となり得ないような事態が生じることを恃《たの》むしかなくなった。男の荷物も、自分の荷物も、その場所も、焼失してほしいと、女は思った。自分も一緒に焼失するようなことになれば、却《かえ》っていいとも思った。が、女がそれを恃むばかりで、謀《はか》ろうとはしなかった。自分も一緒に焼失してもいいとさえ思っているほどの女としては不思議なことだが、子供の頃の冬の夜更けに近火があり、火元の老主人がネルの寝巻の上に手だけを通した丹前を羽織り、消火の水の流れているアスファルトの道路を素足で踏んで人混みの中を拉致《らち》されて往った姿が蘇《よみがえ》って止まないからであった。

以前よりも、女は却って火に気を配るようになりだした。今もしも自分が失火すれば、放火と思われそうな気がしてならない。殊に、外出する時、女は二度も三度も火の元の始末を確めずにはいられなくなった。時間に急《せ》かれていればいる程、そうだった。戸口に鍵をかけて、二、三歩往きかけると、急に不安になるのだ。鍵を使ってまた内に入り、電気のコンセント、ガスの栓、みな見廻す。既に水を注いである灰皿を台所のカランの下へ持って行き、吸殻《すいがら》が浮かぶほど更に水を入れる。で、安心して外に出ると、鍵をハンドバッグに入れかけた手が、またしても止まるのだった。女は今しがたの印象を思い返してみずにはいられない。灰皿を手にした時、男が残して往った一袋半のたばこを自分が吸ったことを思いだしたような印象があるのだった。日頃、女は自分の吸いつけ以外のたばこは吸わなかった。たばこが切れた時、男がたばこを持っていても、自分の吸いつけではない彼のたばこで間に合わせるのは物足りなく、女はわざわざ買いに行ったのだった。が、男が去った日であったか、翌日であったか、自分のたばこが切れた時、女は買いに出る気にはなれないほど取り乱していたのである。取り乱しておりながら、男が残した一袋半のたばこに眼が止まった時、助かった、たばこであればなんでもいいと女は思った。そして、男の残したもので女が始末したのは、捨てた歯ブラシと使い古しのカミソリの刃とたばこくらいのものかもしれなかった。女は先ほど、灰皿を手にした時、何も彼もたばこのように焼失してくれることを夢みたような気がした。すると、すっかり火の元の始末ができていたのは最初に鍵を掛けた時だったように女には急に思える。今二度目に外に出る時には、失火に見せかけられるような出火のもとをふと作ったのではなかろうかと、気がかりでならなくなる。で、女はハンドバッグに納いかけていた鍵を又しても用いねばならなくなるのであった。

節分が過ぎて、時たま春のような日射しが見られるようになった。女は去年の今頃の丁度そのような日の午後に、男と一緒に外出したことを思いだした。何のために、どこへ行ったものか、女は忘れてしまったけれど、帰途パンを買うのにふたりで立ち寄った店先で、様々の形のパンがみな透明の包装紙を蒸気で曇らせていた様が強く印象に残っているのだった。

女は買ったパンが包まれて差し出されるのを待ちながら、そんなパンの山を眺め直し、それからパンの山の端にあるガラス箱に気がついた。ガラス箱の内では、幾つもの丸ごとのチキンが電気に照らされ、移動しながら焙《あぶ》られている筈だった。パンを受け取ると、女は男を顧みて、そちらへ移って行った。

「買うのかい？」

男が言った。

「ええ。そうしようかと思って」

女は答えた。

「ここのはうまいのかね？」

「さあ、ここのはまだ一度も買ったことがないけれど」

ガラス箱の内では、四個ずつ並んで色艶《いろつや》よく焙《は》られているチキンがせり上がってきては、逆さに回転して下がって行く。焙られて、首を刎ねた跡も目立たなくなっているチキンどもは並んで上がってくる時、手羽が一斉に両手を持ちあげているように見えた。そうして張り出した胸を連ねて迫ってきてから、逆さに下って消えてゆく時、引き寄せた太い股から覗く二本の足骨が、左右で掌を上にして平伏しながら一同恐縮して退いてゆくように見える。女は男の言葉を待って、チキンどものそんな動きを見遣《みや》っていた。男も眺めているようだったが、揚句に、

「ま、止しとかないか？」

と彼は言った。

「——近頃の鶏《とり》は女性ホルモンで太らせてあるというからね。男はあんまり食べないほうがいいらしい」

頷《うなず》いて歩きだした女に、彼は言った。

女は、それはアメリカの鶏の話ではないのだろうかと思った。アメリカから男のほうの友人が帰国して、向うでの自炊生活の様子を話したことがあって、女もその場にいたのである。マーケットで小えびの唐揚げを廉《やす》く売っているので、よく買ってきては塩を振りかけて食べたということだった。やはり廉くて、そのうえ半分でも売ってくれるロースト・チキンも始終買ったということだった。そうして、「うまくはないですがね。ホルモン注射で太らせたやつだから」と彼は注射をする手つきをしたのである。女は彼がその時ただホルモンと言っ

たのか、女性ホルモンと言ったのか確かな記憶はなく、また日本の鶏が今でもそうではないかどうか、はっきり知っているわけではなかったが、女は男がその話を思い違いしているのではないかと思った。が、女は口には出さなかった。日ごろ自分たちがロースト・チキンを食べ足りていないとは決して言えないことにも気づいたからだ。

「そう。じゃあ、牡蠣《かき》にする？　殻つきの牡蠣に？」

女は言ってみた。それも決して食べ足りていないとはいえなかったが、

「うん。そのほうがいいな」

と男は今度は同意した。

ふたりはデパートに立ち寄った。パンの透明包みに蒸気が籠《こも》るほどの陽気なのに、暖房が手控えられていないらしく、地階の貝類売場で鮑《あわび》が密着しているガラス張りの水槽の前に立ったとき、女はその涼しげな眺めに呼吸が救われたような気がしたほどであった。隣りの、横棒に白く霜の結晶したガラス・ケースの中の殻つきの牡蠣を指して、「十ばかり」と女は言う。店員は太短い油紙の袋の中へ、大ぶりの杯を取るような手つきで、言われただけの牡蠣を納めると、後ろの台で包装紙を二枚ほど使って包む。女は受け取りながら、その包みにいつもの嵩《かさ》と重さを感じた。

女は牡蠣の殻を明けることには、巧みになってしまっていた。はじめのうちは男が明けた

ものので、女はそれをしている男を眺めているのが好きであった。が、力まかせに殻を壊すばかりの男は、どの中身も助からなくするので、女がひとに教わってきて引き受けるようになったのだった。殻の張り出しているほうを下に、蝶番《ちょうつがい》の部分を手前にして俎《まないた》の上でしっかり握って外側へ傾ける。どこが閉じ目か判らないほど、暗褐色の色目も波形の凹凸もひとつになった縁の中程に、内殻が一点覗いているのを探し、みつからなければほぼそのあたりに、手許《てもと》を傷つけないように刃を向う向きにして強くナイフを差し込むと、刃を逆にして小刀を差し直し、刃先で天井を手前へ掻いて柱を切る。と、閉じ目も判らぬほどだった蓋殻《ふたがら》が急に緩《ゆる》んで、磯《いそ》の香がくる。磯の香は立ったが、殻が緩み切らねば、もう一度刃の向きを変えて、天井の逆のほうへ掻けばいいので、女がそうしてみても蓋の外れぬことは先ずなかった。

女はその夜もそのようにして牡蠣の蓋を明けては、冷蔵庫の賽形《さいがた》の氷を均《なら》し並べた大皿の上に置いていった。皆そうしたところで、櫛形《くしがた》に切ったレモンを載せて、食卓に持って行った。

「食べてもいいんだよ」

大皿の真中のをひとつ手許の小皿にカタリと取って、レモンを滴《た》らすと、男は言った。

「ええ」

と女は答えたが、手は出さなかった。

つけ足した。

「いや、本当に」

果物用のフォークを持ち、片手では今から取りかかろうとする生牡蠣の縁を支えて、男は
「ええ」

女は答えたが、今度も手を出さないことを楽しんだ。

そうして、果物用のフォークを一層華奢《きやしや》に見せている男のしっかりした手が、貝柱を絶ち切ろうとしてフォークを右へ左へ、傾けるたびに力むのに、女は眺め入った。うまく貝柱が切れたらしい。男は小さな巻貝や洗い残りの藻のついている殻ごと縦に口許《くちもと》へ持ってゆくと、ちょっとフォークであしらって、磯の水々しさと香と味とを一気に啜《すす》り込む音を立てた。

「おいしい？」

と女は訊《き》く。男は頷いて、殻を食卓に置くと、その手で大皿の氷の上のをもうひとつ。それが男の手許の小皿に置かれると、女はレモンを滴らしてやった。

男が三つ目を平げて殻をまた食卓に置く頃になって、女は男の捨てた殻をひとつ自分の小皿に運び込んだ。

「こっちを食べてもいいんだよ」

と言って、男は大皿のほうを指したようであった。そのために、女はそうはしないで男の

取り残した貝柱をフォークで剝《は》がすことに一層の歓びを感じた。フォークの先が漸《ようや》く白い肉のかけらを得て、女の脣《くちびる》にそれを擦りつけた。女は自分の脣がその肉のかけらをしっかり挟んで離したがらず、舌は一時も早く自分の番になりたがって立ち騒いでいるような気がした。貝柱のあった部分は心持ち殻が窪《くぼ》んでいて、男がそこに取り残した肉は、まだおしまいにはならなかった。女のフォークはまたそこへ行き、女は先程のかけらをどこかへやってしまった脣と舌とに手許を催促された。そうして、その待ちきれないような催促ぶりは、フォークを持った女の手を激しい張り合いで戦《おのの》かせもした。で、フォークは一層肉のかけらを剝がしかね、剝げても捕えかね、漸くそれを口許へ運ぶ時にも顫《ふる》えていた。女はフォークと牡蠣殻とを夫々《それぞれ》に持った両手を宙に浮かせたまま、脣と舌とがまた肉のかけらを奪い合うのをじっと味わった。

女はまだ殻を置かなかった。中身が湛《たた》えられていたあとに、黒茶色の水々しい筋のついた薄肉が弧を描いて貼《は》り残っている。女はそれをフォークで殺《そ》ぐと、大きく殻を傾けて口に移した。磯の水々しさと香と味とを感じ占めるなり、女は今しがたの味わいを奪い合おうとする口中の部分が幾十もあるように感じた。揉《も》み合《あ》い方の激しさからすると、そうらしかった。が、女には口中の幾十もの部分が満たされた歓びに一斉にどよめいているようにも感じられた。女の眼の前には、この上ない白さや薄紫や薄青さや銀色などの部分が混り合っている内殻の水々しい輝きだけがあった。口中の幾十もの部分が満されて歓びに一斉にどよめいているのは、そこに貼り残っていた黒茶色の筋のついた薄肉を口に入れた時、そのような水々しい輝きがどっと流れ込んだためであるように、女には思われた。

「ああ、おいしい」

と女は息をついて、漸く殻を置いた。

「きみが食べているのは、おいしいところばかりだからね」

と男は言った。

「ほんとうに……」

大きく頷くと、女は男が平げて食卓に置いていた殻を続けて取りあげた。

「ひとつ、やろうかな。それともやらずにおこうかな」

稍々《やや》あって、男が氷の上の牡蠣のことを言いはじめた。

「頂戴よ。ひとつだけでも頂戴よ」

女は肉のかけらがついているだけの殻とフォークを左右の手に持ったまま言った。

「お前なんかは、それで沢山」

女の手の殻を指して、男はそう言い変えた。

「そんなことは言わないで、頂戴よ」

置いた。

と女は言った。すると、男は早速、氷の上の牡蠣を取りあげ、女の手許の小皿に音立てて

「ちょっと、食べてごらんよ」

と男は言う。いつもの趣向と違ってきたので戸惑った女に、男は言った。

「――いつものようには、おいしくないような気がするんだがね。空腹だったから、最初のうちは判らなかったが……」

女は持っていた殼を置くと、男が小皿に載せた牡蠣の身を外して殼から吸った。その冷たい丸ごとの滑めらかな身は、かけらのような肉ばかりに踊りつけていた女の口を一瞬で通過して落ちて往った。

「どう?」

と男が訊《たず》ねる。

「さあ、よく判らないけれど」

女は答えた。判っているのは、殼に剝がれ残った貝柱や薄肉の夢中にさせる味わいにはとても及ばず、また男が殼ごと口許に持って行き啜り込んだときの小気味よい音が想わせた磯の水々しさと香と味わいにも可成り劣っていたようだということだけであった。が、殼つきの生牡蠣を丸ごと口にする時の女はいつもそうなのだった。殼ごと口許に持って行って男が

立てる小気味よい音から想う、磯の水々しさや香や味わいも、可成り遠退いてしまった嘗ての感覚で察しているに過ぎないのである。その夜の牡蠣がいつもの物ほどおいしくないかどうか、女には全く味わい分けることができない。

「ぼくは少しそんな気がするんだがなあ」

男は言った。女は冬らしくなかった昼間の陽気に心づいた。

「痛んでいたのかしら?」

「いや、痛んでおればすぐに判る。味が全く違うもの」

男はそこで大皿の牡蠣を一個また取った。

中身を外すとレモンは滴らさず、殻で受けながらフォークで口に運んで試してみている眼つきになった。

「ぼくの気のせいだったのかな。大丈夫らしいな」

と男は言った。大皿のを一個、女の手許の皿に載せ、自分のほうへも載せた。大皿には、まだ一個残っていた。女は手許の牡蠣を空にすると、ついでにそれも片附けてしまった。

女は空の牡蠣殻を氷の解けてしまっている大皿に取り集めて流しに運び去った。支度をした時に使ったナイフを洗って、水切り籠に入れる。それも使ったままになっていた木の俎をとりあげ、カランの水を流して撫でた。と、鋭く、広く掌を刺す。女は水を停め、俎に掌を当てて刺され具合を確めると、布切を押しつけるようにして水気を取り去り、それを男のところへ持って行った。

「ね、ちょっと」

と女は男の手首を取って、俎に掌を置かせた。途端に、男は掌を引っ込めた。

「どうした？　こんなにざらざらしている……」

と男は指先で俎に軽く触れ直しながら言った。

「この上で牡蠣を明けるとこうなるのよ。ナイフを強く差し込む時に、殻の下側になったほうの縁が砕けて刺さるのよ。いつも、こうなのよ」

女は夢みるように言った。いつもそうでありながら、いつものように軽石で擦り取ってしまうことはしないで、男に示しに来ずにはいられなかったのは、殻つきの牡蠣を食べる時のいつもの趣向が果されきれずに終った物足りなさのせいであった。男は女の手を取って、手首の際を擦りつけた。女は躰《からだ》のもっと違った部分でそれを味わいたいと気が弾む。

「ね、いいでしょう？」

「こいつは俎だ。血で濡れることもあるわけだ」

と男は言った。

しかし、女が男と一緒に牡蠣を食べたのは、味覚に因《ちな》んだ趣向としては果されきれずに終った、その夜が最後であった。幾日も経ぬうちに春めいた日が多くなり、生牡蠣の季節ではなくなった。そうして、夏を経て、秋となり、ふたたび空気が冷たくなりはじめた時、男はもう去ってしまっていたのである。

今年、春めいた日が多くなりはじめてきた時、女はすっかり痩《や》せてしまっていた。男の荷物は相変らず女の許にあった。男の見えない荷物が、家にいる間じゅう女にのしかかり、お金のないために男のそんな煩わしい荷物と共に置き去りにすることのできない自分の荷物とその暮らしの場を一層女に厭《うと》ませ、そうして寝巻の上に咄嗟《とっさ》に摑んで持ちだした何かを羽織っただけの身なりで深夜に野次馬たちが詰めかけ消火の水の流れている道路を素足で拉致されてゆく自分の姿を女に繁く見せるようになっていた。

そのうち、意識の上でだけ女にのしかかっていた、納ってある男の荷物が女の眼に次第に映るようになりはじめてきた。洋服簞笥の上の引きだしが半透明の物質に変じたように、そこに入っている男の下着を白く映し、靴下らしいものを黒く映している。押し入れの唐紙も処々に紗《しゃ》張りのような小窓が生じて、男のトランクや傘の包みや洋服函《ようふくばこ》やリュックサックや枕の包みなどの形を大まかながらに透して見せる。男がそこだけ使っていた机の引き出しのひとつも、合成樹脂の箱のように透けはじめてきていた。

余程衰弱しているのだな、と女は自分のことを思った。食事をなるだけ沢山摂《と》るようにしなければいけない。太らなくてはいけない。体力をつけなくてはいけない。――女は思った。そうしなければ、箪笥の引き出しや唐紙や机の引き出しがガラスのようになってゆくことであろう。更に男のトランクや洋服函もガラス・ケースのようになり、男のリュックサックやズック鞄は枕の包みのナイロン袋やセロファン袋のようになっていくことだろう。いや、そうなるのを待つまでもなく、寝巻の上に何かを羽織っただけの身なりで深夜に野次馬が詰めかけ消火の水の流れている道路を素足で拉致されてゆくことになりそうである。食事をなるだけ沢山摂り衰弱から回復しなければ、そうなりそうである、と女は思った。

しかし、それを実行しようと努めてみると、女は碌《ろく》に食事が摂れなくなっている自分に今更ながら気づかねばならなかった。昔から、良きにしろ、悪しきにしろ、亢奮《こうふん》している時には不思議に食欲の出る癖のある女は、「もうあなたなどには居てもらわなくてもいい」と本音どころではないことを屢々《しばしば》男に言わされ、或いは鮮やかに男に去られて取り乱しきっていた時分には、亢奮にまかせて意外にたっぷり食事をしたこともあったようだ。が、女は既に亢奮するだけの気力もはずみも失っていて、そのような形でさえ食欲が起ることはなくなっていた。何を前にしても、一口、二口、手をつけると、それ以上には進まなくなるのだった。

もともと、女は娘時代から殆ど太るということはなかった。が、男が身の廻りの物を次第に運び込んでくるようになった頃から、女は僅かながら太りはじめたものであった。

ふたりは、趣向を兼ねる、骨つき、殻つきの料理を好むようになりだしていた。女は貧しく、男の仕事も去って行く頃になるまで向上した様子はなかったので、そのような料理をあまり間を置かずに前にするためには、ふたりは日頃の食事では随分節約しなければならなかった。そうして、骨つき、殻つきの料理で食事をする時、女が与《あずか》るのは主に骨ばかり、殻ばかりであったから、結局女は豊かな食事を摂ることは殆どない。それなのに、太りはじめたことは確かであった。

その不思議な現象が少しも不思議でなかったことを、女は思い出す。とろ煮のテールを男が生々した口許で戦ったり、皿を鳴らしたりして、ついているだけの肉を味わい尽したあとの残骸《ざんがい》を女は骨《こつ》テールと呼んでいたが、その空の洞ごとに求め得た味わいは、そのたびにこれほどの味覚がこの世にあったのかと言いたい気持に女をさせた。女はまた、一本ずつ与えられる伊勢えびの脚から朱色に巻かれた細い肉が突き出てくるのを見るたびに、溜息《ためいき》がつきたいほどの期待をした。様々の趣向を交えた、それらの骨食、殻食に、女は全身に味感覚が生じたような、全身のあらゆる感覚が味覚に集中して身動きさえしかねるような気持になった。そうして、女は翌朝眼を覚ますと、全身に新しい生気が漲《みなぎ》っているような気がした。太らぬほうが不思議であった。

女が男の素振りの変更に気づいて、批難するようになってからも、「もうあなたなどには居てもらわなくてもいい」などと言わずにいられないほどの状態にならぬうちは、ふたりは結構そのような骨つき、殻つきの料理は好み合っていた。そして、そのためか、ふたりの仲がまだそれほどには険悪ではなかったせいか、女はまた少し太りさえした。

あの日、男性は近頃の鶏はあまり食べないほうがいいらしいなどと言って、男は買うのを見合わせさせたが、その後に男のほうでも幾度となくロースト・チキンを買ってきた。ロースト・チキンの合間には、女は以前と同じようにテールのとろ煮を作ったり、近海ものの鯛の頭を買ってきて、あら煮にしたりした。殻つきの牡蠣は季節の関係であの夜が結局最後となったが、夏にはずいぶん鮑を楽しんだものであった。男は鮑の耳も腸も好きで、女に全く与え惜しむのを歓んでいるらしかった。で、女のほうでは、鮑の殻の大きいばかりで味わい出の乏しさを激しく味わい楽しんだ。

骨つき、殻つきの料理を前にする時、女は男を決して批難したことがなかった。そんな時に、男が女に気がかりを惹《ひ》き起《お》こさせたり、思い出させたりすることが、決してないからでもあった。そうして、男は以前よりも一層激しく肉を貪《むさぼ》り、女もまた以前よりも更に一途に骨を味わった。ひとつの生き物だったものの対象的に違う夫々の部分に一組の男女が夢中になっておりながら、あまりの味覚に双方同時に溜息を洩《も》らし、夫々の手のものを一旦置かねばならぬほど笑い合ったことさえある。

痩せてしまった女は、自分の味覚が嘗つての骨食、殻食だけを待ち望んでいることに気づきはじめた。荷物と女ばかりでなく、男は女のそんな味覚をも置き去りにしてしまった。が、味覚は置き去りにされたことを今もって知らないようであった。嘗つての骨食、殻食を請《たの》んで、他のものを運び入れられると、「違う！」と忽《たちま》ち拒むのだった。幼い子供と一緒に夫に置き去りにされた母親の気持というものはこうでもあろうか、と女は考えはじめる始末であった。そうして、そのような母親が幼い子供の聞きわけなさを不憫《ふびん》がり、或いは叱り、時にはまた何も判らぬ子供を抱きしめて泣きだすばかりでなく、母子心中を想う場合があるように、女は自分の味覚の聞きわけなさに手古摺《てこず》らされているうちに、男が網格子の外で鶏の股肉を貪るところに見とれさせ、平げ終えて手に残った骨を関節のところでちぎって、続けさまに投げ込んでくれて、床に落ちる音をふと聞いたように感じることがあった。もし、本当にそれに与ることができる保証があるならば、寝巻の上に何かを羽織っただけの身なりで、深夜に野次馬たちが詰めかけ消火の水が流れているアスファルトの道路を素足で拉致されて行ってもいいと、女は思う。それから、洋服箪笥の上の半透明の引き出しに気がつくと、身を顫わせて、そこを見詰め続けた。机でひとつだけやはり半透明になっている筈の引き出し、あちこちに紗張りの小窓が生じている筈の唐紙――それ等を見廻わす勇気は、女にはとてもなかった。

「これ、燃やしちゃうの？」

と訊いているのは、共同の大きな塵芥《ごみ》焼却器の前での子供の声であるらしかった。

「そうよ」

「頂戴！」

「駄目よ。どうしても燃やさなければいけないの。投げ込んで頂戴。その代り、あとでそんな赤鉛筆よりもっと太いのを買ってあげる。――そう、そう、お利口だわね」

「この洋服函も燃やすんだろ？」

「え？　ええ、そうよ」

「手伝ってやろうか？」

「まあ、ありがとう。でも、明けちゃあ駄目よ。内のが散らかると困るのよ。そのまま、燃やしちゃってね」

「うん。ここにあるのはみな燃やしちゃっていいんだね？」

「そうよ。あなた方でちょっと燃やしていてもらえる？　うんと運んで来なきゃあいけないの」

「どんどん取っておいでよ」

「嬉しいこと」

「ぼくらは運ぶほうを手伝ってやろうか?」

「お願いできる?」

「いいとも」


女の耳底で、そんな言葉が幾度も楽しく繰り返されて聞かれていた。爽々しい気持であった。明日、眼を覚ましても、半透明の引き出しや、唐紙に生じた紗張りのような幾つもの小窓や、それらの透けぶりがこれから一層ひどくなってくるのではあるまいかという気がかりに悩まされることはもうないのだった。女はこれほど爽々しい、安らかな気持を味わうのは幾月ぶりのことであろう、と一段と躰を楽にさせた。

折柄《おりから》、戸口の扉が叩かれた。

「今日、焼却器をお使いになったのは、お宅でしょう?」

と言っている。女は自分に手伝ってくれた小学生や中学生たちの跡始末を確めなかったような気がしたが、それもまだ夢の続きであることが判っていたので平気であった。夢が途切れて眼が覚めたりしないように、女は眼を閉じたまま蒲団を頭の上まで引きあげ、一方では戸口へ出て行って扉を明けた。

「あと使う者が困るじゃありませんか。あんなに山になるほどの骨をそのままにしておいたりして。燃え残った物は掃き取ることになっているでしょう。牡蠣殻だけでも、バケツにいっぱいくらい残っています」

バケツにいっぱいといえば、男と一緒に味わった牡蠣の何分の一くらいであろうか。が、最後に味わった牡蠣の分にしては余りに大きすぎるではないか。とすると、いつ頃からの分の牡蠣殻なのであろうか。

消防車のサイレンが走って行った。続いてまた走って行った。が、女の夢が遠退いたのは、そのサイレンのためというよりは、今夢の中で聞いた言葉であった。男の荷物が焼けたあとから、そんなにどっさりの骨や殻が残るなんて！「そうだったのか、そうだったのか」と頷く女の耳に消防車のサイレンが激しく打ち鳴らされる鐘も加って迫ってきた。とすると、今夢で告げられたのは、今から起ころうとすることの予言だったのであろうか。鐘が弛《ゆる》むのと同時に、消防車のサイレンが窓の下に唸《うな》って到達した。が、女は眼を閉じたまま「そうだったのか、そうだったのか」と頷きながら、或いは燃えはじめているかもしれない蒲団の中に一層深くもぐり込んだ。

たこやき多情

田辺聖子

1928年大阪生まれ。64年「感傷旅行」で芥川賞、87年『花衣ぬぐやまつわる……わが愛の杉田久女』で女流文学賞、93年『ひねくれ一茶』で吉川英治文学賞を受賞。近刊に『どんぐりのリボン』『休暇は終った』『夜あけのさよなら』『一生、女の子』『上機嫌の才能』など。

農村の嫁飢饉《よめききん》どころではない。

「母一人子一人」男の嫁飢饉は、年々、都会でもひどくなっている。それでも中矢も若いころは相応に、女の子にもいろいろ、かまわれたのだ。色白だががっしりした体つき、髪の毛がふさふさと黒く、腕にも胸にも黒い毛が密生している中矢は、会社の女の子たちに、

（いやァ、中矢さん、胸毛あるねッて）

（ひゃあ、ほんま?）

などともてたのである。べつに無愛想でも偏屈《へんくつ》でもない中矢は、それ相当に女の子たちともつきあえたのであるが、結婚ということになると、

（え。同居。お姑さんと。あ。そう）

という感じで、女の子は潮の引くように浮足立ってしまう。

中矢も、まだまだ早いと楽観していた。そのうちに三十が近づき、同期の同僚は次々と結婚する。女の子はやめていき、新しい子が入ってくる。年齢が開いてくるから、女の子とつ

きあいにくくなってくる——そのうち、中矢の前額部の毛は薄くなって後退してきた。

今日びの若い娘は遠慮のない野放図《のほうず》なのが多いから、ワイシャツの腕をまくって仕事をしている中矢のそばへ来て、

(うわ。凄《すご》いな。ちょっと触ってもよろしですか。課長さん)

(なに?)

(あの。この、手)

なんていい、中矢の返事もまたず、好奇心の炎むらむら、という感じで、興味深そうに中矢の腕を撫《な》でたりする。

(凄い毛ですね、フサフサと。フーン)

といわれると中矢は、自分が人寄せパンダになったような気がする。北海道の観光牧場の入口につながれている熊のようでもある。

(凄く毛深いんですね。フーン。胸毛、ありますか?)

この頃の若い娘の躾《しつ》けはどうなっとるのだと中矢は返事もできない。

(ここがこんなに毛深いのに、どうして頭、禿《は》げるんですかァ?)

からかっているのではなく、しんそこ、不思議そうで、科学的探究心に燃えた純真な眼をみはっていう。

（そういう、人の肉体的特徴についてしゃべるのは、たしなみのあることとはいえません。——こらこら、ええかげんにせんかい）

中矢は自分でも、腕に密生する黒い、ツヤツヤした毛がきらいである。それをズケズケいう若い女の子もきらいである。ついでに、「密生」とか「フサフサ」という言葉さえ、きらいになってくる。

ズケズケといえば、若い娘たちは、タシナミ、ツツシミ、という古来の日本語のあることさえ知らぬようで、女の子の声高なおしゃべりを聞くともなしに聞いていると、

（あたしら、絶対、結婚しても親とは別居やわ。あたし、四十や五十の人とは、ようつきあわんもん。自分の親でもつきあいきれへんのに）

（そうよォ。この頃は長生きの年寄り多いから、まだその上の世代がいるわよ、絶対同居反対！　トシヨリきらい！）

（なんで年寄りの面倒なんか見んならんのん。ねーえ）

（そうよォ。ねーえ）

とうなずき交《かわ》し、この頃では中矢もあきらめ果てたというか、麻痺《まひ》したというか、若い娘のむきだしのエゴに慣らされてしまったのだ。しかしそのズケズケ言いは正直でもある。正直すぎて中矢の若禿げに好奇心を持つのは腹立つが、しかし、お袋の持ってくる縁談の娘が、

（お姑さまにいろいろ教えていただく）

なんていう偽善より、数等マシである。中矢は独身でこのトシまで来て、もはや女に幻想を抱かなくなってしまった。

偽善に比べれば、ズケズケ言いでも正直なほうがいい。しかしお袋は、そうは思わない。

「こんな、ようでけた娘はんはあらへんのに、なんでそう、気に入らんねん」

という。

「しおらしい人やないか」

その、しおらしい人、というのが中矢はきらいだ。眉唾《まゆつば》ものである。中矢は昔読んだ吉川英治の小説の「宮本武蔵」を思い出す。あそこへ出てくるお通《つう》という女は、いちずに武蔵を慕《した》って、しおらしいようであるが、中矢はああいう女が不快である。

いちずとか、ひたすらとか、しおらしいとか、いう女こそ、中矢には悪女のように思える。

中矢は独身主義ではないのだが、いちず悪女にべたべた、まといつかれるのだけはごめんだ。

中矢にも選ぶ権利はあるのだ。

見合いして気に入ったのなら別、見合いもせぬうちに殊勝《しゆしよう》なことをいう女は、うさん臭い。

「何を文句ばっかりいうてるねん！」

お袋は、自分が奔走《ほんそう》して捜して来た縁談に中矢がいつも難色を示すので、怒りたけって逆上する。すると、ズケズケ言いになる。お袋も容赦《ようしゃ》しない女である。

「そんなこと、いえる柄《がら》かいな、あんた、自分のアタマ見てみい、ボチボチ禿げかかっとんのに、贅沢いえる柄か、考えてみい」

考えずにおられようか。中矢の会社を去年定年退職した安田というおっさんは、お袋と二人暮しで結婚しそびれ、とうとう定年を迎えたのである。九十のお袋がまだ健在という。中矢は慄然《りつぜん》とする。あない、なるのとちゃうやろか、と思うと目の前が暗くなってしまう。

中矢は、母一人子一人といったって、自分ではマザコンではないと思っている。中矢はお袋が好きではない。親爺《おやじ》が死んで十五年になるが、お袋は近くの雑貨店でパートをして働き、一昨年、六十になって、やっと家にいるようになった。家は古いが祖父の代から住んでいる持家なので、家賃は要《い》らないから助かる。お袋は中矢の結婚資金をせっせと貯めてくれたのである。それを思うとふびんであるが、しかしお袋と暮らすのにもう、飽《あ》いてしまった。

「自分のアタマ見てみい！」

には、わがお袋ながらカッとする。

しかしお袋がキライだという不徳義な秘密は口外できないから、中矢はその大きなひけ目を心に抱き、黙っているのである。

息子が黙っていると、お袋は、カサにかかっていう。

「人が持ってくるのにケチばっかりつけるんやったら、あんた自分でみつけたら、どないやねん。アタマ禿げ出したら、女の子も寄って来《け》えへんのやデ！」

中矢はシミジミ、金属バットを振った青年の心理に共感する。それでいて、お袋を抛《ほう》り出すことはむろん、出来ない。骨肉というのは厄介《やっかい》なものである。

「去年のもそうや」

お袋はまた、グチになった。

「あんな別嬪《べっぴん》の、ええ娘さんやったのに……怒らしてしもて」

「あれは、僕が悪いんやない、たこやきが悪いんや」

「あんたがしょうむないもん、好きやからや」

「僕が誘《さそ》たんやない、向うが誘たんやから、しょうがない」

それもお袋の持ってきた縁談である。見合いをしてみると、効能書通り、ほんとに美人だった。背がすらりと高いのは、踵《かかと》の高いパンプスを履《は》いているせいらしいが、険《けん》はあるものの、女優のような美人である。中矢は掘出しもんかもしれへんなあ、と弾《はず》んだ。

喫茶店へでも入ろうと思っていると、その女の子は、「たこやきがいい」という。これは気取らない子だと中矢は嬉しくなって、

「どっかにありますかねえ。実は僕も好きなんですワ。……」

と、きょろきょろまわりをさがした。

「あそこ」

と女の子は消えかかるような声でいう。中矢は、たこやきというと屋台ばかり考えていたが、女の子のいうのは店構えもしゃれた「明石焼《あかしやき》」の店だったのだ。

中矢はずっと前に食べたことがあるが、ふわふわと歯ごたえがないので、たこやきの仲間に入れていなかった。

「あたし、あれ、好きなんです……」

と彼女がいうので、黒い格子《こうし》の店へ入った。

障子《しょうじ》が白々として、民芸風なインテリアになっている。縄の椅子に坐ると、黒い塗りの板に、黄色いふんわりした丸いのが八つ並んで出てくる。それを、薄味のだしにつけて食べるのだが、口中でふわっと消えてしまい、おいしいのかどうかもわからない、あとに、蛸《たこ》のコリコリしたのが舌に残るだけ、中矢にはたよりなくて、それより熱くてたまらない。しかも、しばらくおいておくと、たよりなくしぼんでいく。

「何や、風船みたいですな」

「でも上品です」

女の子はふうふうと吹きつつ、慣れたように箸《はし》ですすりこむ。

箸で食べるたこやきなんて、たこやきやあらへん、と中矢は思う。

更《さら》にいえば、黒い格子も白い紙障子も、縄の椅子も要らん。たこやきは、こんな料理屋みたいなトコで食べるもんとちゃう、と中矢は思っている。やっぱり屋台のおっさんや、おばはんが焼くのを、爪楊子《つまようじ》で一つずつすくって歩きながら熱いのを、ぱくっ、ぱくっと食べ、蛸のプリプリを、かすかに舌でさぐりあてる、それがいいと思う。

「あ、熱《あつ》、つつ」

と中矢は驚いた拍子に、ぽたっと一つをズボンにこぼしてしまった。中味はゆるいので、まるで生卵を膝で割ったように、ズボンが汚れ、これも中矢は不快である。たこやきは転がしたら、ころころと下へ落ちるべきもんだ。

「それは屋台のたこやきですわ。でもここのお店のは上品なんです」と女の子はいった。

「上品かもしらんけど、こないい歯ごたえないのは、頼り無《の》うていかん」

「いま、これがハヤってるんです」

「ハヤってるかもしれんけど、僕は好きになれんな。ええ恰好しィや」

「あたしは屋台のたこやきなんか、月見団子みたいで食べる気になりません！」

たこやき論争になって女の子は席を蹴立てて帰ってしまった。たこやきで論争できるのは中矢の望むところであるが、それなら友好的に論争したいものである。美人は反対されたことがないせいか、中矢が反駁《はんばく》すると憎ったらしそうに見据《みす》え、この上品な、ぽたぽたのゆるいたこやきのよさのわからん奴は田舎者や、とばかり唇をゆがめて中矢をにらむ。そのまなざしには、(死ね、若禿げ)とでもいうような激越さがあり、中矢は、

(美人ちゅうもんも、悪女のうちやな)

と思った。しおらしいのもいかん、美人もいかん、となると、

「勝手にしなはれ!」

とお袋がふてくされるはずである。しかし中矢は昔のように、

「うるさいな!」

とお袋に口答えすることはない。年齢が締って気持が練《ね》れ、お袋にふびんがかかるのと、

「屋台のたこやき好きやわァ」

という女がみつかったのだ。その女と、ただいまのところ、「たこやき友だち」になって、これはまだ誰にもいわないが、いい気分でいる。

中矢は家ではむろん、たこやきなんて食べない。お袋は屋台で売っているものに偏見があり、たこやきのことを「メリケン粉の団子」という。

中矢は子供の頃から、夜店やお祭でたこやきに馴染《なじ》んでいる。

この頃は大阪の町の盛り場には、何軒も出ている。中矢は若い者を連れて飲みにいき、小《こ》

腹《ばら》が空《す》くと屋台で買わせて、道ばたで食べたりする。ソースのこうばしい匂いに、まったりした味というのは、一つ食べるとあとを引き、一舟すっかり平らげてしまわないとおさまらない。

「これ、東京におまへんなあ」

東京へ出張した青年が、感に堪《た》えないようにいう。

「銀座で、夜売ってたんは、餅をノリで巻いたんや、みたらし団子でした。僕、たこやきさがし歩きましたけど、おまへんでした」

「あれへん、あれへん、あるかいや」

中矢はことさら大阪びいきではないが、ことたこやきに関する限り、郷土愛をかきたてられる。どこへ行っても町なかで、たこやきが食えるて、これこそ、文化都市、いうもんちゃうか、と思うのだ。

中矢は会社の帰りに、郊外の駅で下りて、駅裏の盛り場で飲むこともある。一人で待っているお袋にふびんが掛るが、その調子で定年まで母一人子一人になるのかと思うと、ぞっとしてしまって、家もあの世と同《おんな》じや、せいて帰るとこちゃう、と思ったりするのである。

盛り場は小さい児童公園と駅に挟まれている。公園は、夜、灯がつくが、人影はない。中矢は公園のそばに、雨でなければ出ているたこやきの屋台で一舟買って、公園で食べることもある。

屋台は、もっさりしたおばはんがやっている。中矢はその晩、いつものように屋台の前に立って「一つ」といった。近頃、やかましくオートバイを飛ばすのが駅の周辺にいて、その轟音《ごうおん》で、おばはんは聞きまちがえたらしい。

なんや忙しげに、仰山《ぎょうさん》焼きよるなあ、と中矢が見ていると、おばはんはスチロールの舟にぽんぽんと、焼けたたこやきを並べ、ソースを塗り、青のりとかつお粉をふりかけて紙をかぶせたのを二つ、新聞紙に包もうとする。

「あ、一つやで」

と思わず中矢はいう。

「あれ、二つとちゃいまんのか」

おばはんがいうと、中矢の後に並んでいた女が、

「あ、あたしそれもらうから」

といった。それで中矢は、二つ引き受けなくてすんだ。十五コ三百円である。

梅雨寒《つゆざむ》というような、ふと肩先の冷い晩である。

こういう夜は、たこやきの暖《ぬく》みが何とも慕《した》わしい。しかもソースの匂いと、新聞紙のインキの匂いの混じるうさんくささが、物なつかしい。

たこやきは、本当は、歩きながら食べるもんや、と中矢は思う。行き交《か》う人が、羨《うらや》ましそうに、あるいは共感の一べつをくれる、それを意識しつつ、爪楊子で一こずつすくいあげて口へ抛《ほう》りこみ、舌を焼きつつ、

「ぐ、ぐ、ぐ、あつっ」

なんていいながら、それでも人目を避けて道の片蔭をひろいあるき、立ち止まってはまた一つ、爪楊子に……というのがよい。

しかし中矢は、この頃はたいてい、公園のベンチに坐って、新聞紙をほどくことにしている。野良猫しかいないから、ゆっくり、心ゆくまでたこやきを楽しむことができる。

「かまいません？」

と、ふいに女の声がして、さっきの女がベンチへ坐った。

「どうぞ、どうぞ」

中矢は、その女も嬉しそうに手に、たこやきの舟を捧《ささ》げているのを見ると楽しくなる。

「たこやきは一人で食べるもんのようでもあり、みんなと食べるもんでもあり……」

などといいながら迎えたのは、少し、酒の気が残っているからである。

「ううう……この、匂いがたまらんねんわ……」

と女はいった。愛嬌《あいきょう》のいい女である。

新聞紙の上から匂いを嗅ぎ、急いでめくる。

ＯＬのような感じだが、ノビノビした女である。

中矢は爪楊子で、甘いとんかつソースのかかった一こを、わんぐりと口へ抛りこむ。と、蛸がとび出して――というほど、大きい蛸ではないが――熱かった。ちょっと、ねたッとした舌ざわりであるが、味はわるくない。

「熱ゥ」

と女もいって、

「あ、ちょっと待ってて下さい。ここへ、置かして下さい」

と、たこやきとバッグを置いてどこかへかけ出していった。機敏な物腰である。中矢が二、三コたべているうちに駈け戻って来て、

「はい」

小さい缶ビールの冷えたのを一個、渡してくれる。

「いやァ、これは……」

「あたしね、たこやき、ビールで食べるのん大好きなんです」

「そうです、そうです。熱いのんで咽喉《のど》を焼く、それをビールで鎮《しず》める、という、これが旨《うも》うてね」

たこやきは、紅生姜《べにしょうが》もはいっているらしくて、ぴりっと辛《から》い味もあとへ残り、それとともに、青のりの匂いにも気付く。今まで、あんまり熱いのと、ソースの味に気を取られていたのが、やっと、落ち着いて、たこやき本来の味が賞味できるようになる。

「少し、まったりしますね、日清製粉のメリケン粉だけではないみたい」

と女はいって、缶ビールをぐっと飲む。

「うーん。メリケン粉の銘柄まで分りますか」

中矢が感心すると、

「分りませんよ、そんなこと」

と女はころころと笑った。口は大きいが、愛嬌のある頰ぶくれの面立《おもだち》で、女の子というほうが似つかわしい。

「あー。美味《おい》しかったナ」

と爪楊子までねぶるのであった。

何だかそのさまが無邪気で可愛く見え、中矢は心をそそられて、

「もう一舟、買《こ》うてきましょうか」

「いいえ、こういうものは、もうダメ、と思うとダメね。それに、これだけ、と思うからおいしいので、まだあると思うと、つまらないでしょ」

「そうそう」

「これ、かつおの粉が、ちょっと、粉っぽかった」

「そうそう」

「でも屋台のやから、仕方ありませんわね、よくできてるほうやと思うわ」

「そうそう」

やっぱり二人で食べるたこやきは旨い。

「お好きですか、たこやきは」

「子供の時から好きでした。あのう、家で母が焼いてくれたのは、チョボやき、というのんでしたけど。お家でなさいませんでした？」

お袋は、お好み焼やたこやきのたぐいは、すべて下品と排斥《はいせき》していたのだ。しかしたべものは、下品なほうが旨い。

「チョボやきってどんなんです」

「たこやきの小さいようなもの。小さい穴に、葱《ねぎ》や紅生姜や、こんにゃく、干しえび、なんか入れて、お醤油をひとたらしずつ、たらしていくの。それを千枚通しでクルリと裏返してたわ。あたし時々、今も、家でいたずらして食べますの」

「それも旨そうですな」

「でも小さいから面倒で。あのう……」

女の子はハキハキいった。おしゃべり好きな子らしい。

中矢は、この頃の女の子が、未知の男にもおめず臆《おく》せずしゃべるのに感じ入ってしまう。中矢ぐらいの年齢であると、女に、こんな風にしゃべれるのは、同級生たちにだけである。

会社の女の子でもそうだ。気《き》臆《おく》れもせずツカツカと中矢のそばへ来て、腕を撫でさすり、「うわ、凄い。フサフサしてるんですね」などと人寄せパンダ扱いするではないか。この女の子が、たこやきのうんちくを傾けてしゃべるくらいはごくごく普通なみなのであろう。

「明石焼、いうのありますねえ」

「あります、あります」

「あれ、お好きですか」

「モヒトツ、ですな、僕は」

あれで見合いをパーにしました、と中矢は思う。

「あたしもです。ふわふわして頼り無《の》うて。口へ入れたらもう溶けてるんやもの、そのくせ、だしでトロトロすすってると、わりにおなか、ふくれるんですよ」

「それはありますな」

「ですから、お酒のあとの、茶そば代りに、食べるのがええかもしれません」

「卵の味はよろしかった」

「そうね、あたし卵も好き。卵なら、どんなたべかたも好き」

「僕も、そういうトコある。しかしあれこれやって結局卵は、煮抜きが一番ですな」

「そうよ、あたしお弁当も、煮抜きの堅茹《かたゆで》卵なんか入れるのん好き。あの、もっとおいしいのは、豚肉の角煮《かくに》のお汁《つゆ》で、煮抜き卵を煮《た》くこと。これね、煮《た》いたら、そのお汁《つゆ》の中へ二タ《ふ》晩くらい、漬《つ》けるんです。そうすると、お汁が卵の中の黄身にまでしみて、おいしい！」

「もっと旨い卵は、ライスカレーの皿に割り入れる生卵ですな」

中矢がいうと、

「あ、あたしもやります、やります」

と女の子はいって二人で笑ってしまう。

「皿から溢《あふ》れ出て、黄身が垂れそうになるのを……」

「あわててスプーンでかき寄せて、ライスカレーの中へ突っこんでしまう……」

「熱いカレーと、冷い生卵が混じり合って、何とも妙な、でも舌が身震いするほど嬉しい感じ……」

「舌の身震いはよかった」

中矢は笑った。久しぶりに笑った気がする。ことに知らない女の子と闊達《かったつ》にしゃべったり、笑ったりできるというのはありがたい。見合いであると、どうしても取りつくろってしまう。それに、見も知らぬ相手では、お互いにそろそろと双方から棹《さお》を繰り出して相手の水深を計り合う気味があり、思い切ったことがいえない。たまに本心を吐露《とろ》すれば、(死ね、若禿げ!)というような凄い目で睨《にら》まれる。おちおち、心をひらいてしゃべったり、笑ったり、できない。

その点、この女の子はいい。

ことに、ヌーとした、あっけらかんの感じがいい。

自分を美人にみてもらおうとか、しおらしい女に見てもらおうという気がないところがいい。

話の合間に、体をゆすって、

〽フム、フム……フーンフーン……

なんて、なんの曲か、鼻歌を唄ってるのもいい。

自分がほんとに楽しんでる、ということを相手に知られて平気、という、自信ある生きざまがいい。

いや、そう大仰《おおぎょう》なものではなく、彼女も中矢同様に、少しアルコールが入っていて上機嫌なだけかもしれない。それでもいい。酒を飲んで、道ばたのたこやきを男と一緒にたべ、缶ビールをあおっているというのは、世間なみの基準からいくと悪女かもしれないが、中矢はこういう悪女なら好きなのである。もしこの女の子が、中矢のお袋のすすめた候補者であれば、中矢は喜んで承知するのであるが、……しかし彼女の様子を見ると、まちがっても、

（私はゆきとどかない人間なので、お姑《かあ》さまにいろいろ教えていただきたい）

とは、言いそうにない。

といって、会社の新人類の女の子のように、「トシヨリ、きもち悪い」などと非人道的なことを言うとも思えない。

どういうかは分らぬが、もしそういう場になったら、いかにも、

（女の本音）

でありながら、やさしいコトバを吐きそうな気がする。

中矢が、（ほんとは短い時間なのであるが）さまざまなことをそれからそれへと考えつづけている間、彼女のほうはひたすら、たこやきのことを考えていたらしく、

「たこやきは家でつくるとあきませんね」

「そんなもんですかな」

「お味はある程度のところまでいけると思いますけど、でも家でつくってしまうと、とことん食べるでしょう。ほしいだけつくって食べてしまうと、もうあと、二度と見るのもいやに

なる気ィして、あの、何ですね、おいしいものは家でたらふく食べたらあきませんね」

「それはいえてるかもしれん」

「お味のほうも、もっとおいしくおいしくと、蒲鉾《かまぼこ》やこんにゃく、えんどう豆やらミンチやら、いっぱいつめこんでしまいそうな気がする。欲深うなるんですね、節度が無くなるのかもしれへんわ、やっぱり、おいしいものは外で、ということです」

中矢は男や女もそうではないかと考える。おいしいものは外で、となると、人間、結婚したら、幸福になれないのかもしれない。「おいしいものは家でたらふく食べてはいけない」、愛もむさぼってはいかんということになる。

どちらからともなく、そのうち、

「ミナミへ、たこやき食べにいきましょう」

ということになる。女の子は、浦井テル子と自己紹介した。会社は日本橋だという。中矢も名刺を出す。

「あの、ミナミにしかない、おいしいたこやき、ありますねン。それご紹介したいわ」

二人は肩を並べて公園を出る。二人とも駅前からバスに乗るのであるが、方角は反対である。テル子は上半身に比べると、下半身のほうが肉がしっかりついていそうで、ジーンズを穿《は》いているが、お尻はぷりぷりしていた。中矢が考えている二十六、七より、もっとトシを食ってるかもしれない。

「それ、お醬油なんです」

「たこやきはソースに限ると思うけど」

「お醬油もおいしいんです。それに、味付の中へ醬油が入ってるから、青のりもかつおも振らんでもよろしのよ」

「それではたこやきになりまへんが」

と互いにあらそい合うのも楽しい。

「まあ、試してみて下さいって」

とテル子は自慢げにいう。中矢は、ソースも青のりもかつお粉もないたこやきなんて、

「ツルンとしてて、美的見地からもほど遠い。あれはツヤツヤとソースが掛って、そこへ、

青のりやかつお粉が、べちゃっとくっついてる、爪楊子で一つをはがそうとしても、ソースが糊《のり》みたいにくっついて中々はがれへん、そのもどかしさも、うさんくさい楽しみの一つなんですがなあ」

テル子に反撥させようとして言い募《つの》っている。

「あら、何もついてなくても充分、食欲をそそりますよ」

「焦《こ》げ目か何か、ついてますか」

「焦げてません」

「ほな明石焼になってしまう」

「だしなんか、つけませんって！　まあ、あがって頂戴。というて、べつに、あたしがやってる店やないけど」

「何ていう店でんねん」

「味たこ」

「名前はよろしな」

「フフフ」

駅前通りを突っ切ろうとした二人の鼻先を掠《かす》めるように、一台のオートバイが爆音を立ててすっ飛んでゆく。バリバリというような物凄い音だった。テル子は「フフフ」と笑った余《よ》韻《いん》がまだ口調にひびいてる声で、さらりと、

「あたし思うねんけど、あの暴走族らが大きい音たてるのは、しばらくやってへんから、アタマに来てるのんとちがいますか」

「何をやってへんのです」

「意地悪《いけず》」

テル子は中矢の脇腹をつつく。今日びの女の子は全く放胆である。「やる」とか「やって

へん」とか女の子のいうことと違うと思うのに、テル子はヌーとして放言する。しかし中矢はそれも楽しい。と同時に、平気で、しれっとそんなことをいうところ、思ったよりもっと、トシ食うとんのちゃうかと思うが、よくわからない。駅前は明るいようではあるが、雑多な色の光で、案外、顔色など見にくい。しかし、表情はゆたかで、眼も唇も大きく、よく動き、愛想のいいことはまちがいないように思われた。気持のよい女の子であった。

約束した日は雨になった。屋台のたこやきは雨の日は出ないので中矢は、テル子の会社へ電話を入れてみる。先夜より明るい声で、

「雨でもよろしいのよ、お店は、中で坐って食べられるようになってますから」

といって、

「楽しみにしてましてん。嬉しわァ」

という。

そんなことをいうて、相手に見くびられへんかという警戒心はないらしい。抛っといたら、会社の中なのに、へ……フム、フム……フーン、フーン……と唱い出しそうな陽気な声である。こういう陽気な女が中矢は好きである。お通《つう》型悪女は陰気でひがみっぽく、中矢のもっとも閉口頓首《とんしゅ》という女である。

会社が終るのが久しぶりに中矢は楽しみであった。麻雀の声が掛らぬように、連中をうま

く避けて会社を出る。梅田の会社から、地下鉄で心斎橋《しんさいばし》まで行き、地上へ出ると、かなりの雨脚《あまあし》だったが、中矢はひるむどころではない。うっとうしい梅雨が、今夜は、

（ええ雨やな）

などと思える。それに地下鉄から心斎橋へ出ると、アーケードのおかげで濡れずにすむ。待ち合せのバーは中矢が指定したのである。

笠屋町のビルの二階のバーに、テル子は心もとなげな顔でポツンとカウンターにいた。灯の下で見ると、近代的なおたふくというような、中々好感のもてる顔である。中矢をみつけて、ホッとしたように見る見る、大げさなくらい、嬉しそうな顔になる。

「いやー、知らんお店に一人いるのん、心細かったわァ」

「ごめんごめん」

いまや全く、中矢は、もう長い間の恋人にいうような声が出てしまう。しかし待ち合せ時間まで、まだ十分もあるはずであった。

「えらい早いねんな」

「うん、あたしせっかちなんですよ。待ち合せにおくれるの、いやなの。ついつい、早く来ちゃう。早漏《そうろう》気味なの」

「そういうことを、いうもんやない。女のタシナミです」

中矢はつい、課の女の子に訓誡する声になる。それにしてもこの頃の女の子はどうなってるのや。はしたないことと、はしたなくないこととの区別もつかぬようである。何を考えてるのかわからない。

テル子は白いブラウスに花柄のスカート、水色のレインコートという恰好である。

「嬉しかったから、走って来てしまった」

とにっこりして首をすくめ、

「何でか、なあ。このあいだ、気持ようおしゃべりして、また会いたいと思《おも》たから」

それは中矢のほうも、そうである。テル子は平べったいおかめ顔であるが、眼がいきいきしていい。雨が降っていても早く行って会いたい、というようなことは、中矢の人生にかつてなかった。いや、十年くらい前はあったが、最近は何しろ、お見合の席ばかりである。お見合というもの、あの世やわが家などと同様、別に、せいて行くところではないのだ。

しかしテル子は違う。面白い。可愛い。

中矢は水割ウィスキーをひとくちすすり、

「風邪がいまいち、すっきりせえへんのでね、耳鳴りしていかんな」

などと、はや、へだてのない恋人にいうように訴える。

「あ。耳鳴りはねえ、黒大豆を煮て食べるとなおるわよ。八味《はちみ》丸《がん》いう漢方薬もええけど」

「漢方薬なんか、飲むの？　あんた」

「あたし、西洋医学、あんまり信じひん」

「フーン」

「風邪の薬は、雪の下よ。雪の下の葉ァ、天ぷらにして食べたらええねん」

「えらいこと知ってんねんな」

「昔からずっと、民間療法と漢方薬でなおしてきたの」

とテル子は婆さんのようなことをいった。そういうとき、したり顔になって老《ふ》けてみえ、全くトシが分らない。

テル子と一緒に雨の中を出かける。雨でもミナミの人足はとぎれていなくて、傘がぶつかり合い、それも中矢にはうきうきする。

「こっちやしィ……」

とテル子は中矢に声を上げて案内する。「味たこ」は店先でたこやきを売っており、奥には七、八人はいれる腰掛があった。テル子は傘をつぼめて慣れたふうに路地からくぐって入り、

「たこやき二人前。あ、お酒、つけて。ついでにドテ焼とおでんも、もらおかしら」

と、注文し慣れていた。

中矢はドラム缶だか、段ボール箱だか積んである奥に、レインコートも脱がず坐った。目の前の銅壺《どうこ》に酒が暖まっていて、銅の四角い鍋には、おでんと、片方に白味噌を溶いたドテ焼が漬かっている。これは串に刺したホルモンのすじ肉を白味噌で煮ているのである。

コップ酒が運ばれてくる。中矢は、この店の前は通ったことがあるが、このたこやきの味は知らない。

まして奥に、こういう安直な飲み場所があるとは知らなかった。

「ウチの会社の女の子とよう来るねッ」

テル子は、公園のベンチに坐ったときも、しっくりと楽しそうであるが、こういう、人目につかぬ飲み屋の奥にはいりこんでも、それはそれなりに、いかにも似つかわしくきまっているのだ。路地の側からサラリーマンらしい男の二人連れが入って来たので、中矢とテル子は床机《しょうぎ》の席を詰める。

「すんまへん」

と男たちはいい、ここは、知っている人には有名な腰掛酒の店なのかもしれない。

中年の無口なおばはんがいて、皿におでんと、ドテ焼をとってくれる。ドテ焼の串をくわえ、白味噌が垂れないように、唇でしごきながら、中矢はすじ肉を食べる。びっくりするくらい柔《やわらか》く煮こんである。白味噌のはんなりした甘みが何ともいえない。熱いコップ酒を一息、

ぐっとすすり、何気なくテル子を見ると、テル子もドテ焼の串をくわえていて、

「おいしいね」

と、この世の極楽、というお多福顔だった。

中矢はテル子がますます好きになる。中矢のお袋なら、

(なんや、あのお多福顔は)

というところであろうが、中矢にはそれも好ましい。

こうやって、うまいものを(しかも安い)二人で食べて、「うまいな」「おいしいね」と言い合っていられるのが人生の幸福というものであろう。中矢は、テル子が独身なのかどうか、気になりはじめた。

「お待っとお」

店の表から、たこやきの皿が二つ廻ってくる。

店先で男二人がコック帽をかしげて焼いているが、中々いそがしいようである。前に立つ客がとぎれることはほとんどない。

たこやきはスチロールの舟に入っているものだと思っていたが、腰掛で飲む時は薄青い大皿に載《の》って出てくる。

かなり大粒で、聞いた通り、ソースはかかっていない。十五コで五百円だという。

駅裏の屋台より粒が大きい。そうして、屋台のようにころころしていなくて、ふわりとしているが、それでも、だし汁につけてたべる黄色い玉子色の明石焼とちがい、「たこやき色」ともいうべく、きつねの焼色がついている。

青のりもかつお粉もない、たこやきのたまは、何となく無愛想であった。

ところが中矢は、箸で一コをつまみあげて頰ばるや、もわーんとひろがる味が、たちまち、

（お気に入り）

という感じになってしまった。中は熱く、ホワイトソースというようにとろりとしているが、充分、火が通って粉っぽくない。外側はかりっと焼けて、中はとろり、それが醬油のこうばしさ、昆布だしのやわらかい味などとミックスして、えもいわれぬ物なつかしい、あとを引く味になっている。

この柔かさは、ほとんど肉感的な柔かさである。醬油味の匂いは、日本独特の郷愁みたいなもんやな、と中矢は「味たこ」のたこやきにすっかり陶酔してしまった。とろりと柔い中身が口中で熱い余韻を残して消えると、かなり大きく刻まれた蛸が残る。プチプチとした蛸である。テル子が、取り寄せたビールをついでくれる。

「どう？」

「うまい」

といって中矢は、ビールを一気に飲んだ。テル子はその手つきを見ていて、

「でしょ？」

とにっこりする顔が、中矢の好きな顔になっている。

中矢はさっきの感動が、ほんものかどうかたしかめるように、いそいで、もう一コ、口へ抛りこむ。品のいい淡白な、それでいて、キマリ！　というようなぬきさしならぬ日本風美味、この柔かい味の奥深さを一度知ったら最後、思わず取りはずしてしまうというような、おいしさである。

中矢は魔法にかかったような気がする。

ソースも青のりもかつおもない、つるんとしたメリケン粉の丸いかたまりが、こんなに玄妙な味を出せるとは、夢のようである。よほど練りあげただしで溶き、味つけをしてあるに違いない。熱々を次から次へと口へ抛りこみ、ビールで冷やし鎮《しず》め、あるいはコップ酒をゆっくり含んで、また、一コたべる。

そのたびに感動する。

中矢は、以前、たこやきはソースに限るといったが、たちまち容易に前言をひるがえして、

「いや、この醤油味もすごい」

といってしまう。これは、明石焼ほどではないが、たしかに玉子もかなり入っている味で

ある。

「これは知らんかった」

中矢は素直にいった。四十前ぐらいの年頃が一番「あれも知ってる」「これも知ってる」と言いやすいものであるが、この店の奥の腰掛酒といい、たこやきといい、いや、更に雨の夜の風情といい、お多福顔の好きな女の子といい、中矢の知らぬことも人生に多かったわけである。

テル子はきれいにたこやきを食べてしまい、コップ酒を両手に挟んで、店の外の雨脚をみつめながら、

「よう、降るわねえ……」

「うっとうしいな。しかしこの梅雨の夜、ぬくぬくほかほかのたこやきの、とろッとうまいのを食べるのも、また、ええなあ」

「うん、たこやきもええけど、あたし処女やねッよ」

中矢は転倒《こけ》た。たこやきと何も関係あらへんやないかと思う。テル子は首をかしげて、コップの口を人さし指でなぞっている。そうして中矢は、何を阿呆らしいと思いながら、テル子のひとことで耳鳴りがよけいひどくなってしまったのである。もう黒大豆も八味丸も薬石効なく、という状態になってしまった。

「中矢さん、いこ」

　とテル子は中矢の膝をつつく。

「しかし、きみ」

「肌寒いよって、暖《ぬく》いとこへいこ。あ、ここのたこやき、包んで貰《もろ》て持っていこか」

　テル子はお多福顔を輝やかせている。今にして中矢はわかった。テル子のお多福顔は、かなりの程度、スケベ顔なのである。しかしそれが何とも輝やかしく、愛らしくもあるのである。テル子はビニール袋にワンパックのたこやきを包んでもらい、

「はよ、いこ」

「いく、いうても、なあ」

「御堂筋《みどうすじ》渡ったら、いっぱいあるやないの。日航ホテルからビジネスホテルまで、何でもあるやん」

「ちょっと待ちいな。段取り早すぎて」

「あたし、口より手のほうが早いねん。いや、上半身より下半身が早い、いうのんかなあ」

「つまらんこと、いうんやありません」

　すれっからしかなあ、と思ったら、小さいホテルの離れに入るが早いか、無邪気に、

「たこやき食べよッ。半分ずつ！」

なんてテル子は叫び、余念もなく爪楊子ですくいあげている。そうして珍らしそうに部屋をのぞき歩き、

「入って来たらいやよ」

と湯を使いにいった。

部屋じゅうに、たこやきのにおいがたちこめている。メリケン粉のにおいはかなり強烈なものである。スチロールのパックに押しこめられていたたこやきは汗をかいて、ぺっしょりとカサ低くなっていた。中矢は食べる気もおこらない。煙草を吸わないので、手持ぶさたになって冷蔵庫の缶ビールを出して飲む。

(おいおい、何しててんねん、こんなトコで)

と中矢は自分で自分にいう。

(さっさと帰らんかい)

しかし中矢は動けない。テル子が湯を使う音がする。

(処女やから、どないや、っちゅうねヶ……)

中矢は自分で自分を叱咤《しった》する。

(口より手の方が早い、やなんてバカにされとるのとちゃうか、あの女の子に)

それでも中矢は、尻がベッドに貼りついたように動けない。中矢はやっぱり、テル子に処

女や、といわれて気を引かれてるのである。

中矢はひと月に、四、五へんも、テル子に逢うようになった。ぐんぐん、テル子に惹《ひ》かれてしまう。「味たこ」でたこやきとコップ酒をひっそり飲み、路地から抜けていけば、賑《にぎ》やかな盛り場を避けて小さいホテルへ行けることも発見した。

「なんで僕を誘《さそ》てん。あのとき」

中矢はたこやきとコップ酒で気持よく酔う。

「あら、そうかて中矢さん若禿げやもん、若禿げは強い、いうから試してみたかったの」

テル子はあっけらかんといい、

「ようぃうわ」

しかし中矢は機嫌がいい。テル子は処女だったと信じており、口年増《くちどしま》だとわかったのである。気も合う仲だし、寝るのもずいぶん楽しみだった。時には、ぽたぽたのやわらかい明石焼をだしに漬けて食べる店へも行き、それはそれでおいしかった。

(タベモノは何でも、一緒に食う相手によるねんな)

と中矢は発見する。

中矢は、お袋にうちあける時機を考えている。テル子と、これから先の人生、ズーと一緒に、おいしくモノを食べて暮したいと思う。

中矢にはますますテル子が可愛く見える。何か贈り物をしてやりたいが、自分で見立てても気に入るか、どうか。

「テルちゃん、何か自分の好きなもん買いいな。それ、僕が払《はろ》たげるよって」

「あ、うれし。ほんならちょうど、このネックレス、二万円で買《こ》うたとこやねン。これ、買《こ》うてくれはる？」

テル子は金色の首環《くびわ》のごときものをまさぐった。中矢は「よっしゃ」と快くいう。

そのときは、法善寺の中の小料理屋であった。隅《すみ》っこの席で、カウンターからも遠いので、二人だけでこみ入った話をしてもよさそうに思われた。

「テルちゃん、なあ、ちょっと話がある」

「なあに？」

とテル子は中矢の好きなお多福顔で、にっこりする。笑うと眼は糸のように細くなる。

「いつか、あんた、おいしいもんは外で食べるに限る、いうたけど、家の中でいつも、おいしいもん食べたい、思わへんか」

「もちろんやないの」

「あんた、お袋と同居できるか。つまり、姑《しゅうとめ》や」

中矢は、テル子の口から、女の本音が聞けるのがたのしみである。テル子ははしたないことや、ショッキングなことをいうけれど、偽善者でもなく、ウソもいわない、という信頼がある。女の本音でありながら、やさしいコトバが出て来たら、どんなに嬉しかろう。

「姑？」

テル子は目をみはる。

「いや、僕のお袋のことや」

「中矢さんのお母さん？」

「お袋と同居してくれるか、ちゅうとんねん」

「なんで？」

「なんでて、結婚したら、一緒に住まな。僕とこ、母子家庭や」

「えっ。中矢さん、独身やったん？」

「当り前やないか」

「知らんかった。もう三児の父ぐらいかいなあ、思《おも》てた」

「なにいうてんねん」

「そうかて、中矢さんのあたま見たら、そう見えるもん」

「喜んで下さい、まだ独りです、このあたまで」

「へーえ。そう」

テル子はほんとにビックリしたようであった。

「ソレハ、ソレハ」

「ひとごとみたいに言うてる場合やあらへん。もうすぐ、独身や無《の》うなるねん。テルちゃん、たのむデ」

「たのむ、て何を」

テル子はきょとんとしている。このへんから話がおかしくなってきた。

「そやから、一緒にうまいもん食べて」

「食べてるやないの」

「一緒に寝て」

「寝てるやないの」

「時々ちゃう。毎日や」

「毎日は無理やわ。あたしも家あるし」

「女房《よめはん》が自分の家持って、どないすんねん。僕トコへ来《こ》んかいや」

「あたし、主人《こけ》いるよ」

中矢はまた転倒た。彼は叫ぶ。

「どないなっとんねん」

「主人、北海道へ単身赴任《ふにん》してるねん。あたし、舅《しゅうと》や姑の世話せんならんねんわ。子供はないけど、毎日、えらいのよォ」

「………」

「しかし、きみ、あの時、未経験やとばかり、僕、思てた。責任取らんならん、思《おも》てた……きみ、処女や、いうたやないか」

「あたしも息抜せな……」

「なんで？　あっそうか」

テル子は可愛らしい顔で、けたけたと笑う。

「あれ、アンネがちょっと残ってたの。もう、あがりそうな頃なのに、時々お客さん来るから、いやんなるわ」

「あがる、て……きみ、トシなんぼやねん」

「あたし、なんぼにみえる？」

「知るかい」

「四十六」

中矢は三たび転倒《こけ》そうになる。しかしテル子は正直なんである。嘘ではなさそうだった。

「ええやないの、中矢サン。あたしら、たこやき友達、たこやきメイトでおつきあいしたら……。面白うて気が合《お》うたら、それでエエやんか」

テル子はけろりといい、今こそ中矢は腑《ふ》に落ちた。テル子の漢方薬趣味といい、はしたない発言といい、あれはかなり生きすれたおばはんの発想である。しかしそのわりには現実のテル子のお多福顔は可愛く、若々しい。

「そうそ。忘れへんうちに、中矢さんさっき、あたしのネックレス買《こ》うてくれるって、いうたわね。すみません、二万円です」

とテル子は手を出し、中矢は財布から一万円札を二枚引き抜いて与える。悪女というのはお通《つう》でも美人でもあれへん、このテル子のようなのをいうのや、と、中矢は憮然《ぶぜん》とする。しかし……たこやきメイトは捨てがたいのである。

間食

山田詠美

1959年東京生まれ。85年『ベッドタイムアイズ』で文藝賞、87年『ソウル・ミュージック・ラバーズ・オンリー』で直木賞、2001年『A2Z』で読売文学賞を受賞。近刊に『無銭優雅』『学問』『タイニーストーリーズ』『ジェントルマン』『明日死ぬかもしれない自分、そしてあなたたち』など。

　死体の作り方なら、小さな頃から知っていたよ、と花は言う。昼寝をしている母親の顔に白い布巾をかけて遊んでいたのだそうだ。もうしない。若い頃の話だと、彼女は続けて笑いをこらえる。若い頃だって、と雄太は思う。まだ、はたちを越したばかりのくせに。白い布をかぶせただけじゃ死なないって解ってからは、無駄な抵抗は、もう止めた。それに、本当に死んじゃったら困るでしょ？　本当に死んでしまったら困る人。彼女の言葉に彼は頷く。それでも、時折、そういう人の死を誰もが願う。本当に死んじゃったら困る人。

　雄太は、ベッドに横たわったまま、花を背後から抱き締める。小さくて柔らかい塊。縫いぐるみを抱いて寝る女の子の気持が良く解る。腕の中にいれるために存在するもの。頬をこすり付けて、自分の匂いを移すためにあるもの。噛んだり、羽交い締めにしたり、つねったり。可愛がりたい気持が行き過ぎて、ついそんな行動に出てしまいたくなる対象。花の体は、あちこちに脂肪が付いていて良くはずむ。おやつを欠かすことなく食べて来た体だ。それも、きちんと親の手で作られた甘い菓子。グローブのような鍋つかみをはめた母親の手がオーヴンを開ける、そういう経過を辿った末の間食。

眠くなったと言って、花は目を閉じ、すぐに寝息を立て始める。見ると、半開きになった彼女の唇からは、もう唾液がこぼれている。指で拭ってやると、きゅんとすぼまる。ゆでた小海老のようだと、雄太は思う。おもしろくなって、いつまでもいじる。唇は条件反射のように指に吸い付き、音を立て、それを耳にすると、部屋に満ちて来た幸福の水位は上がる。しばらくの間、彼は、そこにたゆたう。自分の体の内から、何か温いものが絶えず湧いて、流れ出て行くのが解る。彼女に注いでも注いでも飽くことのないもの。部屋は安らかに満たされて行き、その完璧さを確信した時、彼は、帰り支度をして外に出る。

明日こそ学校に行かなきゃ、と花は言っていた。彼女の口から学校という言葉を聞くと、雄太には、まるで、それが彼女の通う大学などではなく、小さな子供たちが通う場所のように思われる。幼稚園でも、小学校でもない、小さな心もとない者たちが集うところ。彼の目の届かない口惜しい囲いの中。学校か。彼は、ひとりごちる。自分は、そう呼ばれるものを、手なずけることがなかった。二十六にもなって、学ぶべきことを学んで来なかった。そう言われたことがあった。でも、学ぶべきこと、なんて、本当に必要なんだろうか。ただ感じるだけじゃあ、いったい、なんだって駄目なんだろう。すべては、口伝え程度で事足りる。花の部屋にだって、携帯電話を手にしたまま辿り着けた。そして、道筋を間違えることは二度となない。彼女を初めて抱いた時だって、なんなくこなした。背中に欲望分の亘しが載せられ、倒れ掛かった。それで充分だった。女の子の抱き方なんて、学んだこともない。丸々として、つやつやと光るものをみたら、誰だって齧り付きたくなるだろう。雄太はそうなる。そして、花に、そうなった。

雄太は、肉付きの良い花を、いつもからかっていた。だって、本当に仔豚みたいなのだ。雑貨屋の店先で、ピンクの豚の置き物を見つけたりすると、買って行って、おまえ売ってたよ、と得意気に言う。彼女は、少しの間、拗ねて口もきかないが、やがて笑い出して、彼に突進して来る。ぶつかるその体は、案外軽くて、彼はびくともせずに受け止めて、彼女を床に押し倒す。誰に教えられた訳でもないのに、そこで服を脱がせて良い気分にしてやることを、彼は知っている。とんかつ屋の前を通り過ぎる時、その看板に豚の絵があれば、隣にいる彼女に言う。親近感持たねえ？　とかなんとか。彼女は頬を膨らませて不貞腐れる振りをする。彼は、待ってましたとばかりに、その頬を手ではさんでつぶす。そして、そのまま口づける。決して怒っていたのではないことが、背中に当てられた彼女の手で、それがTシャツをつかむのを感じることで。解ってしまう。

ねえねえ、今月号は、あたしの大特集だよ、と花が言って、雑誌を差し出したので、こんなにもちびで丸い女がモデルなど出来るのかと見ると、それは料理雑誌だった。表紙には、こんがりと焼けた骨付きイベリコ豚のローストが載っていて、特集のタイトルは「一級品のブタ」。自分から、そんなことを言っては駄目だと雄太は言った。言っているそばから、何やらやるせない気持になり、不思議なことにこみ上げるものがある。無理に笑いながら雑誌をめくる彼の背後から、おぶさるような格好で、彼女は抱き付いたままだ。長い髪のすじが彼の肩を流れ、キャンディを含んだ彼女の口許から息が洩れて首筋をくすぐる。雑誌には、芳しい匂いがそのまま立ちのぼるような料理の写真が載っている。途端に彼は空腹を覚える。二人で行った海で灼けたままの彼女の腕が、首をしっとりと締め付けて、それらは視界に入る。彼は、肉の中で豚が一番好きだ。特に、脂身がうまい。

足場が上がるたびに、どんどん空を好いてく気がする。昼食の弁当を頬張りながら呟く雄太を、鳶職仲間の寺内が興味深げに見て、言った。

「空を愛でる、なんて、きみ、詩的だね」

今度は、雄太が寺内を怪訝な顔で覗き込む。前から思っていたが、変な奴だと雄太は思う。不気味な気さえする。彼は、人のことをきみと呼ぶ人間を寺内以外には誰も知らない。

町場の鳶から独立した中学時代の先輩の中川が、小さな建設会社を設立したのは三年前のことだ。赤帽のアルバイトを辞めてぶらぶらしていた雄太が、久し振りに会った中川に拾われた形で、中川とび建設会社に入ってから一年が過ぎた。雄太よりも、三ヵ月程早くそこで働き始めた寺内を紹介した後、中川は言った。

「飲み込みも早いし、性格も良いんだけど変人でさ、浮いてんだよね」

本人を前にしてそれはないだろうと、雄太が見ると、寺内は、ただ微笑んでいる。こいつは頭のぬくい奴なのか、とその時は思った。けれども、一緒に時間を過ごす内に、そうでもないことが解って来た。仕事仲間は寺内を敬遠していたが、雄太は何かにつけ彼に近寄った。興味があったという訳ではない。芝居や音楽をやるための生活費稼ぎと割り切って働いている連中は、見ているだけで鼻持ちならない気がしたし、まだ二十代の社長にいいように使われている四十のおやじは情けなさが漂っていて口をきく気がしなかった。悪いのが勲章とばかりに、いきがっている連中の仲間に入って行くには、自分は、もう年を取り過ぎていると感じた。筋金入りの鳶は、彼のことなど相手にしなかった。ちょっと、寂しいじゃん、おれ。認めたくはなかったが、彼は、ひとりで心もとないのだった。そう感じる時に決まって、寺内の姿が目に入る。

寺内は、いつもひとりでいた。雄太とは違い、彼自身がそうすることを選んでいるようだった。午前十時の休憩時間にも人の輪を離れて現場の片隅で文庫本を読んでいた。昼食もひとりで取りに行っているようだった。そして戻って来ると、作業が始まるまでの短い時間に、また本を広げた。あるいは、ぼんやりと考えごとをしていた。そして、午後五時になると、皆に挨拶をして、すみやかに立ち去る。その挨拶があまりにも礼儀正しいので、皆、一瞬ぎょっとする。けれども、彼が、あまりにも人懐っこい笑顔を浮かべるので、全員がつい同じように挨拶を返してしまうのだった。そして彼の姿が見えなくなるのを確認して、誰かが口を開く。

「変な野郎だな」

「いつもにこにこ、気味わりい」

「けど仕事は出来るよ。ラチェットの使い方なんか、プロだし」

「あれ程、七分の似合わねえ奴もいねえけどな」

「何もんなんだ、あいつ」

何もんなんだ。ある日、雄太は、その質問を寺内にぶつけてみた。昼休みが始まろうとする時刻だった。

「ぼくは、何者でもないよ」

寺内は、いつものような穏やかな笑顔を雄太に向けて答えた。

「なんでトビなんかなったのよ」

「この仕事が好きだからだよ」

そう素直に答えられても困る、と雄太は思った。後が続かないではないか。言葉に詰まった彼に、今度は、寺内が尋ねた。

「どうして、そんなことを聞くの？　ぼく、そんなに、この仕事似合わないかな？」

「うん。全然」

「そうかな。でも、きみも似合ってないみたいだけど」

言い当てられたような気がした。実は自分は高い所が苦手である。この仕事に就いてから、それに初めて気付いた。困った、と思った。高い所に行けなきゃ金になんない。それよりも、中川に知られたら首になるかもしれない。インストラクターを誤魔化すことは出来たのだが。

「昼飯、一緒に食わねえ？　いつも、どこ行ってんの？」

「行きつけのお蕎麦屋で良かったら」

品の良い蕎麦屋だった。丼物がないので、当然中川の人間はいなかった。

「うまいけど、高くねえ？　量も少ないし」

「大丈夫だよ」

蕎麦を半分も食べた頃、頼んでもいないかやく飯が大きな茶碗によそわれて登場した。寺内は、いつもすいません、と丁寧に礼を言い、当然のように茶碗を受け取った。雄太は、声をひそめて尋ねた。

「これ、何?」

「かやく御飯じゃないか」

「そりゃ解るよ。なんで、頼んでもいないのに出て来んの?」

「おかみさんが気をつかってくれてるんだよ。こんな格好してるから、肉体労働者で、すごい空腹だって解るんだよ。ありがたいことだね」

「知り合い? 親戚のおばちゃんか何か?」

「え? ぼくは、ただの客だよ」

やはり、変な奴だ、と雄太は、まじまじと寺内を見た。何故、こんなにも疑いなく親切を親切として受け入れることが出来るのか。視線に気付いた寺内は、自分のかやく飯を半分、雄太の茶碗に移した。

「これなら、きみも大丈夫なんじゃない?」

「その、きみっての止めてくれねえかな」

「え? じゃあ、どう呼んで欲しいの?」

「雄太でいいよ」

「それじゃあ、まるで特別に親しいみたいじゃないか。いくら御飯を分けてあげたからって」

寺内は、苦笑を浮かべて言った。

「でも、御飯半膳ぶんだけ、きみのことを名前で呼んでもいいよ」

意味が解らない。解らないまま一年がたった。そして雄太は、こんなつき合いもまたあり、とすっかり寺内と親しい気になっている。

家に帰ると雄太の予想通り、加代はもう夕食の支度をして待っている。不動産屋の事務の仕事が終わるやいなや、夕食の買い物をする以外、どこにも立ち寄らずにここに戻って来るのだろう。そして雄太の好物を作る。丁寧に出汁を取り、灰汁《あく》をすくい、野菜の面取りをする。地味ながら手間をかけた献立。彼は、この部屋で、ひげ根の付いたままのもやしを食べたことがない。そのことを当然のように受け入れている。けれど、定食屋の野菜炒めに入っている雑に処理したもやしも、当然のように咀嚼する。花のところではどうかと言えば、彼女は料理を作らない。

十五も年上の加代とどういうきっかけで暮らし始めたのかと良く聞かれるけれども、雄太は明確に答えることができない。部屋を捜すために不動産屋を回った。金のない彼には、彼女の部屋が、一番、得な物件だったということ。それを言うと友達は笑う。ひでえ奴。自分でもそうかなと思う。けれど、彼女を利用しようなんて気持は、はなからなかった。面倒を見てもらおうなどとは考えたこともなかった。ただ、自分は彼女と暮らすべきなのだと感じただけだ。一緒に住もうと言われてその気になった。大切にしてあげる。そう言われた。嬉しかった。彼女が嬉しがらせたいのは彼女自身だったのだと気付いたのは、ずい分、後のことだ。

食事がすむと、加代は西瓜を切った。彼女は食後に、いつも雄太の好きな果物を用意する。それは、季節の移り変わるのを感じさせ、彼は、子供の頃に思いを馳せる。夏休みの西瓜。庭に吐き出した種。プール帰りで体はだるい。まだ終わらないのかと疎ましく感じる長い休み。横になると、畳はひんやりと彼の体を受け入れる。途端に眠気はやって来て、心地良さに目を閉じる。安心する。全身が落ち着いて行くのが解る。心配事など何もなくなる。横たわると、しばし地球に愛される。ちっちゃな時、地球と畳の区別がつかなかった。それでは今、その違いが解るのか。体の一番下が触れる場所は、やはり地球だろうと、そう思う。触れる面積の大きさにより、地球の広さも変わり、寝そべると、体の下では、これ以上望むべくもないたっぷりとした安息が、彼を待ち受ける。

西瓜は赤い。赤いだけだ。加代が雄太にそれを差し出す時、種はもう取り除かれている。

食べやすい。面倒がなくていい、と思うものの、果肉の中に、取りそこねた黒い種を見つけると何故か楽しくなる。彼女と暮らし始めてから、自分は不思議な事柄をおもしろがっていると思う。洗濯してたたまれる前のシャツの袖に腕を通した感触やら、風呂の湯に浮かんだ髪の毛などに笑いを誘われる。いつのまにか欠けたカップの縁。インクの出なくなったボールペン。彼は、そのことを言わない。言ったら、カップは捨てられてしまうだろうし、ボールペンは、すぐに補充される。彼が不便を感じるものは、すべて消えて行く。それがどうして嫌なのかは解らない。あ、大変。彼女は、そう言って、すみやかに対処する。はなをかんだティッシュペーパーを、彼はごみ箱に捨てたことがない。自分がするまでもなく、彼女が捨ててくれるからだ。気のつく女。自分のためならなんでもする。西瓜を齧ると赤い汁がたれる。でも、彼は、もう自分で拭う必要がない。甲虫やくわがたを呼び寄せようと食べ終えた皮を庭の隅に置きに行った自分が、昔、いた。どのくらい昔だったかも、もう解らない。皮は、彼女が捨てる。猩猩蠅が湧く暇もない。

加代は雄太を隅から隅までいつくしむ。彼に何の不自由もないように、いつも心を砕いている。食べること。眠ること。セックスをすること。それらはもちろん、そこの隙間も細々とした世話で埋めて行く。体の領分だけでなく感情の取り扱いも怠らない。仕事やら友達づき合いが原因で、腹を立てて彼が戻る。すると、彼女は彼を抱き締めて言う。あなたは悪くない。本当にひどい人たちね。彼は落ち着いて、その胸に顔を埋める。好きな匂いがする。それを嗅いで、味方は、この人だけだと彼は思う。自分は、いつだって悪くないんだ。ひどいのはあいつらだ。だって、加代が、そう言うんだから。怒りが消えて気恥しくなると冷たい態度を取ってしまう、そのことが予測出来ているのに、今は、ただ甘えた子供に成り下がろうと思う。

寝床の中で、二人は色々なことをする。加代が教えた。そして、雄太は教えられる程の体を持っていた。抱かれることに熟知すると抱き方も解る。何も学ばない訳じゃない、と彼は思う。彼女だけは、とても自然に学ばせてくれる。荒々しく丁寧。素っ気なく執拗。相反する行為の中からしか快楽は生まれないという、そのことを。痛みと心地良さは似ている。似ているけれど、違う。表情を作っているのがどちらなのだろうと目をこらすと、ふと、死んでいるのも眠っているのも同じだなあなどと思う。見分けるのは難しい。でも、すぐさまそれが出来るような目利きになりたいものだと、彼は、ぼんやりと夢を見る。絶対に離れて行っちゃ駄目なんだから、と彼女は言う。あなたは、私がいないと駄目なんだから。そうかもしれない。この女だけは、どんなことがあっても、自分を守ってくれる。なんの損得もなく、自分を庇ってくれる。可愛いと思ってくれる。許してくれる。頭の中にそういう言葉が押し寄せる時、彼は射精して、いつのまにか精液は、西瓜の汁のように拭われている。

それは、高所恐怖症なんかじゃないと思うよ、と寺内は言った。ひょっとして、きみ、高い所が苦手なの？　と尋ねられたから、実はそうだと正直に答えた。雄太は高い足場から地面を見降ろす時、あそこに戻りたいと強烈に思う。今ならまだ間に合うんじゃないか。その自身への問いかけが猶予を許し、ぐずぐずしていると親方と呼ばれる熟練者の怒声が飛ぶ。ようやく覚悟を決める。ポケットの中のスケールを握り締めて上を向く。ヘルメットの重みは、彼をのけぞらせ、広がる空を見せつける。すると、突然、恐さが消える。ホルダーに付いた釘袋が音を立てて彼をせかす。解っている、と彼は思う。早く行って可愛がってやるから。すると、漠然と彼を取り巻いていた空気は、はっきりとした感触を携えて皮膚に触れて来る。よしよしと汗を流して応える。この時、彼は感じる。寺内の言葉を借りるなら、今、自分は確かに空を愛でている。

「それなのに、一番上の足場まで行き着くと降りたくてたまらなくなる。早いとこ降りなきゃやばいんじゃないかって思うんだよな。冷汗だよ、そうなると。降りて落ち着きたーいって、そればっか」

「降りたいって、思うんでしょ。だったら大丈夫だよ」

そして、寺内は続けたのだ。高所恐怖症なんかじゃないと思うよ、と。

「高所恐怖症って、上にも下にも行けなくなっちゃうんじゃないの？　どっちかに行きたいって気持も消えちゃうんだと思うよ。ただ足をすくませてそこにいるだけ」

「穴掘って基礎作ってる時は、早く材料組んで上行きてえって思うし、仮設まで行く頃には、下に戻って落ち着きたくてたまんなくなるし、そこにいるだけでいいって思えない。要するに、おれって、中途半端がやなのかな？　落ちるのも恐いし、下でしょぼくれてるのも嫌だ」

「落ちるのが恐い人は落ちないよ。それに、下で退屈する人は、必ず登れる」

雄太は、寺内のこういう言葉を聞くたびに、自分の世界とは違うところにいる人間のことを思う。その数は予想する以上に沢山いて、けれども、自分や友人と関わり合うことは滅多にない。この現場が接点になったのは、奇跡のようなものなんじゃないかと思う。寺内は、変人扱いされているけれども、物怖じしないし、人当りも良い。自分が周囲にどう思われているかなど、一向に意に介さないというように行動している。言われた仕事はひとつひとつ確実にこなし、そつがない。自分のように余計なことを考えたりしないのだろう。馬鹿みたいだと思う朝のラジオ体操も、まるで夏休みの子供みたいに真面目にやっている。

「おまえ、上に行く時、最初っから恐くなかったの？」

雄太の問いに寺内は下を向いて笑った。

「全然恐くなんかなかったよ」

「すげえな。こういう仕事初めてなんだろ？」

「うん、まあね。でも、ぼくみたいに恐がんない人間は、いつか落っこちてしまうかもしれないね」

「よせよ、そんなこと言うの。安全帯付けてるから平気だって」

「うっとうしいんだよね、あれ」

　なんとなくぞっとした。暴れる人間は山程見て来た。でも、どうということもなかった。雄太は、そういう奴らを相手に喧嘩をして来たから良く解る。本当に恐いのは暴れない奴だ。その恐さは、見たこともない幽霊の話に背筋を震わせる、そういう類のものだ。触《さわ》れない人間は恐い。それが外側であっても、内側であっても。そう感じながらも、寺内と話していると心が鎮まる。自分のいる場所が世界の中心。寺内は、そんなふうに振る舞う。落ち着き場所を捜して、いつもとまどっている自分とは大違いだ。他人の思惑など関係ないという様子で、本を開く。飯を食う。話しかける雄太には応える。そのくせ、ひとつの自己主張もない。あらかじめそんなものを捨てているかのように、しんとしてそこにいる。現場の粗野な人間たちの間だからこそ、変人として目立っているが、そうでない所では、誰の目にも映らないまま存在するのではないか。まるで自分を消す術を習得したかのように。

ある時、新しく現場に来た暴走族上がりの若者が、寺内に絡んだ。自分を見て馬鹿にしたように笑ったと言うのだ。寺内の体を押して、そいつは凄んだ。殺されてえのか。すると尻餅をついたまま、寺内は言った。

「殺したいんですか？」

若者は不意をつかれたかのように、言葉を詰まらせた。

「もしそうなら、どうぞ」

見物人たちから笑いが洩れた。中川が、会社のワゴン車の中から、いい加減にしろと怒鳴った。若者は、不貞腐れたように寺内の下半身を二、三度蹴って捨て台詞を吐き、その場を立ち去った。寺内は、何事もなかったかのように立ち上がり、七分に付いた足跡を手で払った。雄太は近寄って、大丈夫かと尋ねた。寺内は頷き、何がおかしいのか、くすくすと笑い続けていた。

「ああいう人たちって、死ぬとか殺すとかって言葉を、まるでスナック菓子みたいに使うね。安くていいや」

「マジで言ってる訳じゃねえんだから」

解ってる、というように片手をひらひらさせて歩き出した寺内の後ろ姿を、雄太は、ぼんやりと見詰めた。紺色の足袋が、何故か不吉に目に映る。後に付いて歩いて行くと、寺内は、あ、そう言えば、と振り返って雄太に尋ねた。

「きみは、人を殺したいと思ったことある?」

唐突な質問に面食らい、雄太は口ごもった。

「なんだ、それ」

「ぼくは、いつもそう思ってるから」

「……誰を?」

「世界じゅう全部の人」

雄太は吹き出した。

「有り得ねえ! 戦争でも起すのか……って言うか、おれにも死んで欲しいってんじゃねえだろうな」

寺内は、うーんと考え込むような仕草をした。おい、待てよ。雄太は、呆気に取られる。

「雄太は、ちょっと嫌かな。でも、世界じゅうの人を殺すのなんて、案外簡単なんだよ」

「こえーこと言うなよ」

「雄太は恐いものがいっぱいあるんだね。ぼくにも沢山あるんだけど、きみとは全然違うものみたいだ」

それ、なんだよ、教えろよ。雄太は、気味の悪い奴と思いながらも、寺内から目を離せない。いっぱいある恐いもの。なんだろう。彼は自問する。高い所。お化け。痛いこと。実は、爬虫類。でも、日々の流れが中断されることが一番恐い。だからと言って、どうすることも出来ない。行ったり戻ったり、上がったり降りたりをくり返すだけ。ちょうど、この仕事みたいに。その中間地点で出会ったおかしな男は、自分を立ち止まらせている。こんな会話、交わしたことない。役に立たない。それなのに、気を引かれて、後、追いかけている。

「空も地面も好きだなんて、きみは八方美人だねえ」

寺内は、空を見上げてのんびりとそう言う。馬鹿じゃねえか、こいつ。


雄太は、風呂場で花の髪を洗ってやるのが好きだ。彼女の髪は細く長くてシャンプーは良く泡立つ。爪を立てないように地肌を洗っていると、いつのまにか集中する。ついでに体も隅々まで洗ってやる。一心不乱に花を磨いているのは楽しい。出来るなら汚れたままで限界まで放って置いて、みすぼらしい姿になるまで待ちたい。きっと彼女は、捨てられた猫のように彼を見るだろう。そうしてから、彼は、おもむろに洗う。丹念に洗う。いつのまにか、自分がいったい何を洗っているのか解らなくなる。洗い上げて、さっぱりとした彼女が見たいのか抱きたいのかと言えば、そうでもない気がする。自分は、ただ洗ってやれるものが欲しいのだ。そして満足気な声を聞きたい。きゅう、でも、にゃー、でも、気持いい、でも。それを耳にしたら、今度は彼が言う。よしよし、良い子だ。

花は、可愛がられることに慣れている。父親は、進学のために東京に出て来た彼女を心配して、毎日電話をかけて来ると言う。もう、しつこくて嫌になっちゃうと、さして嫌でもない表情で雄太に訴える。ひとり暮らしが実現して、ほんと嬉しい、田舎にいる時は息が詰まりそうだったんだから。ママはママで、しょっ中宅急便を送って来るんだよ、あ、このメロンもそう。夕張メロンは熟れていて、スプーンですくって口許に持って行ってやると、するりと唇の中に滑り込む。同じスプーンで彼も食べる。ふと思いついて、そのまま彼女に口づけると、当り前のように彼の口の中のメロンを啜り込むから、舌の上には甘味だけが残って頼りない。あたしの友達に、瓜アレルギーの子がいる、と彼女は言った。メロンも西瓜も胡瓜も駄目なの、窒息しそうになるんだよ、こんなにおいしいのにね。へえ、と雄太は思う。ここまでかぐわしい甘い塊で喉を詰まらせて死んだら、どんなに幸せなことだろう。

本当のことを言うと東京に出て来たばかりの頃は心細かったから、雄太に会えてラッキーだったと花は彼の胸に鼻をこすり付けた。右も左も解らない彼女の手を引いて、彼はあちこち歩いたものだ。まるで修学旅行の引率みたいだと、彼は苦笑した。そう言えば、自分は修学旅行になんて行かなかった。わざと病欠の届けを出して積み立て貯金で遊び歩いた。あの自分が、もう人を引率出来る程に大人になった。少し誇らしい気持で渋谷を歩いていると、彼女は、わーいここが渋谷なんだあ、とうとう来たぞなどと無邪気に喜んでいる。ひとりで来ちゃ絶対駄目だよ、すごく危ないんだから。そう忠告すると、どうしてどうして、全然平気だよ、と口をとがらせる。やばい奴らがいっぱいいるんだから、と言い聞かせていると、顔馴染みの男が向こうから歩いて来たので隠れた。実は、自分が一番やばい奴だったなんて知れたら、彼女は恐がるだろう。まあ、昔の話だけれど。

学校にも慣れて友達も出来始めてからずっと、花に対する心配の種は尽きない。親の金で遊んでいる大学生の男なんてろくなもんじゃないだろうから、目を光らせてなきゃなんない、と思うと、どうしても厳しくなる。いい子たちだよお、と彼女は不平を言うけれども、この子にまだ見る目なんてありっこないと雄太は気を引き締める。コンパの日なんて気もそぞろだ。何度も彼女に電話を入れているのに、携帯電話に電波は届かず、それでもかけ続けているので、加代に不審がられてしまい、おかしいなあ、中川さん電話してくれって言ってたのに、と言い訳をする破目になる。いったい、どうしたんだ！　ほとんど捜索願いを出したい気分になる頃に、ようやく電話が入って、今帰って来たとこ、会いたいよう早く来て、なんて酔っ払った声で言う。まったくひどいことだ、と思い、彼はお仕置きのために家を出る。

こんな遅くに出掛けるなんて、仕様がない不良ね、と諦めたような加代の言葉が追いかけて来る。不良？　いつの言葉だ。

うちの彼氏トビなんだあって言ったら、皆、格好いいじゃんだって。自分のこと、うちなんて言うなよ、とたしなめるが悪い気はしない。職人と言われる程の仕事はしていないけれど、毎日真面目にお勤めしている。ねえ、今度、この部屋にも足場っていうの？　それ組んでよ、と花は変な提案をする。何のためにと尋ねると、物を置くの、パイプで組んだ棚なんてセンスあると思わない？　雄太は、かっとなり、思わず彼女を殴ってしまう。一度手を上げたら止まらなくなり、二度、三度と続けてしまう。ごめんなさいごめんなさい、と彼女は頭を抱えてうずくまったので、可哀相になり、今度は抱き締めてやる。そういうことを言っちゃ駄目だ、と頭を撫でてやると、うんうんと何度も頷いている。涙でぐしょぐしょになった花は、いつ見ても可愛い。

一年もすると、友達との夜遊びにも飽きたと見えて、花はすっかり大人しくなり、二人の時間は、ますます濃度を増して来た。厳しくしつけた甲斐があったものだと、雄太は、満足せずにはいられない。もちろん厳しいだけじゃない。叱った後には優しく慰めて抱いてあげるのが信条だ。花にしかしないんだよ、こんなこと、と啜り泣く彼女に囁いてやると、ほんと？　雄太は、ほんとにあたしを愛してるんだね、と今度は、泣きながら笑う。悲し涙が嬉し涙に変わるのを見届ける程、冥利に尽きるものがあるもんか、と彼は、自分の方こそ泣きたくなる。この手の中のもの、離したくない。さっきも殴っちゃったね、痛い？ と聞きながら痣を撫でると、声をあげる。それは、シャンプーの心地良さに洩れる声と似ていてあどけない。まだまだ子供だ。瓜アレルギーじゃなかったのは残念だ。もしもそうだったら、甘いメロンを喉に詰め込んで、いっそ殺してしまいたい。

溢れちゃいそうな気がする。そんなことを腕の中で呟くものだから、何が？ と雄太は尋ねた。あたしに注いでくれる雄太の愛情のことだよ。嫌なの？ と不安になってうかがうと、全然嫌じゃない、とうっとりして答えたから安心した。もっともっと、と言うので、解った、もっともっとだね、と引き受けた。この余裕。自分が偉い人間になった気がして仕方ない。欲しくてたまらなかったものにようやく手は届いた。好きだ。

それなのに、こんな事態になろうとは。どうして、子供が出来たから生むつもりだなんて言い出すのか、と雄太は混乱している。絶対に生む！ と意地を張るので殴ったら、頰を押さえたまま、花は泣かずに彼をにらんでこう言った。雄太の子供だよ、可愛がりたいじゃん。可愛がりたくて可愛がりたくて仕方がないんだよ。そんなこと言って、おまえの親が許さないだろうと呆れ果てると、パパはあたしの言うことなんでも聞いてくれるもん、とふくれて横を向く。あたしがかけられた愛情、ぜーんぶこの子に与えてあげたい。彼の思考は停止してしまって、もう、どうして良いのか解らない。殴って言うことを聞かせる意味なんて、失くなってしまったような気がする。そんな彼の気も知らないで、雄太とあたしの子、可愛いだろうな、わーい、だって。鼻の穴を膨らませて喜んでいる。やっぱり仔豚みたいだ。こんな顔見ちゃって、もう豚肉なんて、食いたくもない。

暴走族上がりの男の名は阿部といった。寺内といつも行動を共にしているせいか、雄太を敵視しているように見えた彼だったが、やがて、へりくだった態度で接して来るようになった。雄太が暴走族時代のリーダーの先輩だと知ったと彼は言う。雄太の育って来た世界には、先輩後輩に重要な意味を見出す人々が多いのだ。尊重したい、されたい。その思いが、そこでしかまっとう出来なかったからなのか。上下関係は、いつのまにか、自分自身で認めたという自負にすり替わる。阿部のリーダーとか呼ばれる奴は、おまえなんか十六号線だけで走ってろと、渋谷で叩きのめして以来会ったことなどないのだが。ただの幼な馴染みという印象だけしか残っていない。

それなのに、阿部は機嫌を取ろうとして雄太に話しかけるものだから、寺内にも近寄らざるを得ない。寺内は、いつもの調子で屈託なくそこにいるので、阿部は、子供じみた悪意を表わすのも馬鹿馬鹿しくなったらしく、いつのまにか友人のように振る舞い始めた。

「あの人は、どうして、ぼくたちの所に来るようになったのかなあ」

寺内は、軽口を叩いて立ち去る阿部を見て言った。

「あいつの恐がってる奴が、おれを恐がってるから」

「へえ」寺内は新しい発見をしたかのように、目を見開いた。

「恐怖の連鎖なんだね」

へえ、と今度は、雄太が感心する。そういうことなのか。

「おまえ、おもしろいこと言うな」

「だって、そうじゃないか。人とのつながりって、何か共通のもので、どんどん続いて行くでしょ？　食物連鎖って知ってるでしょ？　それみたいな気がするんだよね。でも、人間はおやつ食べるから動物とは違うかも」

「おやつ？」

「うん。腹の足しにならないもの。おやつはいいよね。雄太は何が好き？」

「ガリガリ君」

「それ、どういう人？」

アイスキャンディだよ、馬鹿。寺内といると本当に調子が狂う。でも、恐がりの連鎖って言葉は初耳で愉快だ。寺内が何を好きなのかは知っている。午前十時の休憩時間に、珍しく寄って来て、置いてあった饅頭に手を出した。差し入れてくれた土建組合の仲本さんが、現金だねえと笑った。本当かどうか知らないが、日本一高い饅頭なのだそうだ。花園万頭はおいしいですよね、と寺内は、ゆっくりと味わって目を細めていた。あんこが、よっぽど好きなんだな、と雄太は、彼のうっとりとした表情を見て思ったものだ。

阿部も寺内のその様子を目にとめていたのか、時折、休憩時間にコンビニエンスストアの大福などを買って来て、彼に渡していた。

「ま、これからもよろしくってことで」

寺内は、愛想良くそれらを受け取っていたが、昼食に向かう道すがら捨てていた。雄太が咎めると、彼は肩をすくめて言った。

「強制されるとおやつって食べたくなくなっちゃうんだよね」

「ひでえ。一応気持じゃん。あいつ、おまえに何かと仕事中面倒見てもらってるし」

「甘くっておいしいものって不意打ちじゃなきゃありがたくないよ。それに、ぼくは、面倒見てるつもりなんてないよ。足手まといだから教えてるだけ」

不意打ちの甘いものは確かにありがたいけれど、と雄太は思う。決まった時間にそれが用意されているのは悪くない。自分に対してそうしてくれる人を小さな頃は待ち望んでいた。

ふと加代のことを思い出したので、寺内に話してみた。面倒見の良いずい分と年上の女。その女に世話になっている自分。陳腐な話だと思いながらも、話し始めたら止まらなくなり、花との関係も打ち明けてしまった。口にしてみると、いかにもありきたりな男女の三角関係に自分がいるような気がして、雄太は、後悔した。

ところが、寺内は真剣に耳を傾けていた。こんな話に親身になってくれているのかと、雄太は、ばつが悪いような気分だった。

「まあ、聞き流しといてよ」

「え？　おもしろいじゃないか、その話。で、加代さんて人は、誰に可愛がられてるの？」

雄太は絶句した。そんなこと、考えたこともなかった。て、言うより、いないだろ、誰かなんて。

「そう？　でも、前にはいた筈だよ、加代さんをうんと可愛がっていた人。きっと、どこかで断ち切られてしまったんだろう。溜ってたんだなあ、たぶん。雄太に会ったのは運命だったのかもしれないよ」

「運命!?　うぇーっ、おれそういうの解んねえ。こっぱずかしくねえ？　そういう言葉使うの。それに溜ってたってさあ、男じゃないんだから」

寺内は笑った。

「きみも溜ってたから、花ちゃんって人に行っちゃったんでしょ?」

それは違う、と雄太は言いたかった。友達に話すと、若い女の方が体がいいからだろうなどとしたり顔をする。でも、体に魅かれていると言えば、それは加代の方なのだ。馴染んで確実に快楽をもたらしてくれる彼女と寝る方が、はるかに楽しくていやらしい。それに比べると花の方はつたなくて、あまり欲情しない。それなのに、心からいとおしい。仕事で付いた上半身の筋肉が好き、と花は言う。何か強い人になった気がして彼女を抱き締める。加代が好きだと頰ずりするのは、だらしないまま股間にぶら下がったものだ。すぐに大きくしてあげる、と彼女は言う。またかよ、と思いながら身をまかせる。うんざりする。けれど、一番、自分はこの時、解放されているのだ。

上手く言葉に出来ないまま説明すると、寺内は呆れた。

「きみって、すぐに体のことに結び付けるんだね」

「あ、むかつく。今、おれのこと馬鹿にした?」

「してないよ。きみが羨しいよ。だって、ぼくも、溜ってるんだから」

それにしては清々しい顔をしている、と雄太は訝しんだ。女と寝ている、寝ていないで判断する自分もどうかと思ったが。

「おまえ、女いないの?」

寺内は、珍しく顔を赤らめた。雄太は嬉しくなった。こいつも普通の男じゃないか。

「あ、いるんだろう。どこの誰だよ、言えよ。どんな女なんだよ」

雄太が小突くのをかわそうとしながら、寺内は照れ臭そうに言った。

「字の綺麗な人だよ」


もういい加減にしてくれ、沢山だ、と言ったことは何度もある。そのたびに加代は、困ったように溜息をつき、我儘ねえと言う。出て行く、と立ち上がると、気を付けてね、と上着を渡す。引ったくるようにそれを奪うと笑う。どうせ帰って来るくせに、と思っているのが解る。悔しいけれど、彼女は正しい。家を出て、新しい女の許に行く。途端に解放された気分になる。楽しい。そして、その楽しさを使い果たして、加代の待つ部屋に戻る。そこには、疲れ切った彼の体の分だけ、いつでも空けられたベッドがある。滑り込むと彼の胸に手は置かれる。まるで、何かを手当てするかのような加代の手。さすられ撫でられ、彼は失くして来たものを補充する。その瞬間に予感する。このことは一生続いて行くのかもしれない。誰も私の代わりになんてなれないのよ。耳許で囁かれると泣きたいような心細さが押し寄せて来て、彼女に向き合うように寝返りを打つ。ベッドからはみ出してしまいそうに大きい自分の体をなるべく小さく縮めて、彼は思う。今まで、誰も自分をこんな気持にさせやしなかった。まるで子供をやり直しているみたいだ。ばかやろう、加代なんか大嫌いだ。殺してやる。口に出すと彼女は静かに言い返す。そんなことをしたらあなたが困っちゃうのよ、だから私は絶対に殺されないの。この女、のうのうとしている、と思う。他の女たちとは、まったく違う形で自分を信じているのだ。

加代の他にいつも女がいる。どの女にもすぐに飽きたが、花の場合は長かった。あんなにも執着したのが嘘のように、今は、まったく関心を失っている。携帯電話の番号を変えてそれっきり。元々、共通の知人もいなかった。後始末は、パパとやらがやってくれるんだろう。避妊？　考えたこともなかった。コンドームなんて、やばい女相手の時に使うもんだと思ってた。女なんてすぐに見つかる。けれども、加代以外の女を選ぶ雄太の基準はややこしい。溜ったものを吐き出す受け皿に穴が開いていてはならないのだから。

可愛い赤ちゃんねえ。通りすがりの母子を見て加代が感嘆したように言うものだから、おまえ欲しいと思ってねえの、と恐る恐る尋ねてみた。いらないわよお、と即座に返事があったので胸を撫で下ろしたものの、帰りに薬局かコンビニに寄ってみようと決意する。大丈夫よ、年齢的に無理だと思う、と便利なことを口にするので、また彼女を好きになる。良かった。給料前で全然金ないし、と打ち明けてみる。正直な人ね。嬉しそうに雄太に寄り掛かり続ける。正直な人は憎めない。いつまでもそのままでいて、なんて、いいのかこのままで。

信じられない、幸せだ。

この部屋のドアは、解放の出口と入口。外に出る時、入る時、いずれにせよ、体のこわばりはとけて、雄太の体を軽くする。世界は明らかに、そのドア一枚で区切られている。内側には加代の体があり、彼は、その上で眠る。腕の筋肉を酷使する必要もない。それがなまったと感じたら、外に出ればいい。花を抱く時には、その体をつぶさないように腕で空間を作るのに努力した。鍛え過ぎて疲れたから、少しの間休まなくっちゃと見えない畳に横たわる。

たまには彼氏らしいことでもしてみるかと、料理好きの加代にプレゼントでもと訪れた家庭用品売り場にて見つけたのはかき氷マシンだったが、突然食べたくなって、それを買った。家に持ち帰って、早速二人で氷を削っていたら、加代は珍しくはしゃいで雄太の背中とTシャツの間につかんだそれを入れた。頭に来たので彼女にも同じことをしたら、もう止まらなくなった。止《や》めて止めてという歓声が悲鳴に変わっても止められなくて、彼女の体は、ほとんど氷漬け状態になって凍えた。冷凍保存してやる、なんて、どうして思いついたのか解らない。そのまま欲情して床に押し倒してあれこれしている内に、彼の体も凍りそうになり、見詰めると見詰め返されたまま動けない。とんだおやつの時間になっちゃったわね。ようやく震える唇で彼女は言った。生きていた。当り前だけど。あれ、じゃあ死んだのは誰だっけ。ああ、阿部だった。暴走族仲間だった奴らの喧嘩に巻き込まれて死んじゃったんだ。ついてねえな。

　すっかり濡れてしまったシャツを脱いで放心した様子の何がおもしろいのか、加代がいつまでも、自分をながめている。なんだよ、と目で問いかけると、タオルを持って来てちょうだいと言う。命令するのか、このおれに、と少しばかり驚いた。瞳が潤んだように見えるのは、汗が目に入ったせいなのか、それとも溶けた氷のせいなのか。彼女は泣かない女だから涙なんてことはないだろう。

　一緒に仕事してた奴が死んだんだけど、どっかで喪服借りて来てくんないかなあ。洗面所の戸棚を開けてタオルを出しながら言う。えー？　誰が亡くなったのお？　間のびした声に苛々しながら、おまえの知らねえ奴だって——と言いかけて、タオルの間に箱を見つけた。これって、これって、もしかしたら、あの妊娠判定薬ってやつじゃないのか。年齢的に無理って言ってなかったか、大嘘つき。正直な人は憎めないって言う人間に正直もんはいないって、そんなこと、初めて知った。

　雄太と寺内は、中川に頼まれて、渋々阿部の葬儀に出席した。親しく口をきいていたのが彼ら二人だけだからという理由に、寺内は吹き出した。確かに、阿部は自分たちにとっての友人とは言えなかったが、その態度は、あまりにも不謹慎だろうと、雄太は感じた。

「きみにも、不謹慎なんて概念があるんだ。おもしろいね」

雄太の咎めるような物言いに、寺内は、そう返した。そう言えば、生まれて初めて、そんな言葉を使った気がする。だから、葬式や結婚式は嫌なんだ、と雄太は思った。まったく似合わないことをさせやがる。似合わないと言えば、この喪服だってそうだ。この暑い最中に黒い服。紫外線をたっぷりと吸い込んで汗をかかせる。一緒に焼香の列に並ぶ寺内を見ると、彼は涼し気にたたずんでいる。仕事中に着ている作業着や七分より、黒いスーツの方が余程似合っている。儀式向きなのか。

焼香の後、出棺を待ちながら、二人は出席者を見物していた。黒髪率が異常に少ないという寺内の言葉に、雄太も思わず笑ってしまい、通りかかった関係者ににらまれた。

「しかし呆気ないもんだよなー。あんなに危なっかしい仕事のやり方してても落ちたりしなかった奴が、自分で仕掛けた訳でもない喧嘩で死んじゃうなんてよお」

「いいじゃない。あんなに誰かれかまわず殺してやる、殺されてえか、とか言ってたんだもの。念願が叶ったってことじゃない？」

雄太は、寺内の言う意味が解らず、訝し気に彼を見た。視線に気付いた彼は、肩をすくめた。

「彼の世界は失くなった。つまり、彼は、世界じゅうの人を殺しちゃったのと同じでしょ？」

「前におまえが言ってたのってそういうこと？　いつも変なこと考えるなあ」

「哲学の基本でしょ？」

「ほんとかよ？」

　寺内は答えずに、しばらくの間、無言で雄太を見詰めた。口角が上がっている。でも、笑顔じゃない。雄太は困惑した。こんな表情誰かもしてた。それもひとりじゃない。ようやく何かを捜し当てたとでもいうような確信に満ちた瞳。その焦点の結び方は、自分を怖気づかせる。

「何、人の顔、じろじろ見てんだよ」

「喪服、似合ってるなって思って」

「嘘だろーっ⁉　おれなんか場違いだよ、こんなの着て、ここにいるの」

「そぐわないって、可愛いじゃないか。ぼくは、たぶん、似合い過ぎてると思うんだ」

　確かに。でも、今日、一番似合ってるのはあいつらだ。雄太は、参列者たちを見た。皆、泣いている。友達なんだ。

　出棺が終わり、雄太と寺内は、葬儀場の外に出た。目の前を暗くするような陽ざしに、たまらなくなり、雄太は上着を脱いだ。

「どっかでビールとか飲んでかねえ？」

雄太の誘いに、寺内は首を左右に振った。

「ぼくは、このまま帰るよ」

「え、なんで？　いいじゃん、このまま帰っていいって中川さん言ってたし。あ、彼女んとこでも行くの？」

冷かすような雄太の口調に、寺内は不思議そうな表情を浮かべた。

「そんな人、いないよ」

「えー？　ほら、字が綺麗とか言ってた」

「ああ」寺内は思い出したらしく、相槌を打った。

「母のこと？　もう、とうに亡くなったよ。確かに遺書の字は綺麗だったけどね」

そう言って、寺内は立ち去ろうとした。雄太が追いかけようとすると、土建組合の仲本さんにつかまり、阿部の思い出話を聞かされる破目になってしまった。阿部は仲本さんの紹介で働き始めた知人の息子だったという。雄太は耳を傾ける振りをして、寺内の後ろ姿を目で追った。寺内は、一瞬立ち止まり、振り返って雄太を一瞥して、そのまま人混みに消えた。

待てよ、おまえ!!　雄太は心の中で叫んだ。今、饅頭、食ってる時と同じ顔してたろ。おい、待て、こら。

汗だくになり疲れ切って家に戻ると、薄暗い部屋の中で加代が昼寝をしていた。ソファに横になり、心地良さそうな鼾をかいている。そう言えば、今日は休みの日だったな、と雄太は思い出す。彼女を起さないように、何か冷たいものを飲もうと、台所に行き冷蔵庫のドアを開けた。切ってある西瓜を見つけたので、それを取り出して、居間に戻った。ソファの前の床に腰を降ろし、かぶり付く。冷たくてうまい。種を飛ばしながら一心不乱に食べる。やっぱり西瓜はこう食わなきゃ。たれた汁を拭おうとポケットを探る。白いハンカチがある。葬式用に加代が用意したものだ。口に当てた後、ふと思いつき、広げて、彼女の顔にかけてみた。そして、ながめる。長いこと、ながめる。付いたばかりの赤い染みが、寝息と共に、いつまでもいつまでも上下している。

幽霊の家

よしもとばなな

1964年東京生まれ。87年「キッチン」で海燕新人文学賞、89年『TUGUMI』で山本周五郎賞、95年『アムリタ』で紫式部文学賞を受賞。近刊に『彼女について』『もしもし下北沢』『ジュージュー』『スウィート・ヒアアフター』『さきちゃんたちの夜』など。

「だったら鍋が食べたいけど、ひとりで家で食べてもつまらないから、せっちゃん、一緒に食べない？」

私は、単に「バイトの時いろいろかばってもらったから、お礼にバイト料で何かごちそうするよ。」と言っただけだった。

そして岩倉くんから返ってきた返事はそれだったのだ。

一人暮らしの男の子にそう誘われた場合、どう受け取るべきかと私は迷った。

でも、彼のことだから、きっとそれは額面どおりの意味なんだろうなあ、それに、アパートも近いらしいし、と私は思った。

とにかく彼はさっぱりした顔で何の気なしにそう言っていたし、私の胸も少しもときめかなかった。

彼には不思議な、まるで真冬の曇った空のような中途半端な明るさと暗さがあり、なんとなくそれが私に、彼を好きになることをしり込みさせていた。若い恋にはとても大切な、走り出したくなるような勢い、高揚感、それが全く感じられそうになかったからだ。

「じゃあ、作りに行こうか？」

と私は言い、淡々と日程が決まった。

私たちが通っている大学の、キャンパスに一本だけ生えている大きなけやきの木の下の、ベンチのところでだった。

私にはほとんど友達がいなかったし、その数少ない友達もバイトにせいを出して、あまり学校に来なかった。それは私立のバカ大学によくありがちな状況だった。なのでお互いにひとりで行動していることが多い岩倉くんと私は、自然に親しくなっていた。


彼とは、近所のパブみたいなところで私が友達の代わりにちょっとだけバイトをしていた時に知り合った。彼はそこでバーテンのバイトをしていたのだった。

それからは大学で顔を合わせるたびに、ちょっとお昼を食べたり、しゃべったりする感じになった。

彼はこの町ではかなり有名なロールケーキの店の一人息子で、あとを継ぎたくないがためにものすごくがんばって切り詰めてお金をためているという話だったが、彼の生活は実際にそういう感じだった。大学時代にお金をため、自分で進路を決めないといやおうなくロールケーキを焼き続ける人生が待っている、そういうせっぱつまった感じがあった。進路が決まっているもの特有のつらさが彼のバイト人生からはにじみでていた。

「いいじゃない、ロールケーキ、最高じゃない。」

ロールケーキに目がない私は、そう言った。

「別にいやではないんだけれど、うちの母親は、ものすごいよくできたお母さんなんだよね。明るくて、感じがよくて、働き者で。」

岩倉くんは言った。確かに近隣の町で、岩倉くんのお母さんの明るさとか気の利きかたとかは有名だった。あの感じのいい接客にうたれてついあそこで買ってしまう、という話もよく聞いた。

「僕……僕は本当に気のいい人間だと思うんだ。」

「知ってるよ。」

彼の気の優しさ、育ちのよさはいっしょに町を歩いているだけでよくわかった。たとえば公園を歩くと、風に木がざわざわ揺れて、光も揺れる。そうすると彼は目を細めて、「いいなあ」という顔をする。子供が転べば、「ああ、転んじゃった」という顔をするし、それを親が抱き上げれば「よかったなあ」という表情になる。そういう素直な感覚はとにかく親から絶対的に大切な何かをもらっている人の特徴なのだ。

だよ。」

「それで、あの家にこのままの流れで一生いたら、ますます気のいい人間になってしまうんだよ。」

「それの何がいけないの？」

「いけなくないいんだけど、僕が思うに、それは本当の気のよさじゃないんだ。平和で、お金もあって、時間もあれば誰でも人は優しくなれるでしょう？　それと同じで、このままではそういう時だけの気のよさになってしまうんだ。それで自分の中にいやな黒いものが育っていってしまう。もしくは、うすっぺらい気のよさで一生終わってしまう。僕はせっかくもともと気がいい男なんだから、できることならその気のよさを育てたいんだ。黒いものではなくて。」

「それが、そんなにも、切り詰めてがんばってお金をためている理由なの？」

「そこまでは言わないけど。ただ今決めたこととできることをしているだけ。でないとこのまま何も違うことをしないままで、いつのまにか店に入ってしまう。そうしたらもうあの流れから抜け出せない。」

岩倉くんは言った。

その大学に入るには、とてもお金がかかった。

私の場合は、たまたま両親が仕事で忙しい時期に生まれたのでそこの幼稚園に入れられ、そのまま下から上がってきただけだった。

私は隣町にある、そこそこ有名な洋食屋の娘だった。どのくらいかと言うと、観光のガイドブックにはいつでも載るし、家族でちょっと外食しようか、とか、独身サラリーマンが今日はちょっと奮発して外でごはんを食べて帰るか、でもフランス料理ほど奮発したくないな、というような時に寄っていくような感じの店だった。

祖父母の代から続いているその店を継ぎたかったので、私は本当は学歴なんかそこそこでもその勉強さえできればよかった。まあ勉強と言ってもメニューも全く変わらないまま続いているので、オムライスだとかデミグラスソースだとかピラフだとかの作り方はみっちりともう仕込まれていて、あとはそのうち調理師の免許を取るくらいしかやることはなかった。

私の兄は家を継ぎたくなくて、高校生の時に家を出てしまった。それで、今では広告代理店に就職して、ばりばりと働いている。

その「漠然とだがあとだけは継ぎたくない」という感じが懐かしい昔の兄を思い起こさせたのが、私が岩倉くんに親しみを感じた理由のひとつかもしれない。

よく夜中に兄の愚痴を聞かされたものだった。

兄はいい意味でとても好奇心が強く、いつでも社交ばかりしていて、決まりきったことを毎日したり、同じ時間に同じふうに行動したりすることができるタイプではなかった。いつでも刺激を求めていたし、新しいことが起きるのが何よりも好きだった。そんな兄を跡継ぎに向いていると思ったのは、親の欲目というものだろうと思う。

「お兄ちゃんに洋食屋は無理だよ、私が継ぐよ。」

といつでも私は言った。

夜中の部屋で兄はいつでも苦笑いして、でも、俺のほうが手先が器用だから、とか、体力があるからなあ、とか親は俺に継いでほしがってるからなあ、と自分を納得させようとしていた。いざ自分のポジションを人にとられるとなると不安になる、兄はそういうタイプでもあった。

そして兄は、今ではたまに家に遊びに来てただ飯を食って帰っていく関係になった。まだ遊んでいたいので結婚は当分しないようすで、店を継ぎたくて帰ってくるなんて要素は皆無になってきた。

親はいろいろ考えてしまったらしく、私が継ぎたいと言っていることに対して「もしかして無理しているのではないか」「お兄ちゃんのようになってもいけないから、とにかくいろいろ経験させたほうがいいのではないか」というふうに結論づけた。そのくらい、当然あとを継ぎたいだろうと思っていた兄が家業を嫌っていたのがショックだったらしい。

だから大事をとって、私の気が変わったときにも無理してあとを継がせたくないから、考える時間を与えるために大学まで行かせておくという感じだった。

まあ、私の気は変わらなかったので、大学まで進学したのは単なる人生勉強という結果に終わりつつあった。

私にとって、働く父や母と共に歳をとっていくのはあたりまえのことだったので、もう亡くなったおばあちゃんや、まだ店のシンボルみたいになんとなく店に出ては常連さんの接客などして手伝っているおじいちゃんがいる位置に、いつか父や母がなっていくのを見るのは人生で一番確かで大切なことだとまで思っていたので、それを嫌って家を出た兄の気持ちなんて、全然わからなかった。

私は、小さい頃からまじめすぎるほどまじめで、何かを続けることが大好きだったのだ。書道なんていまだに続けているし、そろばんをやめたのもつい最近で暗算は大得意、さらには陶芸を十年やっている。岩手の決まった温泉旅館に幼なじみ三人と行くのでさえ、ここ八年欠かしたことはない行事だ。

だから、岩倉くんがそんなにがんばってあんなに味も立場もおいしい、とてもお得な状況にあるロールケーキの店を拒む気持ちもよくわからなかった。他にしたいことがあるのならともかく、ないのに、どこへ行こうとしているのか、さっぱり理解できなかった。

あまりものごとや自分の内面を詳しく説明しない彼の言い方だと、単に夢見がちに自分のいるところを拒んでいるようにしか見えなかった。

ただ、客商売が長い家の子同士、会話もはずむし気が合うなとはいつでも思っていた。

大した責任ではないと知っていても、何かしら責任のようなものに慣れている様子が共通していたのだ。

鍋の日、私は材料を買って、岩倉くんの住むというアパートに初めて行った。

その建物は岩倉くんのおじさんが持っている土地に立っていたがもう取り壊しが決まっていて、それまでの期間なら家賃五千円で住んでいいというので住んでいる……という話だけは聞いていたが、予想以上のすごい建物だった。

ぼろぼろで、ガラスも割れていて、木造で、外階段が壊れていて、廊下がところどころ腐っていた。

「なにこれ、すごいな、ここにひとりで住んでいるんだ〜。すごいなあ。」

私は力が抜けたようになり、そう思った。

あまりにもすごい状態なので、他に住人はいないというのも、見てしまった今ならうなずけた。

彼の独特に透明な暗さ、寂しいような感じ、重さの理由がわかった気がした。

私はマフラーを巻きなおし、冬の寒い空気の中、濁った曇り空を見上げてごくりとつばを飲み込んだ。なんだか入ったら元の自分では出てこられないような気がした。

二階の角部屋で、岩倉くんは古い引き戸を開けて迎えてくれた。

「すごいところだね。」

「でしょう、でも、この部屋は大家さんが住んでいたからけっこう広いんだよ。」

彼は笑った。

それは本当だった。ちっぽけな引き戸の印象とはうらはらに、その部屋は間取りにして2LDKはあった。リビングと、奥の十畳はある和室。お風呂とトイレは別々で、天井も高かった。窓の外には公園が見えて、夕方の時刻放送の音楽が鳴っていた。

他の部屋が真っ暗でさびれていることを除けば、案外快適で明るい空間だった。

「鍋はあるの？」

私はたずねた。

「うん、あるよ。カセットコンロもあるよ。」

「鶏団子と白菜と春雨の、シンプルな鍋にするね。最後はうどんでいいかな？」

「うれしいなあ。」

岩倉くんは笑った。

「本当は洋食のほうがずっと得意なんだけどね。目をつぶっても作れるわよ。」

「そりゃあそうだろうなあ。考えてみれば、それを頼めばよかったんだ。でも、鍋が食べたくてさ。」

「私も家で出してるものを作るのなんてつまらないから。」

私は台所でこつこつと鍋を作り、次第に湯気が部屋にたちこめ、岩倉くんは音楽を聴きながら本を読んでいた。空はどんどん暗くなり、たまに換気のためにその古いガラス窓を開けると、冷たい風がひゅうと入ってきて部屋をめぐった。

ＴＶを観ながら、腹いっぱい鍋を食べた。

別に愛の話題になることもなく、ごく普通に時間が流れた。

私は職業柄（まだついてはいなかったが）、洗い物をほとんど残さずに料理をしたので、後片付けは楽だった上に、ほとんど岩倉くんがやってくれた。そして彼のいれたコーヒーを飲み、彼の実家からもらってきたというロールケーキを食べて、こたつに入っているときに、私はふと、こう言った。

「なんか、この部屋って、不思議な感じがする。落ち着くけど、時間が止まっている感じ。ここだけ、とっても静かで、気持ちも落ち着く感じがする。よくこんなところにいて、はりきってバイトに出かけていく気になるね。私だったら、何もしないでここにいたくなるかもしれない。」

岩倉くんはうなずいた。

「そうなんだよ、ここにいると心が静かになりすぎて、時間が止まってしまうんだよ。その上、どうも、他にも住んでいる人がいるみたいなんだよね。」

「この建物に、他に？」

ホームレスが住んでいるとかそういうことかな、と私は思いこわくなり、びっくりしてたずねた。

「いや、違うんだ。あの……大家さんたちが。」

「大家さんがまだいるの？」

「うんとね、言いづらいけど、もう死んでるんだけど、気づいてないみたいなんだよね。」

「ええ？」

「火鉢にあたったままふたりともうたたねして、この部屋で、一酸化炭素中毒で亡くなったんだよね。大家さん夫婦は。まあ高齢だったんだけど。」

「ここで？」

「そうなんだよね……。」

「私のこと脅かしてこわがらせて何かＨなことでもしようと思ってる？」

「だといいんだけど、本当なんだ。たまにそのふたりをこの部屋の中で見るんだ。」

私は返答に困り、

「岩倉くん、そういうのが見えるたちなの？」

とたずねた。

「ううん、見えない、全然見えない。ひとり旅して墓地で野宿しても見えなかったくらい。」

「なのに、なぜ？」

「家にいると気を抜いていて、ぼうっとしているからかなあ。それともバイトで疲れすぎているのか、とにかくたまに寝起きとか、疲れて帰ってきてお茶を飲んでる時とか、ふたつの世界が交差して、今までどおりに生活しているふたりが見えてしまうんだよね。」

「おはらいとか、したほうがいいんじゃない？」

「でも、もうすぐここも取り壊しでしょう。だから、それまではいいかな、と思って。」

岩倉くんは言った。

「だって、なんだか幸せそうに暮らしているんだもの。」

そういうところが彼の優しいところだった。どうも幽霊にも優しいようだ。

「ふうん。」

と私は半信半疑で言った。もしかして彼って将来への悩みとバイトのきつさとで、少しおかしくなっているのかもしれない、その言動を注意してよく見ておこう、と思っていた。

それよりも、ふたりで向かい合ってこたつに入り、ケーキをこつこつと食べすすみながら、そんなことを淡々と話し合っているのがなんだか老夫婦みたいでおかしかった。

帰りに彼は買い物がてらバイクを押して、私のアパートの前まで送ってくれた。

「せっちゃん、どうして一人暮らしなの？　となりの駅に実家があるのに？」

彼は言った。

星がきれいな夜で、氷のように月がとがっていた。空から切り抜かれたように白く見えた。

「お母さんが趣味でお料理教室をはじめてしまったら、家に人の出入りが多くなって、私の部屋がなくなってしまったの。まあここは単なる個室って感じよ。しょっちゅう帰るし。ご飯食べて、寝に帰ってくることが多い。店の手伝いにもよく行くし。」

「なんかいいなあ、流れに乗っている感じで。僕は今、はぐれているからなあ。」

「家族との距離感はやっぱり気をつかうけれど。だって、気をつけないと何もかもつつぬけになって、大人としての自分の時間がなくなってしまうから。だから、わざと一人暮らしをしたり、ひとりで旅に出たりするようにしているの。」

「やっぱりそうか。僕もそういうのに疲れたのかもな。親の旅行、親の買い物のために車を出す、親戚のために引越しを手伝う……そういうのが当然の人生になりすぎるのが目に見えてたからね。いやなわけではないし、職人にはなりたくないわけではないんだけど。」

「まだ時間がたくさんあるし、お金ためて就職か留学でもしてみたら？　特に男の子はそんなふうにいい子で暮らしてると、無理が出るし、人間がせせこましくなるよ。」

「そうなんだよ。親にとっては赤ん坊を育てることの延長線上に僕がそのままいるけど、僕には僕の人生があるからなあ。」

「送ってくれてありがとう。」

「今日はごちそうさま。お金も払わずにごめん。」

「気にしないで、ロールケーキおいしかったわ。」

彼は手を振ってバイクで帰っていった。高そうな原付だけれど、古くなっていてよく手入れされていた。どうやっても実家がお金持ちっていうのは、透けて見えるんだよなあ、と私は思った。

そういう恩恵をさりげなく受けながら家を出るだとかお金をためるというのは至難の業で、彼の様子や気持ちが暗澹《あんたん》としてくるのもわからなくはないな、と。

そしてその夜はあまりにもいつも通りで何もなく、自分の気持ちも全然波立たなかったので「これは恋愛にはならないな、友達だ」と私は自分の中できっちりと配分してしまった。

「お母さん、隣町の古いアパートのこと、知ってる？　大家さんが一酸化炭素中毒で死んでしまった話。」

　私は母にたずねてみた。

「聞いたことあるわよ。ニュースになっていたし。火鉢にあたりながら換気をしないで寝てしまったんだっけ？」

「そうそう。その人たちのこと、何か知ってることある？」

　この土地が長い母なら、何か知ってるかも、と思い、私はたずねてみたのだった。

　店が終わって、後片付けをして、店のカウンターでまかないのかにピラフをふたりで食べていた。お味噌汁はおばあちゃん直伝の味だった。私はここの味噌汁の味を後世に残すためだけに生まれてきたのだと言われても、全然腹がたたない。そのくらいおいしい、魔法のような魅力のある味噌汁だった。だいたい、祖母は味噌も自分で作っていたのだ。

「よくここにふたりでいらしたわよ。そのご夫婦は。ご主人が足を悪くされてからはあまりいらっしゃらなくなってしまったけれど。平日の夜、すいている時間に、ふたりで手をつないでやってきたわ。いつでもあの、6番のテーブルに座って、オムライスとポークカレーを頼んでいたわ。それで半分こしたいからお皿をください、って言うのね。」

「ああ、言われてみたら画面が浮かんできた。そのふたりのこと、覚えてるわ、私も。」

「おふたりで一本だけ、ビールの小瓶を頼むんだよね。かわいいおじいちゃんとおばあちゃんで、なんていうのかな、たたずまいが静かで、質素なんだけど、ふたりにはふたりのささやかな決まりがあって、それは長年積み重ねられたもので、それをしているだけで生きているということが続いていく、っていう感じだったわよ。特に楽しそうでもないけれど、見ているほうは安心してとても幸せっていう感じかなあ。よくお父さんと『長生きしてあいう感じになるといいね』なんて言ったりしてたわ。それで、言っちゃ悪いけど、おふたりいっぺんに眠るようになくなったなら、それはそれでよかった気がする、って話してたの。」

母は言った。

父と母は、ばかに仲がいい夫婦なのだ。

父はまじめなサラリーマンだったが、この店にごはんを食べに来ているうちに母を好きになって、会社をやめて料理を勉強し始め、共にこの店をやっていくことにしたというおかしな経歴の持ち主で、母のいうことなら何でもはいはいと聞く。料理教室も、私は反対したのに母のお願いですぐに折れた。

「お願いだから、そういう感じでふたりで眠ったまま死なないでね。」

私は言った。

「そうなっても店は続くと思うと安心だわ。」

母は笑った。

子供の頃、よくこの言葉は兄に向かって放たれていたものだ。

母はなんの悪気もなく、ただ楽しそうにそう言うのだが、兄の中にそれは蓄積していった。兄にとってそれを言われることは、重くてつらいことだったのだ。

そして私はいつも、あてにされている兄がうらやましかった。

私のあと継ぎ欲だって、大きな目で見たら、ちっぽけな理由、単なる意地の刷り込みなのかもしれない。そんなに恵まれた立場にあって、どうして文句を言うのかわからない、と兄に対して思っていたことが、いつしか巨大な想念のかたまりになって、私に返ってきているだけなのかもしれない。

でも、おばあちゃんが死んだときに思ったのだ。

お葬式には、おばあちゃんにいろいろ食べさせてもらったり相談にのってもらった、当時の若者であったおじさんたちがいっぱい黒いスーツで現れ、店でデートした話とか、失恋しておばあちゃんにエビフライを食べさせてもらった思い出とか、あれこれ語って帰っていった。

そうやって人の人生の、本当の意味での背景になるってなんてすごいことだろう、と私は感動したのだ。

店の備品も、毎日使って毎日磨いていくと深い色を出すようになる。そんなふうに、毎日ただ店に出て、かわりばえのしない料理を作っていたはずのおばあちゃんの人生も、ものすごく深かったような気がした。

あれに勝るものはこの世にないのではないだろうか、と私は感動したのだ。

そしてその後の日々も、岩倉くんはバイトに励み、私は勉強と店の手伝いと習い事にはげんでいた。

店ではいまや私の焼いた皿でオムライスを出していたので、陶芸はけっこう実用的で忙しい習い事になりつつあったのだ。そして、店のメニューも私の字で書いていたので、書道もなまけるわけにはいかなかった。なんにでもまじめすぎる私の性格は、何もかもを実用にまで持っていくところまでがんばってしまう。それはもうくせというか性分なので変えられない。ある意味では進路が決まっているからこそ、そこまでいろいろなことに打ち込めるというのはあった。学問はどうしても実用性がないのでつまらないのだった。

そしてたまに見かける岩倉くんは、なんとなく薄く見えた。

大家族を離れて、ひとりで暮らしているというのもあっただろう。そして、学校にも来てあいている時間はみんなバイトで疲れてもいたのだろう。しっかりして見えても、まだ大学生なのだ、と私は感じた。

でも、なんとなくその「幽霊の家の、幽霊の部屋」に住まわせてもらっているのも関係あるんじゃないかな、という気がした。

多分、幽霊には幽霊の時間があるだろう。時の流れを永遠に超えた、不思議な流れ方をしているに違いない、そこに少しでも混ざっていくということは、何か生きていくうえでの力みたいなものを減らすことにはならないのだろうか、と私はちょっと心配になった。


もしかして、岩倉くんのことを、その頃、私は自分でもそうとは思わなくても、かなり好きだったのかもしれない。

ちょうど私は、陶芸教室でいっしょだった年上の人と、別れて半年という時期だった。けっこうな大恋愛で、相手が独身だったので、私はぼうっとして結婚まで考えていたものだ。あれこれあって結局別れたのだが、まだその人が忘れられなかった。その人は同じ会社の別の女の人と結婚して、陶芸教室をやめてしまったのでもう会えなかったのだ。

その女の人は、だんなさんに暴力をふるわれて私の元恋人に相談してきて、ほうって置けなくなって、彼はどんどんその人にひきつけられていった。

若いだけがとりえの私は、彼らがどんどんひかれあっていくのを止めることが全然できなくて、ただ悲しくその成り行きを見ていたのだった。

店がひまだった時に、ちらっとその話を岩倉くんにしたことがあった。冗談っぽく言っただけだったが、岩倉くんは言った。

「そんな手にひっかかる男の人は、これからもひっかかり続けるから、別れてよかったと思う。」

この年頃の男の子にしては適切な意見に、私は「ほう」と思ったものだった。

そして実を言うと、後々までその言葉はつらい恋に傷ついた私を励まし続けた。それ以上は相談ももちろんしなかったし、もう結婚して会えなくなってしまったのだから追いようもなくて、私は全てを忘れていったが、グラスを磨きながらそう言った、岩倉くんの落ち着いた、鼻の低い横顔だけは、印象に残ったままだった。


その午後、駅でばったりと岩倉くんに会った。

「元気にしてる？」

私は笑った。

「せっちゃんの言うとおりにした。」

岩倉くんは唐突にそう言った。

「今、時間ある？　歩きながら話す。」

「うん、いいよ。どうせうちに帰る途中だから。」

私は言った。

「岩倉くん、バイトは？」

「今日はないよ。明日は朝六時起きだけど。」

岩倉くんは言った。心なしか、顔色もふだんよりも良く、生き生きとしていた。

「最近も幽霊見てる？」

私はたずねてみた。

「うん、たまに見るよ。おばあさんがお茶いれたり、洗濯物たたんだりしてる。おじいさんの方は、よく体操してる。」

「せっかく家を出てもそんな家族がいちゃね、一人暮らしとは言えないね。」

「もう慣れて、普通のことって感じだよ。たまに見えて、ああ、こんにちは、って感じ。向こうはこっちを認識してないけど。」

私たちは、午後の人気の少ない冬の町を歩いていた。

車が寒々しい光を放ちながら行き交い、プラタナスの並木は枯れた色でずうっと続いていた。

「で？　何を言うとおりにしたの？」

私はたずねた。

「留学。でも、興味があるから、フランスで、お菓子の学校に入ることにした。」

「跡継ぎコースじゃん！　それって。」

「なんか、ケーキを作っているのに、フランスに行った事ない人になりたくないって気づいたんだよね。」

「あ、わかる。私ももしうちがイタリアンレストランだったら、そうしたと思う。幸い、日本人向けの洋食だったからそこまで思いつめなかったけど。」

「おやじが開発したロールケーキの伝統は変えてほしいと思わないから、それとは別に、自分がそういうことに関わることについて、いろいろ考えたいんだよね。で、修業して、もしかしてもうこっちに帰らないで向こうで働くかもしれないし、そこはまだなりゆきだから、何とも言えない。でも、そうしたいという気持ちが今は大きい。手先を使うことも、甘いものも、嫌いじゃないから。食後の甘いものって、夢があって、人を幸せにすると思ってるから。はじめは日本の学校を調べてたけど、調べるうちにだんだん、あっちに行きたいなと思えてきた。」

「ご両親には言ったの？」

「言った。大反対された。」

「で、どうするの？」

「向こうの学校に入って、そのあと就職して安アパートに暮らせるくらいのお金はたまったから。子供の頃からの貯金もあるし。まあ、それは親が積み立ててくれたものだから、なるべく手をつけたくないけど。」

「すごいね、岩倉くん、ちゃんとお金ためて。」

「うん、まあほとんど使わずにためたから。」

岩倉くんは言った。

そうか、いなくなってしまうのか、と思うと胸がきゅうとなって、不思議な淋しさが私を覆った。見上げる空が、悲しく高く見えた。きっと彼は留学して、自分の世界を見つけ、そして向こうで長い間生活して、もう戻ってはこないのだろうな、と思った。

その時から、もう気づいていた。なんとなくではあるが、岩倉くんが私と寝たいと思っていることに。顔の感じや、声の感じが、なんとなくそう思わせた。ふたりの間には、寄り添う感じがパンの種みたいに発酵して、しっとりと横たわっていた。

「せっちゃんのオムライス食べたかったな。」

岩倉くんが言った。

「今でもあの日、鍋にしたことを後悔してるんだ、おいしかったけど。」

「うちの店に来ればいつでも食べられるよ、といってもお父さんかお母さんが作ってるけど。

味はほとんど同じだから。私はまだちょっとだけムラがあるんだよね。」

「まだ卒業までちょっと時間があるもんね。」

岩倉くんは笑った。

「……今から、作りに行こうか?」

私は言った。

「材料費は岩倉くん持ちね。」

「いいの?」

「いいよ。」

これはもう、セックスしてもいいの? いいよ、というやりとりと何も違わないことを、私たちはわかっていたと思う。ちょっとした悲しみの中で。

冬の曇り空ってなんていやらしいんだろう、雲の厚みやグレーの空や、吹き渡っていく風。全てが人と肌を寄り添わせるために設定されているとしか思えない。永遠に続く灰色の中で、部屋にずっといたい。部屋の中で、ずっと誰か他人と、果てしない肉欲の中にくつろいでいたい、そこしかくつろげるところはない、そういう感じがした。


スーパーで材料を買って、その、ぼろぼろの建物の恐ろしいはずの部屋に私は再び足を踏み入れた。

　でも、少しもおどろおどろしい感じはしなかった。なんだか部屋はますます薄く、透けていきそうに見えた。空気は淋しく澄んでいて、窓の外にどこまでも厚く重なり合う、雲の色がやっぱり見えた。

　いろいろおしゃべりをしながら、ガスストーブの熱さにたまに窓を開けつつ、私はオムライスを作った。ソースのあるものだと家で作らなくてはうまくいかないが、オムライスなら店と全く同じ味を再現できた。サービスして牡蠣《かき》の味噌汁までつけてあげた。

　私にとってはそれはもう「飽きた」というレベルをはるかに超えた、あたりまえの食べ物だったが、岩倉くんはたいそう喜んで私の残した分まで食べてくれた。

　岩倉くんがトイレに行くたびに私は幽霊が出たらどうしよう、とびくびくしたが、幸い部屋の中には私がいるだけで、あとはストーブが暖炉みたいにオレンジにこうこうと光って燃えているだけだった。

　そして夜の八時になって、ふわっとして巻かれた皮の表面には少し固く焦げ目がついていて、たっぷりと生クリームが入ったロールケーキを食べながら、こたつに入ってふたりはまたなんということもない話をしていた。

「どうしてこの家にはいつでもロールケーキがあるの？」

「おふくろが持って来るんだよ。米といっしょに。」

「いつでも売るほどあるという点ではうちといっしょだもんね。それにしてもブームが終わってもロールケーキの人気は落ちないね。」

「季節で具を変えられるしね。多少は持つからおつかいものに合っているしね。まあ日本人はとにかくロールケーキが好きだからね。」

「今は何の具なの?」

「栗と、抹茶と、ゆず。」

「ゆずか、それはちょっといやかも。」

この人とこういうどうでもいい話をしているときの、独特のくつろぎ感をなんと表現したらいいのだろうか、家族ではない、楽しくもない。ただ、何かがしっくりときて、ずっと話し続けていられる。黙ってもいられる。普通の男の人といるときみたいに、化粧がはげてないだろうかとか髪の毛がはねてないかとか思いもしない。

「そろそろ帰ろうかな。」

私は言った。

「幽霊を見損なったのは残念だったけど。」

「見たければ泊まっていけば。」

岩倉くんは言った。

私は少しびっくりした。まあ、ほんの少しだったが。

「幽霊は見たくないけど、質問したいわ。泊まっていけってどういうこと。せめてちゃんと説明して。」

私は言った。

「うーん。」

岩倉くんはまじめな顔をして考え込んだ。そして言った。

「水商売のバイトをしていると、こういうことがなんでもないことになってしまっているというのはあるかも。」

「なにそれ。」

私はもちろん気分を害した。

「そんなことはないとはわかっているけど、せめて、君を気に入っているとか、しいて言えば好きだと思うとか、いろいろ言いようがあるでしょう。」

「しいて言えば、顔も性格も、知っている女の子の中で一番好き。」

岩倉くんは言った。彼が言うのなら、本当にそうなんだろうなと思い、私の胸はちょっと痛んだ。

「でも、とにかく水商売のバイトをしていると若い連中はみんな帰り飲みに行って『泊まっていく?』が挨拶代わりで、そういうのにずいぶんと慣れてしまったらさ、自分の中にはっきりとした感情がなくなってしまったっていうか。」

「それは、なんとなくわかるような気がする。」

「それで、女の子っていうのは、こうやって男と部屋にいても、全体の雰囲気を全身ではかっているものなんでしょう。多分。」

「それは誰でもそうなんじゃないかな。」

「でも、男は、穴しか見えないの。どんなにきれいにお化粧した人でも、どんな服を着てても、どんな普通の会話してても、この人の、奥のほうにも穴があるんだ、あの湿った、いやらしい穴が、としか考えないわけ、一点しか見えないんだ。一回そう思い始めると、もうそのことしか考えられない。」

「はあ。」

「だから、僕もさっきから穴のことしか考えてない。せっちゃんが笑ったりしゃべったりするたびに、でもここにはあの穴があると思ってしまう。」

「そんなこと言われても喜んでいいのか、悲しんでいいのか。」

「で、あると思うともう、したいという考えがどうにも止まらないんだけど、でも、もうすぐ日本からいなくなってしまうから、悲しくなりたくないという気持ちもあったりする。」

「そうね、悲しくなるのは確かだろうね。いくら今の欲望で行動しても、やっぱりね。私はきっとしちゃうと好きになっちゃうから。」

「僕もそういうところあるよ。したらますます好きになりそうで。」

「でも、時期がいくらなんでもね。」

「そうなんだよ。」

「じゃあ、線をひいて、お互いに楽しむということにしようか。」

私は言った。

「先々のことは考えられる状況じゃないもの。でも私は今、たまたまフリーだし、ここには確かに穴があるし。」

「いいの？」

「いいのって、聞かないでよ。私のせいにしないで。」

こんな変わった追い詰め方をする人ははじめてだ、と私は思っていた。岩倉くん、面白いなあ、と感心してしまった。

そして私は岩倉くんの家に泊まっていった。

せんべいぶとんかと思いきや、さすがおぼっちゃまで、彼の押入れにはお古ではあるかもしれないが立派なマットレスと、高級な羽毛布団と、清潔なシーツがあった。

外は冬の風が吹いて、窓をがたがた揺らした。

小さなライトだけをつけて、私たちはその夜、一回だけセックスをした。ずっと黙って、ものすごくいやらしいセックスをした。

私は他にひとりしか男の人を知らなかったが、岩倉くんのていねいなやり方は私の感じ方を根本的に変えていった。彼は私の体をていねいに検分していって、どこをどうしたらいいのか調べているような感じだった。彼が興奮を抑えてそうしているのがまたいやらしくて、私ははじめて人の見ている前でいってしまった。それをしっかりと確認してから、ちゃんと間をおいて、彼は私の中に入ってきた。それは異様な瞬間だった。ふたりは、そこではじめてセックスというものに出会ったという気がして、お互いにはっとした。これまでしてきたことはなんだったんだろう、とお互いが思っているのがわかった。ちょうどよく湿って、締まっているところに、ちょうどよく硬くてぬるっとしたものが入ってくるのだから、これ以上の組み合わせは他にあるまいと思われたのだった。この他にはない組み合わせの妙を、このちょうどよさを確かめるためにこの行為はあるんだ、と私は思った。どこも痛くなく、どこも当たらず、お互いがいい思いをして、いつまでも続けたいと思うところで終わってしまうから、またしてしまう、そういう仕組みなんだ。それがわかった瞬間だった。

そして私たちは羽毛布団にくるまって暖かく寄り添って眠った。

「こういうふうに人とくっついて寝るのこそが、したかったことかも、鍋よりも。」

寝る前に岩倉くんはそう言った。

「帰る家があるのに、愛されているのに淋しい、それが若さというものかもね。」

と私は答えた。それなら私も身に覚えがあったからだ。

目が覚めたら岩倉くんはしっかりと寝坊してあわてて着替えながら歯を磨いているところだった。そして先に出るけど、鍵しめてポストに入れといて、と言ってばたばた去っていった。

「行く前に、どうしてももう一回くらい会いたい。」

とまだ布団の中にいる薄着の私にキスをして。

私は羽毛布団の心地よさにすっぽりとくるまれ、自分の体温に酔うようなうっとりとした気持ちで、今日もまるで雪が降りそうなグレーの空を見つめながら、またうとうとしてしまった。

次に目が覚めたら、とても切なくて、ひとりで、でも満ち足りていて、時間は朝の八時だった。

これ以上いて、岩倉くんの空間に身をなじませるとますます切なくなるからと思って、私は起きようと心に決めた。自分の世界に戻って、日常をはじめなければ。

まずストーブをつけて、部屋をあたためはじめた。ぼうっとストーブの火を見ていたら、なんだか流しの方で何かが動いた気がした。

「そうだ、幽霊のことなんかすっかり忘れていた。」

と私はつぶやいた。

見ると、流しのところにおばあさんの後姿があった。ゆっくりとしたテンポで、お湯を沸かしてお茶をいれている。別にやかんが動いたり、お湯が実際に沸いているわけではなかった。半透明のおばあさんが、なんとなくゆらりとそういうしぐさをしているのだった。ゆっくり、ちょっとずつ。いつもの動き、いつもの流れで、ていねいに。そしてそれはおばあさんのお母さんやそのまたお母さんから、ずっと続いている暖かくて安心するやり方なのだろう。

私は、自分のおばあちゃんがやっぱりこんなふうに厨房で動いていた様子を思い出して、小さな子供に戻ったような気持ちでじっと眺めていた。私が風邪をひいて熱を出したときはいつだって、おばあちゃんの後姿をこんなふうに眺めていた。やがておばあちゃんがおかゆを作って持ってきてくれるような気さえしてきた。懐かしい、切ない、そして暖かい気持ちだった。

そして、向こうの部屋ではおじいさんがラジオ体操をしていた。ステテコ姿で、曲がった脚や腰をゆっくりと伸ばしながら、まじめにまじめにひとつずつの体操を、こなしていた。きっと、これで体はいつまでも健康だと彼は信じていたのだろう。盲点は意外にも火鉢にあるなんて思いもしなかっただろう。

夫婦でつつましく暮らし、住人たちにきちんと挨拶をし、ちゃんと家賃を集めて帳簿をつけて、月に一度は決まったお店で決まった食事をして、それがふたりのささやかな贅沢だったのだろう。

なんだ、全然こわくないじゃない、と私は思ってただ眺めていた。

きっとこの人たちは死んだつもりなんて全然ないんだ、ただいつもみたいに暮らしていくんだ、永遠に。

ここで布団にくるまって、いつでもこの人たちをただいっしょに静かにしてじゃましないで見ていた岩倉くんの優しい、乾いた心のことを考えると、私はしみじみとした。本気で好きになってしまいそうだった。ただでさえ、まだ体中が彼の性質を感じとっている最中だった。あんなに弱くてばかで優しくても、ちゃんと男の子で、男の力で女を抱くことができるんだと。

おばあさんはいつまでも台所で細々《こまごま》と動き続け、おじいさんはいつまでも体操をしていた。店で見たことがある、仲のいい落ち着いたふたりの姿そのままだった。

私はそれを壊さないようにゆっくりと着替えをして、そうっと部屋を出た。

「おじゃましました」とちゃんと挨拶をして。

でも、彼らは私には見向きもせず、彼らの静かな暮らしを続けていた。

まずはフランス人の知り合いにほとんどボランティアでフランス語を教えてもらい、ちょっとしゃべれるようになってからパリ郊外のお菓子の専門学校に行くということで、岩倉くんはものすごくまた忙しくなって、たまに学校で見かけて手をふるくらいの感じのまま、あっという間に彼が旅立つ日は近づいてきた。

私はちょっと距離をおきたくて、なんとなく彼を避けていた。

でも「もう一回は会おう」（正確には『もう一回はしよう』だけれど）というのだけは覚えていた。そういう気持ちももちろんあった。向こうもそうだったと思う。

でも自分から電話したり、メールをしたりはしなかった。

きっとタイミングというものがあるはずだ、と思っていたのだった。

そしてちょうど彼が旅立つ二週間前の金曜日の朝、またもやしっとりと曇った風の強い時に、私たちはばったりと駅前広場で出会ったのだった。

お互いにコートを着込んでいたことが、いっしょにバイトしていた夏からすっかり遠いところに来てしまったのを感じさせた。

「今日は語学学校に行かないことにする。引越しの準備もあるし。」

　岩倉くんの私を見る目は恋する人の目だった。熱くて、今にもくっついてきそうな目だった。がつがつしているのではなく、大事なものを見る時の男の人の目だった。

「私も、仕事休む。」

　私は言った。

「でもちょっと本屋に寄りたいの。」

　そしてふたりで本屋に行って、お昼を食べた。

「もうすぐあの建物、取り壊すんだ。僕が出ちゃうから、もうついに。」

「あの人たち、どうなってしまうんだろう、心配ね。」

「見たの？」

「見たよ、地味に暮らしているところを。よくお店に来る人たちだったみたい。姿を知っていたわ。おばあさんがお茶をいれて、おじいさんは体操してた。」

「なんか、こわくなかったでしょう？」

「うん、なんていうか、心が落ち着く感じだった。」

「お線香とかあげたほうがいいかな。」

「うん、私たちは専門家じゃないけど、そういうのはしたほうがいいのかもね。」

私たちこそが老夫婦のように、菊の真っ白い花を一本と、お線香を買った。それから私はふと思いついた。

「オムライスとポークカレーをおそなえしてあげたら、いいんじゃないかなあ。きっと食べたかったんじゃないかと思うから。」

岩倉くんもそれしかない気がする、と言った。そこで私たちはスーパーに行って、材料を買った。

冬の午後、いろいろなものを買い込んで白い袋をたくさん手に持って、全くの普段着でくつろいだようすで寄り添って歩いていくふたりは、はたから見たらきっと新婚さんか同棲中のかわいいカップルに見えただろう。でもふたりはちょっと悲しい、もうすぐ別れるだけのふたりだった。

何をしていてもすごく楽しくて、少し悲しかった。

もう岩倉くんの部屋はがらんとしていて、すっかりいろいろなものが荷造りされていて、無駄なものはほとんどなかった。彼はステイ先の知り合いの家の一部屋を借りるかわりにベビーシッターをやらされることになった話をしてくれた。お父さんが知り合いにちょっと声をかけてくれたのだそうだ。

「それって、もう反対されてないってことなんじゃない?」

「おやじはね。でもおふくろはまだ反対してる。もう帰ってこないかもしれないのがわかるんだろうな。僕もうそをつきたくないから、帰ってくるとは言ってないんだ。向こうでも、お金がたまったらたぶんその家を出て自活するし。」

彼の顔は将来に向いて活気づいていた。進路を決めかねてアルバイトしていた時とは違う、未知の世界を見ている顔だった。このまじめさなら、多分いい勉強をするだろう、と私は思った。ねたむでもなく、悲しむでもなく、よかったなと思った。疲れて薄くなっていく彼を見るよりもずっと気分がよかったのだ。

部屋に入ってすぐに、電気も消さずに私と岩倉くんは羽毛布団にくるまって一回セックスした。そして裸のままであれこれしゃべったり、将来について思うところとか、親のこととか、若者らしいちょっとした考えを打ち明けあった。

それでもずっと悲しみはつきまとっていた。何をしていても「もうすぐお別れだ」と思うと、時間がどんどん過ぎていくのにひやっとする感じがあった。楽しく笑ったあとには必ず、ちょっとしょんぼりとした気持ちになった。でも、今は楽しかったので、今に集中していた。

そして夕方になっておなかが空くと、もうすぐ発送してしまう荷物の中からなんとかしてフライパンと鍋と包丁とまな板を出して、私はポークカレーとオムライスを作った。

いつもよりずっと心を込めて、集中して、一生懸命作った。この人たちは、最後の日々を飾る娯楽に、うちの店の味を選んでくれた人たちなのだ。その供養だと思うと、必死になった。もう二度と来ることはないし、もう食べてもらえない。でもこの料理にこめた気持ちだけは、味わってほしかった。今までありがとうございました、選んでくれてありがとうございました、そういう気持ちだけは。

ほとんどはどうせ私たちが食べるのだが、小さい紙皿にきちんとそれらを盛り付けて窓辺に置き、紙コップに菊をいけて、お線香に火をつけて、ふたりで手を合わせて「ここが取り壊されたら、ちゃんとおふたりの霊が成仏しますように」とまじめに祈った。私は彼らにビールの小瓶もつけてあげた。

これで私のできることはみんなしたという感じがして、なんだかすがすがしかった。

これが私の仕事でもあるのだ。うちの味を愛してくれた人たちに、報いること。

岩倉くんはまたもやおいしいと喜んで、私の作ったものをぺろりと食べた。

そしてちょっと冷静な感じで、私たちはもう一回寝た。

「どんどんよくなってくるのに、別れるのが、本当に惜しい気がする。」

と岩倉くんは言った。私もそう思っていた。

幽霊たちは、出てこなかった。きっと食事に満足してくれたのだろうと思った。

泊まると悲しいので、夜中に帰る事にして、送ってもらった。

夜道をこつこつ歩くふたりはどこかすがすがしかった。

「メールをするよ。」

「うん、すごく楽しかった。ありがとう。」

そう言って、笑いながら抱き合った。コートの中に岩倉くんの体温がこもっていて、私の体温とひとつになり、とても暖かかった。

「お互いにこんなに好きなのにお別れなのね。」

私が言って見上げると、岩倉くんの目にも涙がにじんでいた。

「遊びで寝るには、僕たちがいい子すぎたんだ。」

「いい子をやめるために日本を離れるんでしょう?」

「うん、でも君の前ではだめだ。もうみんな見せてしまった。」

「いつかまた縁があったら。」

そして、私たちは別れた。

いつまでも手を振って、岩倉くんは夜道で私を見送ってくれた。

お互いにお互いの将来に気をつかって、連絡をとるのをやめたのだろうと思う。

一回だけ岩倉くんからメールが来た。近況のほかに、

「こちらではまるでもてません。」

と書いてあった。

その口調とか、とんちんかんな感じが丸ごとの彼を思い出させて、私の目には涙がにじんだ。岩倉くんのいつでも所在なさそうなシルエットや、いっしょに見上げた空の色や、手や指の使い方がいっぺんによみがえってきた。

何かがひとつ違っていたら、いい感じでおつきあいできたかもしれなかったのに、もう会うこともないのだと思うと、涙が止まらなかった。

ある時通りかかったら、あのアパートはすっかり取り壊され、立派なマンションが建っていた。こうやって町の変化を見ていくのも私の仕事なのに、胸が痛かった。あの老夫婦といっしょに、私たちの熱い気持ちもすっかり埋葬されてしまったんだと思った。

その、なにもかもが成仏しますように、と思いながら、私はそこを通り過ぎた。

そして、時の流れと共に何もかも忘れていった。

しかし、私たちは八年後に、結婚することになるのである。

これは、もう縁としか言いようがないだろう。

まず、岩倉くんは八年間パリの郊外にあるレストランでパティシエとして働いた。もちろんその間にはいろいろな恋愛沙汰や苦しみや喜びがあったのだろう。

そして私は私で大恋愛をしたり、あとを継ぐのをやめてその人の妻になろうかと思ったりしたが別れてしまい、結局天職に戻ってきた。すっかり安定した女主人という感じには程遠いが、親が店を休んでふたりで温泉に行けるくらいにはしっかりしている。

岩倉くんのお母さんが心臓の発作で亡くなったのは、今年の四月だった。

私はお葬式に行かなかった。息子と何回か寝た女に来られても、困ると思ったのだ。でも、心の中ではお悔やみを申し上げ、岩倉くんは帰ってきたのかな？　などとちょっと思ったりしたが、時間の経過と共に彼のことはすっかり楽しかった学生時代の思い出という感じになり、薄れていたので特に会いたいとも思わなかった。

それと言うのも、私のことを気に入ってくれている常連さんが何人かいて、親もあれこれと気をまわしてくれたので看板娘としてよりどりみどりの状態にあり、そのうちの一人とちょっといい感じになりつつあったからだった。

しかもその人はコックさんになる修業をしていて、将来の夢もうまくおりあった。体格のいい、感じのいい人で、ちょっと私のおじいちゃんに似ていて、ああ、この人となら結婚してもいいかもなんて夢見ていた時期だったのだ。

しかし、私と岩倉くんは、そんなタイミングでまたもばったりと会ってしまったのであった。まあ、地元だからありがちなこととも言えたが、なぜかこのふたりの場合は、お互いに忙しいのにふっと空いている時間ができたときに、会ってしまうのだ。

近所の喫茶店で、私がひとりでお茶を飲んでいたら、彼はすっと入ってきた。妙にきれいな色の服を着た男の人が入ってきたな、と思ったら、それはまぎれもなく岩倉くんだった。

お互いに目を丸くしたけれど、私が手招きしたら彼は私の向かい側に座った。

長い外国生活でちょっと肌の質感が変わったな、と私は思った。それから、お菓子作りのせいで右手がとてもたくましかった。肩も昔よりもずっとがっちりして、顔も細くそぎ落とされた感じだった。目も前みたいにぼうっと優しい感じではなく、孤独と自立を知っている大人の鋭い目になっていた。

ああ、こういうふうになりたかったけれど、こうなれる機会が日本にいたらいつまでもないから、彼は出るしかなかったのか、と私は目で見て納得した。彼の言い方では彼がどうなりたいのか皆目わからなかったのだ。

それでも、笑った顔が単純に輝くところは変わっていなかった。

「久しぶり、すっかり大人になったね。」

私は言った。

「そっちもすっかりお姉さんになったね。」

岩倉くんは笑った。

それは初夏の光にあふれた窓際の席で、駅から出てくる人たちが裏道に入ってくるあたりに店があったので、みなの半そでになったばかりの腕がまぶしい感じだった。街路樹の緑が勢いよく盛り上がっていて、今にも空に届きそうに見えた。

「店を継ぎに帰ってきたんだ。」

「やっぱり。」

私は言った。

お母さんが亡くなってお父さんひとりになった店を、彼の性格で継がないわけがないと私は思っていたのだ。

「お母さんには会えたの？」

「うん、最初の発作で入院から一ヶ月はいっしょにいた。毎日、お見舞いにいったり、退院してからは温泉にも行ったよ。もう、継げとは一言も言わなかった。ただいい時間を過ごせてよかったんだ。それでやっぱりいろいろ考えてしまって多少迷ったけど、今となってはあっちにいる理由も薄いし。ちょうど向こうで働いている店が拡張して、新しい後輩がたくさん入ってきて、ひととおり教えたところだったから、もう大丈夫だろうと思って。タイミングとしてももうちょうど潮時かな、と思ってね。」

「お父さん大丈夫？」

「いや、もうがっくりきてるね。見ていられないくらい。」

「で、どういう店になるの？　お父さんがロールケーキで、岩倉くんがケーキって感じ？」

「それも考えたんだけど、せっかく専門店として売ってるわけだから、そういうのはクリスマスと注文だけにしようかな、と思って。今になってよく見てみると、おやじにはおやじの、独自のすごい工夫とか技術があるんだよね。だって、あんなに勉強したのに、僕、どうやってもおやじよりもうまくは焼けないんだよ、ロールケーキが。」

「それって受け継ぐことができるのかなあ。」

「厳密に味を見ていけば、できるかもしれないなあ。おやじはまさに職人だから、焼きあがったときに触ると熱くはないけどジュッとする感じがするだとか、混ぜるときの様子は毎日違うけど、その判断は気候でも温度でもない、もはや言葉にできないとかって言うんだよ。それにサラダ油なんかを、実に絶妙な量とタイミングで混ぜるんだよね。そういうおやじの態度を今までは本場で勉強したことのない人間の屁理屈かと思っていたけれど、向こうで、結局学校に行っている間よりもそれぞれの現場で、その店だけのやり方を学ぶほうがよっぽど参考になったのと同じことなような気がして。もしかしてあの味を残すことが僕のしたいことかもしれない。僕は僕で別の視点からあのやり方を見て、ちゃんとつかみたいな。でもせっかく習ったからいろいろ創ってはみるよ。おやじも楽しそうに僕から新しいことを教わっているし。ふたりでオリジナルのケーキでも考えてみようかなあ。それでおやじもちょっと希望がわくかもしれないし。」

「お母さんがいないと、店がまわらないんじゃないの？」

「うん、そういうのはあるね。おふくろの社交術でずいぶん売り上げを出してたからね。これからはふたりだけだから、いろいろ変えていって、もう少し硬派のムードでやっていくという手もあるし。時間はかかるかもしれないけど、まあ、さかだちしてもおふくろのようにはどうしてもできないから。接客の天才だったからね。それに、向こうでの仕事は先輩だとか伝統だとかを大切にするタイプの勉強だったから、けっこういろいろ学んだよ、人間関係とかもね。それでおやじに対する甘えがなくなったのも大きいかもしれない。フランス料理も作れるようになった。」

「お願いだからフレンチのレストランをやってライバル店にならないでね。ただでさえ不況で困ってるんだから。」

「そこまではできないよ、だいたいせっちゃんのところは大丈夫だろう？」

りするこ とも あるわよ。」

「いや、古い常連さんが味にうるさいうるさい。私だけが店にいると露骨にがっかりされたりすることもあるわよ。」

「まあ安心でしょう。あれだけおいしければ。」

岩倉くん、せっちゃんと呼び合うと、さすがに甘酸っぱい気持ちになった。

そして不思議なことに、時間はその時、おかしな流れかたをしていた。

戻っていくわけでも、止まったわけでもなかった。

ただふわんと広がってどんどん拡張していったのだ。光の中で、天まで届くかのような広がりで、ふたりを包んだままで時間が永遠になった。

それはあくまで私だけの感じだと思っていたのだが、あとで岩倉くんに聞いてみたら、彼もまさに同じ感じを抱いていた。

その時、ふたりの間にはもちろん性欲なんてかけらもなかった。

光が降り注ぐその窓際の席で、紅茶を飲みながら、何かぽわんとした、暖かい黄色い光がふたりを包んでいた。そして、これこそが欲しかったもので、乾いている心に「これだ、これが足りなかったんだ」と思わせる光だった。

祝福という言葉がその感じに一番似ていたかもしれない。

ずっと、いろいろなものを探していたけれど、それはこれだったのか、という感じだった。

私たちは当時若かったのでセックスでつながっているのかと思っていたが、そんなことではなく、ただこうしてなんとなく話をしているだけで、おなかの底から言いようのない活気が湧いてきて、ああ、これだ、これでいいんだと思えてきた。

それは次第に確信に変わって、ふたりはただにこにこしているだけで、満足していた。この時間は永遠に続くのだ、と私たちは思っていた。これだったんだ、何かが欠けていたと思っていたし、何かを失《な》くした感じがずっとずっとしていた。それは心のどこかで知っている何かだったけれど、まさかこれだとは思わなかった、ずっと淋しかったが、それはこれがなかったからだったんだ。あまりにも淋しくて、そう思うことさえできなかった、そういうふうに私の魂が言っていた。

内側の光と、外のきれいで透明な光と、ふたりの間に灯っている光が全てひとつになって、未来を照らしていた。

連絡先を交換して一週間後に、岩倉くんから、

「もしも独身なら結婚しよう。」

と電話がかかってきた。

私もそう思っていたので、すぐに「いいですよ。」と返事をした。

「今、たまたまフリーだし、ここには穴もありますから。」

岩倉くんは電話の向こうでげらげら笑っていた。

お互いが店はそれぞれで続けるという条件で、結婚話はすぐに進んだ。親はちょっとびっくりしたがすぐに頭を切り替えて大賛成しはじめた。

変わりそうだったのは、私がもう一人(私に恋をしていたコックさんではなく)プロのコックさんを雇い、私のアシスタントになってもらい、少しだけオーナーというのに近い立場になって家庭生活も営めるようにしたことと、うちの店でロールケーキを出すことにしたことだった。

私がまだ続けている書道の腕前で「季節のロールケーキ」が壁のメニューに書き加えられ、私の焼いた皿に載って、分厚い二切れ六〇〇円で店に出されることになったのだ。

何もかもが長い自分の人生にうんざりすることはたくさんあったが、それでもそれが自分だと私は何回も受け入れてきた。

それは思ったよりも、全然つまらないことではなかった。


「結婚式にあの夫婦も呼びたいくらいだよね。」

と岩倉くんが言ったとき、

「ああ、あの夫婦。」

と私はすぐにうなずいた。がらんとした部屋で、ちょうどそのことを考えていたのだ。

新婚旅行はニースに決定された。フランス語がしゃべれる岩倉くんと行くのだから、ただただ楽しみだった。お店もホテルもみんな岩倉くんが知っているから楽だ。そんなふうに、狭かった私の世界はちょっとだけ広がりつつあった。それからふたりは新居を探し始めて、やっといい物件が見つかった。その、ふたりで引っ越す部屋に、カーテンのサイズを測りに行った時のことだった。

「この部屋は、全然幽霊が出そうにないね。」

彼は言った。

八年の月日は、彼をすっかり変え、そして変えないところは全然変えなかった。

日本人が絶対に持っていないシルエットのジャケットや、お菓子作りの道具や、たまにかかってくる国際電話で彼がフランス語をしゃべるようすなどは、私をかえって希望にあふれさせた。

なじみのあるものではないものが生活に入ってくるのが嬉しかった。

彼は私でつまらなくはないんだろうか、とよく思った。私なんかずっと同じところにいて、同じことをしている。私からあげられる新しいことといえば、別の場所で日々働いている妻がいるというあまりすてきではない立場とオムライスだけだ。本当は彼のお母さんみたいに接客がうまい女の人か、どうせ仕事を持っているならもっと華やかで刺激的な女の人がいいんじゃないの？　と私はまじめに思っていた。

何回かそう聞いてみたが、全然退屈しない、ほっとするし、ますます好きな顔と体になってるし、と岩倉くんは言った。

確かに私の体も青臭くすとんとしてぷりぷりとしていた娘の体つきから、もっと大人の形に変わっていた。風呂の鏡などで見ると、ウェストのくびれかたに自分でも「Hな体だなあ」と思うことがあった。おしりはどっしりしていて、足首はぎゅっと締まっていて、胸は丸っこくて、ピンク色の乳首がふわっとあって、いい感じだった。これも肉体労働でしっかりと鍛えたからだろう。

「あの老夫婦、成仏したかなあ。」

「オムライスとカレーで、絶対満足したよ。最後の方はもう、おじいさんが足を悪くして来られなかったんでしょう？」

「そうだったみたい。だから、きっと、嬉しかったかな。」

私は笑った。

あれ以上に力のこもった食べ物は作れないかもしれないが、今でも私は疲れて腕が落ちてきたり、味付けがしょっぱくなりそうになると、いつでもあの時の、背筋をぴんと伸ばして作った、岩倉くんに最後に食べさせ、そして天国へ行くあの夫婦の最後の晩餐《ばんさん》のために作ってあげたオムライスとポークカレーにこめたものを、失うまいとしっかりした気持ちになるのだ。

誰にとっても、私の作ったものが最後の食事になりかねない、そういう仕事をしていることをいつも忘れないでいようと思うのだ。

「ひまができたら、町内の一人暮らしのお年寄りから注文をとって、出前してあげようかと思ってるんだ。安いオムライス弁当とか開発して。」

私は言った。

「僕もそういうのやろうと思う。向こうの、特にパリ以外のところの店は、パン屋ひとつとってても、すごく地域を大切にしているんだよね。遠くから来てくれるお客さんも大事だけど、地域の人にいい時間を提供するっていう意味で、すごいプロ意識があるんだ。」

岩倉くんは言った。

「いつか何かの形で、店をひとつにしよう。」

「もっと大きく土地を持って、そこに住居もかまえられるといいね。」

それまでは、きっとこの部屋で暮らすんだ……と私は思った。

部屋は日当たりがよくて風通しもよく、公園の緑がよく見えたし、近所の小学校から子供たちの声がにぎやかに聞こえてきた。ここは、あのぼろぼろだった部屋とは全然違っていた。多分幽霊も出ないだろうし、私たちもすっかり大人になった。

大人にならなければ、きっと、ああいう意味のない時間……こたつで親しい誰かと向き合って、少し退屈な気持ちになりながらもどちらも自分の意見に固執してとげとげすることはなく、たまに相手の言うことに感心しながらえんえんとしゃべったり黙ったりしていられるということが、セックスしたり大喧嘩して熱く仲直りしたりすることよりもずっと貴重だということに、あんなふうに間をおいて、衝撃的に気づくことは決してなかっただろう。

後者が大事だと感じること、それこそが今思えば、若さっていう感じがした。だからお互いの貴重さがわからなかったのだろうし、どこかでわかっていたからこそ、後で気づいたのだろう。

それでも……私たちはお互いに棒と穴があることを、誰にもわからないやり方でお互いの関係の芯《しん》に秘めながら、お互いの毎日に没頭していくだろう。そして夜にはえんえんとくだらないことを語り合い、あるいはセックスして、歳をとっていくのだろう。体だけでもなく、気持ちだけでもないそのつながりを育てながら、抜き差しならないくらいにふたりだけの空間がふくれあがっていく。

私たちはニースをはじめとして何回も何回も、自分たちのセックスの相性がいいことに気づきながら、いろいろなところへ旅をするのだろう。

それでも、あの曇った空の下、暖かい、そして幽霊もいる部屋の中で羽毛布団にくるまってしたあのセックスを上回ることは、きっとないのだろう。

ふたりの関係のベースにはいつでもあの時の感じがあるのだろう。

そして私たちもいつかあの夫婦のように、ほとんど痕跡を残さずに消えていくのだろう。

それは一見単純な人生だが、実は七つの海を冒険するのに匹敵する巨大な流れに属する何かなのだった。そこには私の死んだおばあちゃんもいるし、岩倉くんの死んだお母さんもいる。そして、あの夫婦もいる。みんなその流れを生きたし、誰もがなんだかんだともがいてはいるがしょせん同じ水の中にいる。

もしも、もしもあの部屋で彼らを見ていなかったら、私たちは結婚しただろうか？

それだけが謎なのだが、多分、しなかったのではないか。

なんとなくそういう気がするのだ。

選者あとがき

楊逸

「料理上手な奥さんは、夫に浮気されない」、というのは、年頃の娘を持つ中国の母親たちの口癖だ。しかし年頃の娘が思い描く男女間の愛情とは、どこまでもロマンティックなもので、そこにバラの甘い誘惑的な香りがゆるく漂っていても、焼肉の匂いが混ざるような隙はけっして与えたくない。

それもそのはず、だって食は恋愛という語に並ぶと、この現実味に満ちた焼き肉の匂いのように美味しそうなほど、ある種「不純」なニュアンスとしてとらえられてしまうかもしれない。思春期の頃の私も、母親のそんな言い方に違和感を覚え、あえて自分を料理から遠ざける時期もあった。

ところが、いつかテレビで見た街頭インタビューでには、若い男性が求める理想の恋人、その条件の一つに、「料理上手」が挙げられていた。実際多くの恋愛の始まりは大抵「今度食事でも行きましょう」の一言がきっかけだというではないか。

探り合う段階の男女にとって、恋愛に発展するか否かは、むろんこの一度目の食事にかかっている。食の趣味が合わず、縁談がぶっ飛んだような話もしばしば耳にするものだ。

喫茶店へでも入ろうと思っていると、その女の子は、「たこやきがいい」という。これは気取らない子だと中矢は嬉しくなって、

「どっかにありますかねえ。実は僕も好きなんですワ。……」

と、きょろきょろまわりをさがした。

「あそこ」

と女の子は消えかかるような声でいう。中矢は、たこやきというと屋台ばかり考えていたが、女の子のいうのは店構えもしゃれた「明石焼」の店だったのだ。

中矢はずっと前に食べたことがあるが、ふわふわと歯ごたえがないので、たこやきの仲間に入れていなかった。

——田辺聖子「たこやき多情」

店を決めた途端、早くも趣味の「不一致」が露呈してしまった二人、その後も「たこやきトラブル」続きで、残念な結果になってしまった。

一方、食で結ばれるようにして生涯ともに生きる男女の絆もまた固いものである。幸田文「台所のおと」の佐吉が、病床に臥していながらも、台所から聞こえる料理のおとから、あきの気持ちを読み取っていたように。

「正直にいえば休んでもらいたくはないね。ここで一日だけ休みたいなんていいだすんだから、おまえさんもまだ素人なんだねえ。ずいぶんよくおぼえてきたようだけど、まだもっと引きが強くならなくっちゃ、長い商売はむずかしい。どうもこのあいだからそんな気配だったよ。」

「なんです、その気配というの?」

「いえね、台所の音だよ。音がおかしいと思ってた。」

恋しい人の、どんな微小の変化にでも気づいてしまう。これは、気配りというよりは、むしろ「味わい」に近い感覚なのではないか。口に含んだコーヒー味の飴玉に、甘みを欲する以上に苦みを楽しむのと同様、人生の様々な味を味わうのには、食のほか恋愛なのであろう。

孔子曰く：飲食男女、人之大欲存焉！――飲食や男女の愛は、人の大欲が存するところだ。数年前ある中国の若いフェミニストが、この孔子の名言を「飲食男、女人之大欲存焉！」に、書き換えた。――飲食、そして男性からの愛こそは、女性の大欲が存するところである、と。

このたび「食と恋愛」をキーワードに、九名の女性作家による九つの物語を一冊の本にすることができた。どれも女性らしい繊細さや官能的なエキスが詰まった傑作で、素敵な人と素敵なディナーをいただいたあとに、これをじっくり味わえば、恋愛という格別な味を堪能することであろう。

――作家

底本一覧

「サモワールの薔薇とオニオングラタン」『しかたのない水』新潮文庫
「晴れた空の下で」『温かなお皿』理論社
「家霊」『食魔』講談社文芸文庫
「贅肉」『小池真理子短編セレクション6 贅肉』河出書房新社
「台所のおと」『台所のおと』講談社文庫
「骨の肉」『日本文学秀作選 山田詠美編』文春文庫
「たこやき多情」『春情蛸の足』講談社文庫
「間食」『風味絶佳』文藝春秋
「幽霊の家」『デッドエンドの想い出』文藝春秋

右記の作品を再構成し文庫化したものです。

女《おんな》がそれを食《た》べるとき

楊逸《やんいー》・選　日本《にほん》ペンクラブ・編　井上荒野《いのうえあれの》
江國香織《えくにかおり》　岡本《おかもと》かの子《こ》　小池真理子《こいけまりこ》　幸田文《こうだあや》
河野多惠子《こうのたえこ》　田辺聖子《たなべせいこ》　山田詠美《やまだえいみ》　よしもとばなな

平成25年4月10日　初版発行

発行人――石原正康
編集人――永島賞二
発行所――株式会社幻冬舎
〒151-0051東京都渋谷区千駄ヶ谷4-9-7
電話　03(5411)6222(営業)
　　　03(5411)6211(編集)
　　　振替00120-8-767643
印刷・製本―錦明印刷株式会社
装丁者――高橋雅之

検印廃止
万一、落丁乱丁のある場合は送料小社負担でお取替致します。小社宛にお送り下さい。

本書の一部あるいは全部を無断で複写複製することは、法律で認められた場合を除き、著作権の侵害となります。

定価はカバーに表示してあります。

Printed in Japan © The Japan P.E.N.Club 2013

幻冬舎文庫

ISBN978-4-344-42012-0　C0193　や-26-1

幻冬舎ホームページアドレス　http://www.gentosha.co.jp/
この本に関するご意見・ご感想をメールでお寄せいただく場合は、
comment@gentosha.co.jpまで。